岩波文庫
31-011-21

二百十日・野分

夏目漱石作

岩波書店

目　次

二百十日

一

ぶらりと両手を垂《さ》げたまま、圭《けい》さん(1)がどこからか帰って来る。

「何処《どこ》へ行ったね」

「ちょっと、町(2)を歩行《ある》いて来た」

「何か観るものがあるかい」

「寺が一軒あった」

「それから」

「銀杏《いちょう》の樹が一本、門前にあった」

「それから」

「銀杏の樹から本堂まで、一丁半ばかり、石が敷き詰めてあった。非常に細長い寺だった」

「這入《はい》って見たかい」

「やめて来た」

「その外《ほか》に何もないかね」

「別段何もないな。一体、寺と云うものは大概《たいがい》の村にはあるね、君」

「そうさ、人間の死ぬ所には必ずあるはずじゃないか」

「成程《なるほど》そうだね」と圭さん、首を捻《ひね》る。圭さんは時々妙な事に感心する。しばらくして、捻《ひ》ねった首を真直《まっすぐ》にして、圭さんがこう云った。

「それから鍛冶屋《かじや》の前で、馬の沓《くつ》を替える所を見て来たが実に巧みなものだね」

「どうも寺だけにしては、ちと、時間が長過ぎると思った。馬の沓がそんなに珍しいかい」

「珍らしくなくっても、見たのさ。君、あれに使う道具が幾通りあると思う」

「幾通りあるかな」

「あてて見給え」

「あてなくっても好《い》いから教えるさ」

「何でも七つばかりある」

「そんなにあるかい、何と何だい」

「何と何だって、慥《たし》かにあるんだよ。第一爪をはがす鑿《のみ》と、鑿を敲《たた》く槌《つち》と、それから爪を削る小刀と、爪を刳《えぐ》る妙なものと、それから……」

「それから何があるかい」

「それから変なものが、まだ色々あるんだよ。第一馬の大人《おとな》しいには驚ろいた。あんなに、削られても、剃られても平気でいるぜ」

「爪だもの。人間だって、平気で爪を剪《き》るじゃないか」

「人間はそうだが馬だぜ、君」

「馬だって、人間だって爪に変りはないやね。君は余《よ》ッ程呑気《ほどのんき》だよ」

「呑気だから見ていたのさ。しかし薄暗い所で赤い鉄を打つと奇麗《きれい》だね。ぴちぴち火花が出る」

「出るさ、東京の真中《まんなか》でも出る」

「東京の真中でも出る事は出るが、感じが違うよ。こう云う山の中の鍛冶屋は第一、音から違う。そら、此処《ここ》まで聞えるぜ」

初秋の日脚《ひあし》は、うす寒く、遠い国の方へ傾いて、淋しい山里の空気が、心細い夕暮れを促がすなかに、かあんかあんと鉄を打つ音がする。

「聞えるだろう」と圭さんが云う。

「うん」と碌《ろく》さん(3)は答えたぎり黙然としている。隣りの部屋で何だか二人しきりに話をしている。

「そこで、その、相手が竹刀《しない》を落したんだあね。すると、その、ちょいと、小手《こて》を取ったんだあね」

「ふうん。とうとう小手を取られたのかい」

「とうとう小手を取られたんだあね。ちょいと小手を取ったんだが、そこがそら、竹刀を落したものだから、どうにも、こうにも仕様がないやあね」

「ふうん。竹刀を落したのかい」

「竹刀は、そら、さっき、落してしまったあね」

「竹刀を落してしまって、小手を取られたら困るだろう」

「困らああね。竹刀も小手も取られたんだから」

二人の話しはどこまで行っても竹刀と小手で持ち切っている。黙然として、対座していた圭さんと碌さんは顔を見合わして、にやりと笑った。

かあんかあんと鉄を打つ音が静かな村へ響き渡る。癇走《かんばし》った上に何だか心細い。

「まだ馬の沓を打ってる。何だか寒いね、君」と圭さんは白い浴衣の下で堅くなる。碌さんも同じく白地の単衣《ひとえ》の襟《えり》をかき合せて、(4)だらしのない膝頭《ひざがしら》を行儀よく揃える。

やがて圭さんが云う。

「僕の小供の時住んでた町の真中に、一軒の豆腐屋(5)があってね」

「豆腐屋があって？」

「豆腐屋があって、その豆腐屋の角から一丁ばかり爪先上がりに上がると寒磬寺《かんけいじ》(6)と云う御寺があってね」

「寒磬寺と云う御寺がある？」

「ある。今でもあるだろう。門前から見るとただ大竹藪《おおたけやぶ》ばかり見えて、本堂も庫裏《くり》もない様《よう》だ。その御寺で毎朝四時頃になると、誰だか鉦《かね》を敲《たた》く」

「誰だか鉦を敲くって、坊主が敲くんだろう」

「坊主だか何だか分らない。ただ竹の中でかんかんと(7)幽《かす》かに敲くのさ。冬の朝なんぞ、霜が強く降って、布団《ふとん》のなかで世の中の寒さを一、二寸の厚さに遮ぎって聞いていると、竹藪のなかから、かんかん響いてくる。誰が敲くのだか分らない。僕は寺の前を通る度に、長い石甃《いしだたみ》と、倒れかかった山門と、山門を埋め尽くす程な大竹藪を見るのだが、一度も山門のなかを覗《のぞ》いた事がない。ただ竹藪のなかで敲く鉦の音だけを聞いては、夜具の裏《うち》で海老《えび》の様になる(8)のさ」

「海老の様になる？」

「うん。海老の様になって、口のうちで、かんかん、かんかんと云うのさ」

「妙だね」

「すると、門前の豆腐屋がきっと起きて、雨戸を明ける。ぎっぎっと豆を臼《うす》で挽《ひ》く音がする。さあさあと豆腐の水を易《か》える音がする」

「君の家《うち》は全体どこにある訳だね」

「僕のうちは、つまり、そんな音が聞える所にあるのさ」

「だから、何処《どこ》にある訳だね」

「すぐ傍《そば》さ」

「豆腐屋の向《むこう》か、隣りかい」

「なに二階さ」

「どこの」

「豆腐屋の二階さ」

「へええ。そいつは……」と碌さん驚ろいた。

「僕は豆腐屋の子だよ」

「へええ。豆腐屋かい」と碌さんは再び驚ろいた。

「それから垣根の朝顔が、茶色に枯れて、引っ張るとがらがら鳴る時分、白い靄《もや》が一面に降《お》りて、町の外れの瓦斯燈《ガスとう》に灯《ひ》がちらちらすると思うとまた鉦が鳴る。かんかん竹の奥で冴《さ》えて鳴る。それから門前の豆腐屋がこの鉦を合図に、腰障子《こししょうじ》(9)をはめる」

「門前の豆腐屋と云うが、それが君のうちじゃないか」

「僕のうち、即ち門前の豆腐屋が腰障子をはめる。かんかんと云う声を聞きながら僕は二階へ上がって布団を敷いて寝る。――僕のうちの吉原揚《よしわらあげ》(10)は旨《うま》かった。近所で評判だった」

隣り座敷の小手と竹刀は双方とも大人しくなって、向うの椽側《えんがわ》では、六十余りの肥《ふと》った爺《じい》さんが、丸い脊《せ》を柱にもたして、胡座《あぐら》のまま、毛抜きで顋《あご》の髯《ひげ》を一本一本に抜いている。髯の根をうんと抑えて、ぐいと抜くと毛抜は下へ弾ね返り、顋は上へ反り返る。まるで器械の様に見える。

「あれは何日《いくか》掛ったら抜けるだろう」と碌さんが圭さんに質問をかける。

「一生懸命にやったら半日位で済むだろう」

「そうは行くまい」と碌さんが反対する。

「そうかな。じゃ一日かな」

「一日や二日で奇麗に抜けるなら訳はない」

「そうさ、ことによると一週間もかかるかね。見給え、あの丁寧に顋を撫《な》で廻《まわ》しながら抜いてるのを」

「あれじゃ。古いのを抜いちまわないうちに、新しいのが生えるかも知れないね」

「とにかく痛い事だろう」と圭さんは話頭を転じた。

「痛いに違いないね。忠告してやろうか」

「なんて」

「よせってさ」

「余計な事だ。それより幾日《いくか》掛ったら、みんな抜けるか聞いて見様《みよう》じゃないか」

「うん、よかろう。君が聞くんだよ」

「僕はいやだ、君が聞くのさ」

「聞いても好《い》いが詰らないじゃないか」

「だから、まあ、よそうよ」と圭さんは自己の申し出しを惜気《おしげ》もなく撤回した。

一度途切れた村鍛冶の音は、今日山里に立つ秋を、幾重《いくえ》の稲妻に砕く積りか、かあんかあんと澄み切った空の底に響き渡る。(11)

「あの音を聞くと、どうしても豆腐屋の昔が思い出される」と圭さんが腕組をしながら云う。

「全体豆腐屋の子がどうして、そんなになったもんだね」

「豆腐屋の子がどんなになったのさ」

「だって豆腐屋らしくないじゃないか」

「豆腐屋だって、肴屋《さかなや》だって――なろうと思えば、何にでもなれるさ」

「そうさな、つまり頭《あたま》だからね」

「頭ばかりじゃない。世の中には頭のいい豆腐屋が何人いるか分らない。それでも生涯豆腐屋さ。気の毒なものだ」

「それじゃ何だい」と碌さんが小供らしく質問する。

「何だって君、やっぱりなろうと思うのさ」

「なろうと思ったって、世の中がしてくれないのが大分あるだろう」

「だから気の毒だと云うのさ、不公平な世の中に生れれば仕方がないから、世の中がしてくれなくても何でも、自分でなろうと思うのさ」

「思って、なれなければ？」

「なれなくっても何でも思うんだ。思ってるうちに、世の中が、してくれる様になるんだ」と圭さんは横着を云う。

「そう注文通りに行けば結構だ。ハハハハハ」

「だって僕は今日までそうして来たんだもの」

「だから君は豆腐屋らしくないと云うのだよ」

「これから先、また豆腐屋らしくなってしまうかも知れないかな。厄介《やっかい》だな。ハハハ」

「なったら、どうするつもりだい」

「なれば世の中がわるいのさ。不公平な世の中を公平にしてやろうと云うのに、世の中が云う事をきかなければ、向の方が悪いのだろう」

「しかし世の中も何だね、君、豆腐屋がえらくなる様なら、自然えらい者が豆腐屋になる訳だね」

「えらい者た、どんな者だい」

「えらい者って云うのは、何さ。例えば華族とか金持とか云うものさ」と碌さんは、すぐ様《さま》えらい者を説明してしまう。

「うん華族や金持か、ありゃ今でも豆腐屋じゃないか、君」

「その豆腐屋連が馬車へ乗ったり、別荘を建てたりして、自分だけの世の中の様《よう》な顔をしているから駄目だよ」

「だから。そんなのは、本当の豆腐屋にしてしまうのさ」

「こっちがする気でも向がならないやね」

「ならないのをさせるから世の中が公平になるんだよ」

「公平に出来れば結構だ。大いにやり玉《たま》え」

「やり給えじゃいけない。君もやらなくっちゃ。——ただ、馬車へ乗ったり、別荘を建てたりするだけならいいが、無暗《むやみ》に人を圧迫するぜ、ああ云う豆腐屋は。自分が豆腐屋の癖《くせ》に」と圭さんはそろそろ慷慨《こうがい》(13)し始める。

「君はそんな目に逢った事があるのかい」

圭さんは腕組をしたままふふんと云った。村鍛冶の音は不相変《あいかわらず》かあんかあんと鳴る。

「まだ、かんかん遣《や》ってる。——おい僕の腕は太いだろう」と圭さんは突然腕まくりをして、黒い奴を碌さんの前に圧《お》し付けた。

「君の腕は昔から太いよ。そうして、いやに黒いね。豆を磨《ひ》いた事があるのかい」

「豆も磨いた(14)、水も汲《く》んだ。——おい、君粗忽《そこつ》で人の足を蹈《ふ》んだら、どっちが謝まるものだろう」

「踏んだ方が謝まるのが通則の様だな」

「突然、人の頭を張り付けたら？」

「そりゃ気違だろう」

「気狂《きちがい》なら謝まらないでもいいものかな」

「そうさな。謝まらさす事が出来れば、謝まらさす方がいいだろう」

「それを気違の方で謝まれって云うのは驚ろくじゃないか」

「そんな気違があるのかい」

「今の豆腐屋連はみんな、そう云う気違ばかりだよ。人を圧迫した上に、人に頭を下げさせ様とするんだぜ。本来なら向が恐れ入るのが人間だろうじゃないか、君」

「無論それが人間さ。しかし気違の豆腐屋なら、うっちゃって置くより外に仕方があるまい」

圭さんは再びふふんと云った。しばらくして、

「そんな気違を増長させる位なら、世の中に生れて来ない方がいい」と独り言《ひとりごと》の様につけた。

村鍛冶の音は、会話が切れる度に静かな里の端から端までかあんかあんと響く。

「頻《しき》りにかんかんやるな。どうも、あの音は寒磬寺の鉦に似ている」

「妙に気に掛るんだね。その寒磬寺の鉦の音と、気違の豆腐屋とでも何か関係があるのかい。――全体君が豆腐屋の倅《せがれ》から、今日までに変化した因縁はどう云う筋通《すじみち》なんだい。少し話して聞かせないか」

「聞かせてもいいが、何だか寒いじゃないか。ちょいと夕飯前《ゆうめし》に湯泉《ゆ》に這入ろう。君いやか」

「うん這入ろう」

圭さんと碌さんは手拭をぶら下げて、庭へ降りる。棕梠緒《しゅろお》の貸下駄には都らしく宿の焼印が押してある。

二

「この湯は何に利《き》くんだろう」と豆腐屋の圭《けい》さんが湯槽《ゆぶね》のなかで、ざぶざぶやりながら聞く。

「何に利くかなあ。分析表を見ると、何にでも利く様《よう》だ。――君そんなに、臍《へそ》ばかりざぶざぶ洗ったって、出臍《でべそ》は癒らないぜ」

「純透明だね」と出臍の先生は、両手に温泉《ゆ》を掬《く》んで、口へ入れて見る。やがて

「味も何もない」と云いながら、流しへ吐き出した。

「飲んでもいいんだよ」と碌《ろく》さんはがぶがぶ飲む。

圭さんは臍を洗うのをやめて、湯槽の縁《ふち》へ肘《ひじ》をかけて漫然と、硝子越《ガラスご》しに外を眺めている。碌さんは首だけ湯に漬《つ》かって、相手の臍から上を見上げた。

「どうも、いい体格だ。全く野生のままだね」

「豆腐屋出身だからなあ。体格《からだ》が悪るいと華族や金持ちと喧嘩《けんか》は出来ない。こっちは一人向《むこう》は大勢だから」

「さも喧嘩の相手がある様な口振だね。当の敵は誰だい」

「誰でも構わないさ」

「ハハハ呑気《のんき》なもんだ。喧嘩にも強そうだが、足の強いのには驚いたよ。君と一所でなければ、きのう此処《ここ》までくる勇気はなかったよ。実は途中で御免蒙《ごめんこうむ》ろうかと思った」

「実際少し気の毒だったね。あれでも僕は余程《よほど》加減して、歩行《ある》いたつもりだ」

「本当かい？　果して本当ならえらいものだ。——何だか怪しいな。すぐ付け上がるからいやだ」

「ハハハ付け上がるものか。付け上がるのは華族と金持ばかりだ」

「また華族と金持ちか。眼《め》の敵《かたき》だね」

「金はなくっても、此方《こっち》は天下の豆腐屋だ」

「そうだ、苟《いやしく》も天下の豆腐屋だ。野生の腕力家だ」

「君、あの窓の外に咲いている黄色い花は何だろう」

碌さんは湯の中で首を捩《ね》じ向《む》ける。

「かぼちゃさ」

「馬鹿あ云ってる。かぼちゃは地の上を這ってるものだ。あれは竹へからまって、風呂場の屋根へあがっているぜ」

「屋根へ上がっちゃ、かぼちゃになれないかな」

「だって可笑《おか》しいじゃないか、今頃花が咲くのは」

「構うものかね、可笑しいたって、屋根にかぼちゃの花が咲くさ」

「そりゃ唄かい」

「そうさな、前半は唄のつもりでもなかったんだが、後半に至って、つい唄になってしまった様だ」

「屋根にかぼちゃが生《な》る様だから、豆腐屋が馬車なんかへ乗るんだ。不都合千万だよ」

「また慷慨《こうがい》か、こんな山の中へ来て慷慨したって始まらないさ。それより早く阿蘇《あそ》へ登って噴火口から、赤い岩が飛び出す所でも見るさ。――しかし。飛び込んじゃ困るぜ。(1)――何だか少し心配だな」

「噴火口は実際猛烈なものだろうな、何でも、沢庵石《たくあんいし》の様な岩が真赤になって、空の中へ吹き出すそうだぜ。それが三、四町四方一面に吹き出すのだから壮《さか》んに違ない。――あしたは早く起きなくっちゃ、いけないよ」

「うん、起きる事は起きるが山へかかってから、あんなに早く歩行いちゃ、御免だ」

と碌さんはすぐ予防線を張った。

「ともかくも六時に起きて……」

「六時に起きる?」

「六時に起きて、七時半に湯から出て、八時に飯を食って、八時半に便所から出て、そうして宿を出て、十一時に阿蘇神社(2)へ参詣して、十二時から登るのだ」

「へえ、誰が」

「僕と君がさ」

「何だか君一人《ひと》りで登る様だぜ」

「なに構わない」

「難有《ありがた》い仕合《しあわ》せだ。まるで御供《おとも》の様だね」

「うふん。時に昼は何を食うかな。やっぱり饂飩《うどん》にして置くか」と圭さんが、あすの昼飯の相談をする。

「饂飩はよすよ。ここいらの饂飩はまるで杉箸《すぎばし》を食う様で腹が突張ってたまらない」

「では蕎麦《そば》か」

「蕎麦も御免だ。僕は麺類じゃ、とても凌《しの》げない男だから」

「じゃ何を食うつもりだい」

「何でも御馳走《ごちそう》が食いたい」

「阿蘇の山の中に御馳走があるはずがないよ。だからこの際、ともかくも饂飩で間に合せて置いて……」

「この際は少し変だぜ。この際た、どんな際なんだい」

「剛健な趣味を養成する為《た》めの旅行だから……」

「そんな旅行なのかい。ちっとも知らなかったぜ。剛健はいいが饂飩は平《ひら》に不賛成だ。こう見えても僕は身分が好《い》いんだからね」

「だから柔弱でいけない。僕なぞは学資に窮した時、一日に白米二合で間に合せた事がある」

「痩せたろう」と碌さんが気の毒な事を聞く。

「そんなに痩せもしなかったがただ虱《しらみ》が湧《わ》いたには困った。――君、虱が湧いた事があるかい」

「僕はないよ。身分が違わあ」

「まあ経験して見給え。そりゃ容易に猟《か》り尽《つく》せるもんじゃないぜ」

「煮え湯で洗濯したらよかろう」

「煮え湯？　煮え湯ならいいかも知れない。しかし洗濯するにしてもただでは出来ないからな」

「なある程、銭が一文《いちもん》もないんだね」

「一文もないのさ」

「君どうした」

「仕方がないから、襯衣《シャツ》を敷居の上へ乗せて、手頃な丸い石を拾って来て、こつこつ叩いた。そうしたら虱が死なないうちに、襯衣が破れてしまった」

「おやおや」

「しかもそれを宿のかみさんが見付けて、僕に退去を命じた」

「さぞ困ったろうね」

「なあに困らんさ、そんな事で困っちゃ、今日まで生きていられるものか。これから追い追い華族や金持ちを豆腐屋にするんだからな。滅多《めった》に困っちゃ仕方がない」

「すると僕なんぞも、今に、とおふい、油揚、がんもどきと怒鳴って、あるかなくっちゃならないかね」

「華族でもない癖《くせ》に」

「まだ華族にはならないが、金は大分あるよ」

「あってもその位じゃ駄目だ」

「この位じゃ豆腐いと云う資格はないのかな。大《おおい》に僕の財産を見縊《みくび》ったね」

「時に君、脊中《せなか》を流してくれないか」

「僕のも流すかい」

「流してもいいさ。隣りの部屋の男も流しくらをやってたぜ、君」

「隣りの男の脊中は似たり寄ったりだから公平だが、君の脊中と、僕の脊中とは大分面積が違うから損だ」

「そんな面倒な事を云うなら一人で洗うばかりだ」と圭さんは、両足を湯壺の中にうんと踏ん張って、ぎゅうと手拭をしごいたと思ったら、両端を握ったまま、ぴしゃりと、音をたてて斜《はす》に膏切《あぶらぎ》った脊中へ宛てがった。やがて二の腕へ力瘤《ちからこぶ》が急に出来上がると、水を含んだ手拭は、岡の様に肉づいた脊中をぎちぎち磨《こす》り始《はじ》める。

手拭の運動につれて、圭さんの太い眉がくしゃりと寄って来る。鼻の穴が三角形に膨脹《ぼうちょう》して、小鼻が勃《ぼっ》として左右に展開する。口は腹を切る時の様に堅く喰締《くいしば》ったまま、両耳の方まで割《さ》けてくる。

「まるで仁王の様だね。仁王の行水《ぎょうずい》だ。そんな猛烈な顔がよく出来るね。こりゃ不思議だ。そう眼をぐりぐりさせなくっても、脊中は洗えそうなものだがね」

圭さんは何《なん》にも云わずに一生懸命にぐいぐい擦《こす》る。擦っては時々、手拭を温泉《ゆ》に漬けて、充分水を含ませる。含ませるたんびに、碌さんの顔へ、汗と膏と垢《あか》と温泉の交ったものが十五、六滴ずつ飛んで来る。

「こいつは降参だ。ちょっと失敬して、流しの方へ出るよ」と碌さんは湯槽を飛び出した。飛び出しはしたものの、感心の極、流しへ突っ立ったまま、茫然《ぼうぜん》として、仁王の行水を眺めている。

「あの隣りの客は元来何者だろう」と圭さんが槽《ふね》のなかから質問する。

「隣りの客どころじゃない。その顔は不思議だよ」

「もう済んだ。ああ好い心持だ」と圭さん、手拭の一端を放すや否や、ざぶんと温泉の中へ、石の様に大きな脊中を落す。満槽《まんそう》の湯は一度に面喰《めんくら》って、槽の底から大恐惶《だいきょうこう》を持ち上げる。ざあっざあっと音がして、流しへ溢《あふ》れだす。

「ああ、いい心持ちだ」と圭さんは波のなかで云った。

「成程《なるほど》そう遠慮なしに振舞ったら、好い心持ちに相違ない。君は豪傑だよ」

「あの隣りの客は竹刀《しない》と小手《こて》の事ばかり云ってるじゃないか。全体何物だい」と圭さんは呑気なものだ。

「君が華族と金持ちの事を気にする様なものだろう」

「僕のは深い原因があるのだが、あの客のは何だか訳が分らない」

「なに自分じゃ、あれで分ってるんだよ。――そこでその小手を取られたんだあねー―」と碌さんが隣りの真似《まね》をする。

「ハハハハそこでそら竹刀を落したんだあねか。ハハハハ。どうも気楽なものだ」と圭さんも真似して見る。

「なにあれでも、実は慷慨家かも知れない。そらよく草双紙《くさぞうし》(3)にあるじゃないか。何とかの何々、実は海賊の張本毛剃九右衛門《ちょうほんけぞりくえもん》(4)て」

「海賊らしくもないぜ。さっき温泉に這入《はい》りに来る時、覗《のぞ》いて見たら、二人共木枕《きまくら》をして、ぐうぐう寝《ね》ていたよ」

「木枕をして寝られる位の頭だから、そら、そこで、その、小手を取られるんだあね」と碌さんは、まだ真似をする。

「竹刀も取られるんだあねか。ハハハハ。何でも赤い表紙の本を胸の上へ載せたまんま寝ていたよ」

「その赤い本が、何でもその、竹刀を落したり、小手を取られるんだあね」と碌さんは、どこまでも真似をする。

「何だろう、あの本は」

「伊賀の水月《すいげつ》(5)さ」と碌さんは、躊躇《ちゅうちょ》なく答えた。

「伊賀の水月？　伊賀の水月た何だい」

「伊賀の水月を知らないのかい」

「知らない。知らなければ恥かな」と圭さんはちょっと首を捻《ひね》った。

「恥じゃないが話せないよ」

「話せない？　なぜ」

「なぜって、君、荒木又右衛門《あらきまたえもん》(6)を知らないか」

「うん、又右衛門か」

「知ってるのかい」と碌さんまた湯の中へ這入る。圭さんはまた槽のなかへ突立った。

「もう仁王の行水は御免だよ」

「もう大丈夫、脊中はあらわない。あまり這入ってると逆上《のぼせ》るから、時々こう立つのさ」

「ただ立つばかりなら、安心だ。――それで、その、荒木又右衛門を知ってるかい」

「又右衛門？　そうさ、どこかで聞いた様だね。豊臣秀吉の家来じゃないか」と圭さん、飛《と》んでもない事を云う。

「ハハハハこいつはあきれた。華族や金持ちを豆腐屋にするんだなんて、えらい事を云うが、どうも何も知らないね」

「じゃ待った。少し考えるから。又右衛門だね。又右衛門、荒木又右衛門だね。待ち給えよ、荒木の又右衛門と。うん分った」

「何だい」

「相撲取《すもうとり》だ」

「ハハハハハ荒木、ハハハハ荒木、又ハハハハハ又右衛門が、相撲取り。愈《いよいよ》、あきれてしまった。実に無識だね。ハハハハ」と碌さんは大恐悦である。

「そんなに可笑しいか」

「可笑しいって、誰に聞かしたって笑うぜ」

「そんなに有名な男か」

「そうさ、荒木又右衛門じゃないか」

「だから僕もどこかで聞いた様に思うのさ」

「そら、落ち行く先《さ》きは九州相良《さがら》(7)って云うじゃないか」

「云うかも知れんが、その句は聞いた事がない様だ」

「困った男だな」

「ちっとも困りゃしない。荒木又右衛門位知らなくったって、毫《ごう》も僕の人格には関係はしまい。それよりも五里の山路が苦になって、やたらに不平を並べる様な人が困った男なんだ」

「腕力や脚力を持ち出されちゃ駄目だね。到底叶《かな》いっこない。そこへ行くと、どうしても豆腐屋出身の天下だ。僕も豆腐屋へ年期奉公に住み込んで置けばよかった」

「君は第一平生から惰弱《だじゃく》でいけない。ちっとも意志がない」

「これで余《よ》っ程有《ほどあ》るつもりなんだがな。ただ饂飩に逢った時ばかりは全く意志が薄弱だと、自分ながら思うね」(8)

「ハハハハ詰《つま》らん事を云っていらあ」

「しかし豆腐屋にしちゃ、君のからだは奇麗《きれい》過ぎるね」

「こんなに黒くってもかい」

「黒い白いは別として、豆腐屋は大概《たいがい》割青《ほりもの》があるじゃないか」

「なぜ」

「なぜか知らないが、割青があるもんだよ。君、なぜほらなかった」

「馬鹿あ云ってらあ。僕の様な高尚な男が、そんな愚《ぐ》な真似をするものか。華族や金持がほれば似合うかも知れないが、僕にはそんなものは向かない。荒木又右衛門だって、ほっちゃいまい」

「荒木又右衛門か。そいつは困ったな。まだそこまでは調べが届いていないからね」

「そりゃどうでもいいが、ともかくもあしたは六時に起きるんだよ」

「そうして、ともかくも饂飩を食うんだろう。僕の意志の薄弱なのにも困るかも知れないが、君の意志の強固なのにも辟易《へきえき》するよ。うちを出てから、僕の云う事は一つも通らないんだからな。全く唯々《いい》諾々《だくだく》として命令に服しているんだ。豆腐屋主義はきびしいもんだね」

「なにこの位強硬にしないと増長していけない」

「僕がかい」

「なあに世の中の奴等がさ。金持ちとか、華族とか、何とか蚊《か》とか、生意気に威張る奴等がさ」

「しかしそりゃ見当違だぜ。そんなものの身代りに僕が豆腐屋主義に屈従するなたまらない。どうも驚ろいた。以来君と旅行するのは御免だ」

「なあに構わんさ」

「君は構わなくってもこっちは大いに構うんだよ。その上旅費は奇麗に折半されるんだから愚の極だ」

「しかし僕の御蔭で天地の壮観たる阿蘇の噴火口を見る事が出来るだろう」

「可愛想《かわいそう》に。一人だって阿蘇位登れるよ」

「しかし華族や金持なんて存外意気地《いくじ》がないもんで……」

「また身代りか、どうだい身代りはやめにして、本当の華族や金持ちの方へ持って行ったら」

「いずれ、その内持ってくつもりだがね。――意気地がなくって、理窟《りくつ》がわからなくって、個人としちゃぁ三文の価値もないもんだ」

「だから、どしどし豆腐屋にしてしまうさ」

「その内、してやろうと思ってるのさ」

「思ってるだけじゃ剣呑《けんのん》なものだ」

「なあに年が年中思っていりゃ、どうにかなるもんだ」

「随分気が長いね。尤《もっと》も僕の知ったものにね。虎列拉《コレラ》になるなると思っていたら、とうとう虎列拉になったものがあるがね。君のもそう、うまく行くと好《い》いけれども」

「時にあの髯《ひげ》を抜いてた爺《じい》さんが手拭をさげてやって来たぜ」

「丁度《ちょうど》好いから君一つ聞いて見給え」

「僕はもう湯気《ゆけ》に上がりそうだから、出るよ」

「まあ、いいさ、出ないでも。君がいやなら僕が聞いて見るから、もう少し這入っていたまえ」

「おや、あとから竹刀と小手が一所に来たぜ」

「どれ。成程、揃って来た。あとから、まだ来るぜ。やあ婆さんが来た。婆さんも、この湯槽へ這入るのかな」

「僕はともかくも出るよ」

「婆さんが這入るなら、僕もともかくも出よう」

風呂場を出ると、ひやりと吹く秋風が、袖口《そでぐち》からすうと這入って、素肌を臍のあたりまで吹き抜けた。出臍の圭さんは、はっくしょうと大きな苦沙弥《くしゃみ》を無遠慮にやる。上がり口に白芙蓉《はくふよう》が五、六輪、夕暮の秋を淋しく咲いている。見上げる向では阿蘇の山がごうごうごうと遠くながら鳴っている。

「あすこへ登るんだね」と碌さんが云う。

「鳴ってるぜ。愉快だな」と圭さんが云う。

三

「姉《ねえ》さん、この人は肥《ふと》ってるだろう」

「大分肥《こ》えていなはります」

「肥えてるって、おれは、これで豆腐屋だもの」

「ホホホ」

「豆腐屋じゃ可笑《おか》しいかい」

「豆腐屋の癖《くせ》に西郷隆盛の様《よう》な顔をしているから可笑しいんだよ。時にこう、精進料理じゃ、あした、御山へ登れそうもないな」

「また御馳走《ごちそう》を食いたがる」

「食いたがるって、これじゃ営養《えいよう》不良になるばかりだ」

「なにこれ程御馳走があれば沢山だ。――湯葉《ゆば》に、椎茸《しいたけ》に、芋に、豆腐、色々あるじゃないか」

「色々ある事はあるがね。ある事は君の商買《しょうばい》道具まであるんだが――困ったな。きのうは饂飩《うどん》ばかり食わせられる。きょうは湯葉に椎茸ばかりか。ああああ」

「君この芋を食って見給え。掘りたてで頗《すこぶ》る美味だ」

「頗る剛健な味がしやしないか――おい姉さん、肴《さかな》は何もないのかい」

「生憎《あいにく》何も御座《ござ》りまっせん」

「御座りまっせんは弱ったな。じゃ玉子があるだろう」

「玉子なら御座ります」

「その玉子を半熟にして来てくれ」

「何に致します」

「半熟にするんだ」

「煮て参じますか」

「まあ煮るんだが、半分煮るんだ。半熟を知らないか」

「いいえ」

「知らない？」

「知りまっせん」

「どうも辟易《へきえき》だな」

「何で御座ります」

「何でもいいから、玉子を持って御出《おいで》。それから、おい、ちょっと待った。――君ビールを飲むか」

「飲んでもいい」と圭《けい》さんは泰然たる返事をした。

「飲んでもいいか、それじゃ飲まなくってもいいんだ。――よすかね」

「よさなくっても好《い》い。ともかくも少し飲もう」

「ともかくもか、ハハハ。君程、ともかくもの好きな男はないね。それで、あしたになると、ともかくも饂飩を食おうと云うんだろう。――姉さん、ビールも序《つい》でに持ってくるんだ。玉子とビールだ。分ったろうね」

「ビールは御座りまっせん」

「ビールがない?――君ビールはないとさ。何だか日本の領地でない様な気がする。情ない所だ」

「なければ、飲まなくっても、いいさ」と圭さんはまた泰然たる挨拶をする。

「ビールは御座りませんばってん、恵比寿《えびす》(1)なら御座ります」

「ハハハハ愈《いよいよ》妙になって来た。おい君ビールでない恵比寿があるって云うんだが、その恵比寿でも飲んで見るかね」

「うん、飲んでもいい。――その恵比寿はやっぱり罎《びん》に這入《はい》ってるんだろうね、姉さん」と圭さんはこの時漸《ようや》く下女に話しかけた。

「ねえ」と下女は肥後訛《ひごなま》りの返事をする。

「じゃ、ともかくもその栓《せん》を抜いてね。罎ごと、ここへ持って御出」

「ねえ」

下女は心得貌《こころえがお》に起《た》って行く。幅の狭い唐縮緬《とうちりめん》をちょっきり結び(2)に御臀《おしり》の上へ乗せて、絣《かすり》の筒袖《つつそで》をつんつるてんに着ている。髪だけは一種異様の束髪《そくはつ》に、大分碌《ろく》さんと圭さんの胆《たん》を寒からしめた様だ。

「あの下女は異彩を放ってるね」と碌さんが云うと、圭さんは平気な顔をして、

「そうさ」と何の苦もなく答えたが、

「単純でいい女だ」(3)とあとへ、持って来て、木に竹を接《つ》いだ様につけた。

「剛健な趣味がありゃしないか」

「うん。実際田舎者《いなかもの》の精神に、文明の教育を施すと、立派な人物が出来るんだがな。惜しい事だ」

「そんなに惜しけりゃ、あれを東京へ連れて行って、仕込んで見るがいい」

「うん、それも好かろう。しかしそれより前に文明の皮を剝《む》かなくっちゃ、いけない」

「皮が厚いから中々《なかなか》骨が折れるだろう」と碌さんは水瓜《すいか》の様な事を云う。

「折れても何でも剝くのさ。奇麗《きれい》な顔をして、下卑《げび》た事ばかりやってる。それも金がない奴だと、自分だけで済むのだが、身分がいいと困る。下卑た根性を社会全体に蔓延《まんえん》させるからね。大変な害毒だ。しかも身分がよかったり、金があったりするものに、よくこう云う性根《しょうね》の悪い奴があるものだ」

「しかも、そんなのに限って皮が愈《いよいよ》厚いんだろう」

「体裁だけは頗る美事なものさ。しかし内心はあの下女より余《よ》っ程《ぽど》すれているんだから、いやになってしまう」

「そうかね。じゃ、僕もこれから、ちと剛健党の御仲間入りをやろうかな」

「無論の事さ。だから先《ま》ず第一着にあした六時に起きて……」

「御昼に饂飩を食ってか」

「阿蘇《あそ》の噴火口を観て……」

「癇癪《かんしゃく》を起して飛び込まない様に要心《ようじん》をしてか」

「尤《もっと》も崇高なる天地間の活力現象[4]に対して、雄大の気象を養って、齷齪《あくそく》たる塵事《じんじ》を超越するんだ」

「あんまり超越し過ぎるとあとで世の中が、いやになって、却《かえ》って困るぜ。だからそこの所は好加減《いいかげん》に超越して置く事にしようじゃないか。僕の足じゃ到底そうえらく超越出来そうもないよ」

「弱い男だ」

筒袖の下女が、盆の上へ、麦酒《ビール》を一本、洋盃《コップ》を二つ、玉子を四個、並べつくして持ってくる。

「そら恵比寿が来た。この恵比寿がビールでないんだから面白い。さあ一杯飲むかい」と碌さんが、相手に洋盃を渡す。

「うん、序《ついで》にその玉子を二つ貰おうか」と圭さんが云う。

「だって玉子は僕が誂《あつ》らえたんだぜ」

「しかし四つとも食う気かい」

「あしたの饂飩が気になるから、このうち二個は携帯して行こうと思うんだ」

「うん、そんなら、よそう」と圭さんはすぐ断念する。

「よすとなると気の毒だから、まあ上げよう。本来なら剛健党が玉子なんぞを食うのは、ちと贅沢《ぜいたく》の沙汰《さた》だが、可哀想《かわいそう》でもあるから、——さあ食うがいい。——姉さん、この恵比寿はどこで出来るんだね」

「大方熊本で御座りまっしょ」

「ふん、熊本製の恵比寿か、中々旨《うま》いや。君どうだ、熊本製の恵比寿は」

「うん。やっぱり東京製と同じ様だ。——おい、姉さん、恵比寿はいいが、この玉子は生《なま》だぜ」と玉子を割った圭さんはちょっと眉をひそめた。

「ねえ」

「生だと云うのに」

「ねえ」

「何だか要領を得ないな。君、半熟を命じたんじゃないか。君のも生か」と圭さんは下女を捨てて、碌さんに向ってくる。

「半熟を命じて不熟を得たりか。僕のを一つ割って見よう。――おやこれは駄目だ……」

「うで玉子か」と圭さんは首を延して相手の膳の上を見る。

「全熟だ。こっちのはどうだ。――うん、これも全熟だ。――姉さん、これは、うで玉子じゃないか」と今度は碌さんが下女にむかう。

「ねえ」

「そうなのか」

「ねえ」

「なんだか言葉の通じない国へ来た様だな。――向うの御客さんのが生玉子で、おれのは、うで玉子なのかい」

「ねえ」

「なぜ、そんな事をしたのだい」

「半分煮て参じました」

「なある程。こりゃ、よく出来てらあ。ハハハハハ、君、半熟のいわれが分ったかい」

と碌さん横手《よこで》を打つ。

「ハハハハ単純なものだ」

「まるで落《おと》し噺《ばな》し見た様だ」

「間違いましたか。そちらのも煮て参じますか」

「なにこれでいいよ。——姉さん、ここから、阿蘇まで何里あるかい」と圭さんが玉子に関係のない方面へ出て来た。

「ここが阿蘇で御座りまっす」

「ここが阿蘇なら、あした六時に起きるがものはない。もう二、三日逗留《とうりゅう》して、すぐ熊本へ引き返そうじゃないか」と碌さんがすぐ云う。

「どうぞ、何時《いつ》までも御逗留なさいまっせ」

「折角《せっかく》、姉さんも、ああ云って勧めるものだから、どうだろう、いっそ、そうしたら」と碌さんが圭さんの方を向く。圭さんは相手にしない。

「ここも阿蘇だって、阿蘇郡なんだろう」とやはり下女を追窮している。

「ねえ」

「じゃ阿蘇の御宮《おみや》まではどの位あるかい」

「御宮までは三里で御座りまっす」

「山の上までは」

「御宮から二里で御座りますたい」

「山の上はえらいだろうね」と碌さんが突然飛び出してくる。

「ねえ」

「御前《おまえ》登った事があるかい」

「いいえ」

「じゃ知らないんだね」

「いいえ、知りまっせん」

「知らなけりゃ、仕様がない。折角話を聞こうと思ったのに」

「御山へ御登りなさいますか」

「うん、早く登りたくって、仕方がないんだ」と圭さんが云うと、

「僕は登りたくなくって、仕方がないんだ」と碌さんが打ち壊《ぶこ》わした。

「ホホホそれじゃ、あなただけ、ここへ御逗留なさいまっせ」

「うん、ここで寝転んで、あのごうごう云う音を聞いている方が楽な様だ。ごうごうと云やあ、さっきより、大分烈しくなった様だぜ、君」

「そうさ、大分、強くなった。夜の所為《せい》だろう」

「御山が少し荒れておりますたい」

「荒れると烈しく鳴るのかね」

「ねえ。そうしてよなが沢山に降って参りますたい」

「よな何だい」

「灰で御座りまっす」

下女は障子をあけて、椽側《えんがわ》へ人指しゆびを擦《す》りつけながら、

「御覧なさりまっせ」と黒い指先を出す。

「成程《なるほど》、始終降ってるんだ。きのうは、こんなじゃなかったね」と圭さんが感心する。

「ねえ。少し御山が荒れておりますたい」

「おい君、いくら荒れても登る気かね。荒れ模様なら少々延ばそうじゃないか」

「荒れれば猶《なお》愉快だ。滅多《めった》に荒れた所なんぞが見られるものじゃない。荒れる時と、荒れない時は火の出具合が大変違うんだそうだ。ねえ、姉さん」

「ねえ。今夜は大変赤く見えます。ちょと出て御覧なさいまっせ」

どれと、圭さんはすぐ椽側へ飛び出す。

「いやあ、こいつは熾《さかん》だ。おい君早く出て見給え。大変だよ」

「大変だ？　大変じゃ出て見るかな。どれ。――いやあ、こいつは――成程えらいものだね――あれじゃ到底駄目だ」

「何が」

「何がって、――登る途中で焼き殺されちまうだろう」

「馬鹿を云っていらあ。夜だから、ああ見えるんだ。実際昼間から、あの位やってるんだよ。ねえ、姉さん」

「ねえ」

「ねえかも知れないが危険だぜ。ここにこうしていても何だか顔が熱い様だ」と碌さんは、自分の頬《ほっ》ぺたを撫《な》で廻《まわ》す。

「大袈裟《おおげさ》な事ばかり云う男だ」

「だって君の顔だって、赤く見えるぜ。そらそこの垣の外に広い稲田があるだろう。あの青い葉が一面に、こう照らされているじゃないか」

「嘘ばかり、あれは星のひかりで見えるのだ」

「星のひかりと火のひかりとは趣が違うさ」

「どうも、君も余程《よほど》無学だね。君、あの火は五、六里先《さ》きにあるのだぜ」

「何里先きだって、向うの方の空が一面に真赤になってるじゃないか――碌さんは向《むこう》をゆびさして大きな輪を指の先で描いて見せる。

「よるだもの」

「夜だって……」

「君は無学だよ。荒木又右衛門《あらきまたえもん》は知らなくっても好《い》いが、この位な事が分らなくっちゃ恥だぜ」と圭さんは、横から相手の顔を見た。

「人格にかかわるかね。人格にかかわるのは我慢するが、命にかかわっちゃ降参だ」

「まだあんな事を云っている。――じゃ姉さんに聞いて見るがいい。ねえ姉さん。あの位火が出たって、御山へは登れるんだろう」

「ねえい」

「大丈夫かい」と碌さんは下女の顔を覗《のぞ》き込《こ》む。

「ねえい。女でも登りますたい」

「女でも登っちゃ、男は是非《ぜひ》登る訳かな。飛んだ事になったもんだ」

「ともかくも、あしたは六時に起きて……」

「もう分ったよ」

言い棄てて、部屋のなかに、ごろりと寝転んだ、碌さんの去ったあとに、圭さんは、黙然と、眉を軒《あ》げて、奈落《ならく》から半空《はんくう》に向って、真直《まっすぐ》に立つ火の柱を見詰めていた。(5)

四

「おいこれから曲がって愈《いよいよ》登るんだろう」と圭《けい》さんが振り返る。

「ここを曲がるかね」

「何でも突き当りに寺の石段が見えるから、門を這入《はい》らずに左へ廻れと教えたぜ」

「饂飩屋《うどんや》の爺《じい》さんがか」と碌《ろく》さんはしきりに胸を撫《な》で廻《まわ》す。

「そうさ」

「あの爺さんが、何を云うか分ったもんじゃない」

「何故《なぜ》」

「何故って、世の中に商買《しょうばい》もあろうに、饂飩屋になるなんて、第一それからが不了簡《ふりょうけん》だ」

「饂飩屋だって正業だ。金を積んで、貧乏人を圧迫するのを道楽にする様《よう》な人間より遥かに尊《たっ》といさ」

「尊といかも知れないが、どうも饂飩屋は性《しょう》に合わない。――しかし、とうとう饂飩を食わせられた今となって見ると、いくら饂飩屋の亭主を恨んでも後の祭りだから、まあ、我慢して、ここから曲がってやろう」

「石段は見えるが、あれが寺かなあ、本堂も何もないぜ」

「阿蘇《あそ》の火で焼けちまったんだろう。だから云わない事じゃない。——おい天気が少々剣呑《けんのん》になって来たぜ」

「なに、大丈夫だ。天祐《てんゆう》があるんだから」

「どこに」

「どこにでもあるさ。意思のある所には天祐がごろごろしているものだ」

「どうも君は自信家だ。剛健党になるかと思うと、天祐派になる。この次ぎには天《てん》誅組《ちゅうぐみ》(1)にでもなって筑波山《つくばさん》へ立《た》て籠《こも》る(2)つもりだろう」

「なに豆腐屋時代から天誅組さ。——貧乏人をいじめる様な——豆腐屋だって人間だ——いじめるって、何等《なんら》の利害もないんだぜ、ただ道楽なんだから驚ろく」

「いつそんな目に逢ったんだい」

「いつでもいいさ。桀紂《けっちゅう》(3)と云えば古来から悪人として通り者だが、二十世紀はこの桀紂で充満しているんだぜ。しかも文明の皮を厚く被《かぶ》ってるから小憎《こにく》らしい」

「皮ばかりで中味のない方がいい位なものかな。やっぱり、金があり過ぎて、退屈だと、そんな真似《まね》がしたくなるんだね。馬鹿に金を持たせると大概桀紂になりたがるんだろう。僕の様な有徳《うとく》の君子は貧乏だし、彼等の様な愚劣な輩は、人を苦しめる為《た》めに金銭を使っているし、困った世の中だなあ。いっそ、どうだい、そう云う、ももんがあを十把一《じっぱひ》とからげにして、阿蘇の噴火口から真逆様《まっさかさま》に地獄の下へ落しちまったら」

「今に落としてやる」と圭さんは薄黒く渦巻く烟《けむ》りを仰いで、草鞋足《わらじあし》をうんと踏張った。

「大変な権幕《けんまく》だね。君、大丈夫かい。十把一とからげを放り込まないうちに、君が飛び込んじゃいけないぜ」

「あの音は壮烈だな」

「足の下が、もう揺れている様だ。——おいちょっと、地面へ耳をつけて聞いて見給え」

「どんなだい」

「非常な音だ。慥《たし》かに足の下がうなってる」

「その割に烟りがこないな」

「風の所為《せい》だ。北風だから、右へ吹きつけるんだ」

「樹が多いから、方角が分らない。もう少し登ったら見当がつくだろう」

しばらくは雑木林の間を行く。道幅は三尺に足らぬ。いくら仲が善くても並んで歩行《ある》く訳には行かぬ。圭さんは大きな足を悠々と振って先へ行く。碌さんは小さな体躯《からだ》をすぼめて、小股《こまた》に後から尾《つ》いて行く。尾いて行きながら、圭さんの足跡の大きいのに感心している。感心しながら歩行いて行くと、段々おくれてしまう。

路は左右に曲折して爪先上《つまさきあが》りだから、三十分と立たぬうちに、圭さんの影を見失った。樹と樹の間をすかして見ても何にも見えぬ。山を下りる人は一人もない。上るものにも全く出合わない。ただ所々に馬の足跡がある。たまに草鞋の切れが茨《いばら》にかかっている。その外《ほか》に人の気色《けしき》は更にない、饂飩腹の碌さんは少々心細くなった。

きのうの澄み切った空に引《ひ》き易《か》えて、今朝宿を立つ時からの霧模様には少し掛念《けねん》もあったが、晴れさえすればと、好《い》い加減《かげん》な事を頼みにして、とうとう阿蘇の社《やしろ》まではの漕ぎ付けた。白木の宮に禰宜《ねぎ》の鳴らす柏手《かしわで》が、森閑と立つ杉の梢に響いた時、見上げる空から、ぽつりと何やら額に落ちた。饂飩を煮る湯気が障子の破れから、吹いて、白く右へ靡《なび》いた頃から、午過《ひるす》ぎは雨かなとも思われた。

雑木林を小半里《こはんみち》程来たら、怪しい空がとうとう持ち切れなくなったと見えて、梢にしたたる雨の音が、さあと北の方へ走る。あとから、すぐ新しい音が耳を掠《かす》めて、翻《ひる》がえる木の葉と共にまた北の方へ走る。碌さんは首を縮めて、えっと舌打ちをした。

一時間程で林は尽きる。尽きると云わんよりは、一度に消えると云う方が適当であろう。ふり返える、後ろは知らず、貫《つら》ぬいて来た一筋道の外は、東も西も茫々《ぼうぼう》たる青草が波を打って幾段となく連なる後から、むくむくと黒い烟りが持ち上がってくる。噴火口こそ見えないが、烟りの出るのは、つい鼻の先である。

林が尽きて、青い原を半丁と行かぬ所に、大入道の圭さんが空を仰いで立っている。蝙蝠《こうもり》傘は畳んだまま、帽子さえ、被らずに毬栗頭《いがぐりあたま》をぬっくと草から上へ突き出して地形を見廻している様子だ。

「おうい。少し待ってくれ」

「おうい。荒れて来たぞ。荒れて来たぞうう。しっかりしろう」

「しっかりするから、少し待ってくれえ」と碌さんは一生懸命に草のなかを這い上がる。漸《ようや》く追いつく碌さんを待ち受けて、

「おい何を愚図愚図《ぐずぐず》しているんだ」と圭さんが遣《や》っつける。

「だから饂飩じゃ駄目だと云ったんだ。ああ苦しい。――おい君の顔はどうしたんだ。真黒だ」

「そうか、君のも真黒だ」

圭さんは、無雑作に白地の浴衣の片袖で、頭から顔を撫で廻す。碌さんは腰から、ハンケチを出す。

「なる程、拭くと、着物がどす黒くなる」

「僕のハンケチも、こんなだ」

「ひどいものだな」と圭さんは雨のなかに坊主頭を曝《さら》しながら、空模様を見廻す。

「よなだ。よなが雨に溶けて降ってくるんだ。そら、その薄《すすき》の上を見給え」と碌さんが指をさす。長い薄の葉は一面に灰を浴びて濡れながら、靡く。

「成程《なるほど》」

「困ったな、こりゃ」

「なあに大丈夫だ。ついそこだもの。あの烟りの出る所を目当にして行けば訳はない」

「訳はなさそうだが、これじゃ路が分らないぜ」

「だから、さっきから、待っていたのさ。ここを左りへ行くか、右へ行くかと云う、丁度《ちょうど》股の所なんだ」

「成程、両方共路になってるね。――しかし烟りの見当から云うと、左りへ曲がる方がよさそうだ」

「君はそう思うか。僕は右へ行くつもりだ」

「どうして」

「どうしてって、右の方には馬の足跡があるが、左の方には少しもない」

「そうかい」と碌さんは、身軀《からだ》を前に曲げながら、蔽《おお》いかかる草を押し分けて、五、六歩、左の方へ、進んだが、すぐに取って返して、

「駄目の様だ。足跡は一つも見当らない」と云った。

「ないだろう」

「そっちにはあるかい」

「うん。たった二つある」

「二つぎりかい」

「そうさ。たった二つだ。そら、此所《ここ》と此所に」と圭さんは繻子《しゅす》(5)張の蝙蝠《こうもり》傘の先で、かぶさる薄の下に、幽《かす》かに残る馬の足跡を見せる。

「これだけかい心細いな」

「なに大丈夫だ」

「天祐じゃないか、君の天祐はあてにならない事夥《おびただ》しいよ」

「なにこれが天祐さ」と圭さんが云《い》い了《おわ》らぬうちに、雨を捲《ま》いて颯《さっ》とおろす一陣の風が、碌さんの麦藁帽《むぎわらぼう》を遠慮なく、吹き込めて、五、六間先まで飛ばして行く。眼に余る青草は、風を受けて一度に向うへ靡いて、見るうちに色が変ると思うと、また靡

き返して故《もと》の態《さま》に戻る。

「痛快だ。風の飛んで行く足跡が草の上に見える。あれを見給え」と圭さんが幾重《いくえ》となく起伏する青い草の海を指す。

「痛快でもないぜ。帽子が飛んじまった」

「帽子が飛んだ？　いいじゃないか帽子が飛んだって。取ってくるさ。取って来てやろうか」

圭さんは、いきなり、自分の帽子の上へ蝙蝠傘を重しに置いて、颯と、薄の中に飛び込んだ。

「おいこの見当か」

「もう少し左りだ」

圭さんの身軀は次第に青いものの中に、深くはまって行く。仕舞《しまい》には首だけになった。あとに残った碌さんはまた心配になる。

「おうい。大丈夫か」

「何だあ」と向うの首から声が出る。

「大丈夫かよう」

やがて圭さんの首が見えなくなった。

「おうい」

鼻の先から出る黒烟りは鼠色の円柱《まるばしら》の各部が絶間なく蠕動《ぜんどう》(6)を起しつつある如《ごと》く、むくむくと捲き上がって、半空から大気の裡《うち》に溶け込んで碌さんの頭の上へ容赦なく雨と共に落ちてくる。碌さんは悄然《しょうぜん》として、首の消えた方角を見詰めている。

しばらくすると、まるで見当の違った半丁程先きに、圭さんの首が忽然と現われた。

「帽子はないぞう」

「帽子は入《い》らないよう。早く帰ってこうい」

圭さんは坊主頭を振り立てながら、薄の中を泳いでくる。

「おい、何処《どこ》へ飛ばしたんだい」

「何処だか、相談が纏《まとま》らないうちに飛ばしちまったんだ。帽子はいいが、歩行《ある》くのは厭《いや》になったよ」

「もういやになったのか。まだあるかないじゃないか」

「あの烟と、この雨を見ると、何だか物凄くって、あるく元気がなくなるね」

「今から駄々を捏《こ》ねちゃ仕方がない。――壮快じゃないか。あのむくむく烟の出てくる所は」

「そのむくむくが気味が悪るいんだ」

「冗談云っちゃ、いけない。あの烟の傍《そば》へ行くんだよ。そうして、あの中を覗《のぞ》き込《こ》むんだよ」

「考えると全く余計な事だね。そうして覗き込んだ上に飛び込めば世話はない」

「ともかくもあるこう」

「ハハハハともかくもか。君がともかくもと云い出すと、つい釣り込まれるよ。さっきもともかくもで、とうとう饂飩を食っちまった。これで赤痢《せきり》にでも罹《か》かれば全くともかくもの御蔭だ」

「いいさ、僕が責任を持つから」

「僕の病気の責任を持ったって、仕様がないじゃないか。僕の代理に病気になれもしまい」

「まあ、いいさ。僕が看病をして、僕が伝染して、本人の君は助ける様にしてやるよ」

「そうか、それじゃ安心だ。まあ、少々あるくかな」

「そら、天気も大分よくなって来たよ。やっぱり天祐があるんだよ」

「難有《ありがた》い仕合せだ。あるく事はあるくが、今夜は御馳走《ごちそう》を食わせなくっちゃ、いやだぜ」

「また御馳走か。あるきさいすればきっと食わせるよ」

「それから……」

「まだ何か注文があるのかい」

「うん」

「何だい」

「君の経歴を聞かせるか」

「僕の経歴って、君が知ってる通りさ」

「僕が知ってる前のさ。君が豆腐屋の小僧であった時分から……」

「小僧じゃないぜ、これでも豆腐屋の倅《せがれ》なんだ」

「その倅の時、寒磬寺《かんけいじ》の鉦《かね》の音を聞いて、急に金持がにくらしくなった、因縁話しをさ」

「ハハハハそんなに聞きたければ話すよ。その代り剛健党にならなくちゃいけないぜ。君なんざあ、金持ちの悪党を相手にした事がないから、そんなに呑気《のんき》なんだ。君はジッキンス(7)の両都物語り(8)と云う本を読んだ事があるかい」

「ないよ。伊賀の水月《すいげつ》は読んだが(9)、ジッキンスは読まない」

「それだから猶《なお》貧民に同情が薄いんだ。——あの本のね仕舞の方に、御医者さんの獄中でかいた日記[10]があるがね。悲酸《ひさん》なものだよ」

「へえ、どんなものだい」

「そりゃ君、仏国《ふっこく》の革命の起る前に、貴族が暴威を振って細民を苦しめた事がかいてあるんだが――それも今夜僕が寐《ね》ながら話してやろう」

「うん」

「なあに仏国革命なんてえのも当然の現象さ。あんなに金持ちゃ貴族が乱暴をすりゃ、ああなるのは自然の理窟《りくつ》だからね。ほら、あの轟々《ごうごう》鳴って吹き出すのと同じ事さ」と圭さんは立ち留まって、黒い烟の方を見る。

濛々《もうもう》と天地を鎖《とざ》す秋雨を突き抜いて、百里の底から沸《わ》き騰《のぼ》る濃いものが渦を捲き、渦を捲いて、幾百噸《トン》の量とも知れず立ち上がる。その幾百噸の烟りの一分子が悉《ことごと》く震動して爆発するかと思わるる程の音が、遠い遠い奥の方から、濃いものと共に頭の上へ踊り上がって来る。

雨と風のなかに、毛虫の様な眉を攢《あつ》めて、余念もなく眺めていた、圭さんが、非常な落ち付いた調子で、

「雄大だろう、君」と云った。

「全く雄大だ」と碌さんも真面目《まじめ》で答えた。

「恐ろしい位だ」しばらく時をきって、碌さんが付け加えた言葉はこれである。

「僕の精神はあれだよ」と圭さんが云う。

「革命か」

「うん。文明の革命さ」

「文明の革命とは」

「血を流さないのさ」

「刀を使わなければ、何を使うのだい」

圭さんは、何にも云わずに、平手《ひらて》で、自分の坊主頭をぴしゃぴしゃと二返《へん》叩いた。

「頭か」

「うん。相手も頭でくるから、こっちも頭で行くんだ」

「相手は誰だい」

「金力や威力で、たよりのない同胞を苦しめる奴等さ」

「うん」

「社会の悪徳を公然商買《しょうばい》にしている奴等さ」

「うん」

「商買なら、衣食の為《た》めと云う言い訳も立つ」

「うん」

「社会の悪徳を公然道楽にしている奴等は、どうしても叩きつけなければならん」

「うん」

「君もやれ」

「うん、やる」

圭さんは、のっそりと踵《くびす》をめぐらした。碌さんは黙然として尾《つ》いて行く。空にあるものは、烟りと、雨と、風と雲である。地にあるものは青い薄と、女郎花《おみなえし》と、所々にわびしく交る桔梗《ききょう》のみである。二人は煢々《けいけい》として(11)無人の境を行く。

薄の高さは、腰を没する程に延びて、左右から、幅、尺足らずの路を蔽《おお》うている。身を横にしても、草に触れずに進む訳には行かぬ。触れれば雨に濡れた灰がつく。圭さんも碌さんも、白地の浴衣に、白の股引《ももひき》に、足袋と脚絆《きゃはん》だけを紺にして、濡れた薄をがさつかせて行く。腰から下はどぶ鼠の様に染まった。腰から上と雖《いえ》ども、降る雨に誘われて着く、よなを、一面に浴びたから、殆《ほと》んど下水へ落ち込んだと同様の始末である。

ただされ、うねり、くねっている路だから、草がなくっても、何所《どこ》へどう続いているか見極めのつくものではない。草をかぶれば猶更《なおさら》である。地に残る馬の足跡さえ、漸《ようや》く見付けた位だから、あとの始末は無論天に任せて、あるいていると云わねばならぬ。

最初のうちこそ、立ち登る烟りを正面に見て進んだ路は、いつの間にやら、折れ曲って、次第に横からよなを受くる様になった。横に眺める噴火口が今度は自然に後ろの方に見えだした時、圭さんはぴたりと足を留めた。

「どうも路が違う様だね」

「うん」と碌さんは恨めしい顔をして、同じく立ち留った。

「何だか、情ない顔をしているね。苦しいかい」

「実際情けないんだ」

「どこか痛むかい」

「豆が一面に出来て、たまらない」

「困ったな。余《よ》っ程《ぽど》痛いかい。僕の肩へつらまったら、どうだね。少しは歩行《ある》き好《い》いかも知れない」

「うん」と碌さんは気のない返事をしたまま動かない。

「宿へついたら、僕が面白い話をするよ」

「全体いつ宿へつくんだい」

「五時には湯元へ着く予定なんだが、どうも、あの烟りは妙だよ。右へ行っても、左りへ行っても、鼻の先にあるばかりで、遠くもならなければ、近くもならない」

「上りたてから鼻の先にあるぜ」

「そうさな。もう少しこの路を行って見様《みよう》じゃないか」

「うん」

「それとも、少し休むか」

「うん」

「どうも急に元気がなくなったね」

「全く饂飩の御蔭だよ」

「ハハハハ。その代り宿へ着くと僕が話しの御馳走をするよ」

「話しも聞きたくなくなった」

「それじゃまたビールでない恵比寿《えびす》でも飲むさ」

「ふふん。この様子じゃ、とても宿へ着けそうもないぜ」

「なに、大丈夫だよ」

「だって、もう暗くなって来たぜ」

「どれ」と圭さんは懐中時計を出す。「四時五分前だ。暗いのは天気の所為《せい》だ。しかしこう方角が変って来ると少し困るな。山へ登ってから、もう二、三里はあるいたね」

「豆の様子じゃ、十里位あるいてるよ」

「ハハハハ。あの烟りが前に見えたんだが、もうずっと、後ろになってしまった。すると我々は熊本の方へ二、三里近付いた訳かね」

「つまり山からそれだけ遠ざかった訳さ」

「そう云えばそうさ。――君、あの烟りの横の方からまた新しい烟が見えだしたぜ。あれが多分、新しい噴火口[12]なんだろう。あのむくむく出る所を見ると、つい、そこにある様だがな。どうして行かれないだろう。何でもこの山のつい裏に違いないんだが、路がないから困る」

「路があったって駄目だよ」

「どうも雲だか、烟りだか非常に濃く、頭の上へやってくる。壮《さか》んなものだ。ねえ、君」

「うん」

「どうだい、こんな凄い景色はとても、こう云う時でなけりゃ見られないぜ。うん、非常に黒いものが降って来る。君あたまが大変だ。僕の帽子を貸してやろう。――こう被《かぶ》ってね。それから手拭があるだろう。飛ぶといけないから、上から結《い》わい付《つ》けるんだ。――僕がしばってやろう。――傘は、畳むがいい。どうせ風に逆らうぎりだ。そうして杖につくさ。杖が出来ると、少しは歩行《ある》けるだろう」

「少しは歩行きよくなった。――雨も風も段々強くなる様だね」

「そうさ、さっきは少し晴れそうだったがな。雨や風は大丈夫だが、足は痛むかね」

「痛いさ。登るときは豆が三つばかりだったが、一面になったんだもの」

「晩にね、僕が、烟草《たばこ》の吸殻を飯粒《めしつぶ》で練って、膏薬《こうやく》を製《つく》ってやろう」

「宿へつけば、どうでもなるんだが……」

「あるいてるうちが難義か」

「うん」

「困ったな。――どこか高い所へ登ると、人の通る路が見えるんだがな。――うん、あすこに高い草山が見えるだろう」

「あの右の方かい」

「ああ。あの上へ登ったら、噴火孔が一《ひ》と眼《め》に見えるに違ない。そうしたら、路が分るよ」

「分るって、あすこへ行くまでに日が暮れてしまうよ」

「待ち給えちょっと時計を見るから。四時八分だ。未《ま》だ暮れやしない。君ここに待ってい給え。僕がちょっと物見《ものみ》をしてくるから」

「待ってるが、帰りに路が分らなくなると、それこそ大変だぜ。二人離れ離れになっちまうよ」

「大丈夫だ。どうしたって死ぬ気遣《きづかい》はないんだ。どうかしたら大きな声を出して呼ぶよ」

「うん。呼んでくれ玉《たま》え」

圭さんは雲と烟の這い廻るなかへ、猛然として進んで行く。碌さんは心細くもただ一人薄のなかに立って、頼みにする友の後姿を見送っている。しばらくするうちに圭さんの影は草のなかに消えた。

大きな山は五分に一度位ずつ時《き》を限って、普段よりは烈しく轟《ごう》となる。その折は雨も烟りも一度に揺れて、余勢が横なぐりに、悄然と立つ碌さんの体軀《からだ》へ突き当る様に思われる。草は眼を走らす限りを尽くして悉《ことごと》く烟りのなかに靡《なび》く上を、さあさあと雨が走って行く。草と雨の間を大きな雲が遠慮もなく這い廻わる。碌さんは向うの草山を見詰めながら、顫《ふる》えている。よないのしずくは、碌さんの下腹まで浸《し》み透《とお》る。

毒々しい黒烟りが長い渦を七巻《ななまき》まいて、むくりと空を突く途端に、碌さんの踏む足の底が、地震の様に撼《うご》いたと思った。あとは、山鳴りが比較的静まった。すると地面

の下の方で、

「おおおい」と呼ぶ声がする。

碌さんは両手を、耳の後ろに宛てた。

「おおおい」

慥かに呼んでいる。不思議な事にその声が妙に足の下から湧いて出る。

「おおおい」

碌さんは思わず、声をしるべに、飛び出した。

「おおおい」と癇《かん》の高い声を、肺の縮む程絞り出すと、太い声が、草の下から、

「おおおい」と応える。圭さんに違ない。

碌さんは胸まで来る薄をむやみに押し分けて、ずんずん声のする方に進んで行く。

「おおおい」

「おおおい。どこだ」

「おおおい。ここだ」

「どこだあ」

「ここだあ。むやみにくるとあぶないぞう。落ちるぞう」

「どこへ落ちたんだあ」

「ここへ落ちたんだああ。気を付けろう」

「気は付けるが、どこへ落ちたんだああ」

「落ちると、足の豆が痛いぞうう」

「大丈夫だああ。どこへ落ちたんだああ」

「ここだあ、もうそれから先へ出るんじゃないよう。おれがそっちへ行くから、そこで待っているんだよう」

圭さんの胴間声《どうまごえ》は地面のなかを通って、段々近づいて来る。

「おい、落ちたよ」

「どこへ落ちたんだい」

「見えないか」

「見えない」

「それじゃ、もう少し前へ出た」

「おや、何だい、こりゃ」

「草のなかに、こんなものがあるから剣呑だ」

「どうして、こんな谷があるんだろう」

「火熔石《かようせき》の流れたあとだよ。見給え、なかは茶色で草が一本も生えていない」

「なる程、厄介《やっかい》なものがあるんだね。君、上がれるかい」

「上がれるものか。高さが二間ばかりあるよ」

「弱ったな。どうしよう」

「僕の頭が見えるかい」

「毬栗の片割れが少し見える」

「君ね」

「ええ」

「薄の上へ腹這《はらばい》になって、顔だけ谷の上へ乗り出して見給え」

「よし、今顔を出すから待っていい給いよ」

「うん、待ってる、此所《ここ》だよ」と圭さんは蝙蝠《こうもり》傘で、崖の腹をとんとん叩く。碌さんは見当を見計って、ぐしゃりと濡れ薄の上へ腹をつけて恐る恐る首だけを溝の上へ出して、

「おい」

「おい。どうだ。豆は痛むかね」

「豆なんざ、どうでもいいから、早く上がってくれ給え」

「ハハハハ大丈夫だよ。下の方が風があたらなくって、かえって楽だぜ」

「楽だって、もう日が暮れるよ、早く上がらないと」

「君」

「ええ」

「ハンケチはないか」

「ある。何にするんだい」

「落ちる時に蹴爪《けつま》づいて生爪《なまづめ》を剝がした」

「生爪を？　痛むかい」

「少し痛む」

「あるけるかい」

「あるけるとも。ハンケチがあるなら抛《な》げてくれ給え」

「裂いてやろうか」

「なに、僕が裂くから丸めて抛げてくれ給え。風で飛ぶと、いけないから、堅く丸めて落すんだよ」

「じくじく濡れてるから、大丈夫だ。飛ぶ気遣はない。いいか、抛げるぜ、そら」

「大分暗くなって来たね。烟は相変らず出ているかい」

「うん。空中《そらじゅう》一面の烟だ」

「いやに鳴るじゃないか」

「さっきより、烈しくなった様だ。——ハンケチは裂けるかい」

「うん、裂けたよ。繃帯《ほうたい》はもう出来上がった」

「大丈夫かい。血が出やしないか」

「足袋の上へ雨と一所に煮染《にじ》んでる」

「痛そうだね」

「なあに、痛いたって。痛いのは生きてる証拠だ」

「僕は腹が痛くなった」

「濡れた草の上に腹をつけているからだ。もういいから、立ち給え」

「立つと君の顔が見えなくなる」

「困るな。君いっその事に、此所《ここ》へ飛び込まないか」

「飛び込んで、どうするんだい」

「飛び込めないかい」

「飛び込めない事もないが——飛び込んで、どうするんだい」

「一所にあるくのさ」

「そうして何所へ行くつもりだい」

「どうせ、噴火口から山の麓まで流れた岩のあとなんだから、この穴の中をあるいていたら、どこかへ出るだろう」

「だって……」

「だって厭《いや》か。厭じゃ仕方がない」

「厭じゃないが――それより君が上がれると好《い》いんだがな。君どうかして上がって見ないか」

「それじゃ、君はこの穴の縁《ふち》を伝って歩行《ある》くさ。僕は穴の下をあるくから。そうしたら、上下《うえした》で話が出来るからいいだろう」

「縁にゃ路はありゃしない」

「草ばかりかい」

「うん。草がね……」

「うん」

「胸位まで生えている」

「ともかくも僕は上がれないよ」

「上がれないって、それじゃ仕方がないな――おい。――おい。――おいって云うのにおい。何故《なぜ》黙ってるんだ」

「ええ」

「大丈夫かい」

「何が」

「口は利《き》けるかい」

「利けるさ」

「それじゃ、何故黙ってるんだ」

「ちょっと考えていた」

「何を」

「穴から出る工夫をさ」

「全体何だって、そんな所へ落ちたんだい」

「早く君に安心させ様と思って、草山ばかり見詰めていたもんだから、つい足元が御留守になって、落ちてしまった」

「それじゃ、僕の為めに落ちた様なものだ。気の毒だな、どうかして上がって貰えないかな、君」

「そうさな。——なに僕は構わないよ。それよりか。君、早く立ち給え。そう草で腹を冷やしちゃ毒だ」

「腹なんかどうでもいいさ」

「痛むんだろう」

「痛む事は痛むさ」

「だから、ともかくも立ち給え。そのうち僕がここで出る工夫を考えて置くから」

「考えたら呼ぶんだぜ。僕も考えるから」

「よし」

会話はしばらく途切れる。草の中に立って碌さんが覚束《おぼつか》なく四方を見渡すと、向うの草山へぶつかった黒雲が、峰の半腹《はんぷく》で、どっと崩れて海の様に濁ったものが頭を去る五、六尺の所まで押し寄せてくる。時計はもう五時に近い。山のなかばはたださえ薄暗くなる時分だ。ひゅうひゅうと絶間なく吹き卸ろす風は、吹く度《たび》に、黒い夜を遠い国から持ってくる。刻々と逼《せま》る暮色のなかに、嵐は卍《まんじ》に吹きすさむ。[13]噴火孔から吹き出す幾万斛《いくまんごく》の烟りは卍のなかに万遍なく捲き込まれて、嵐の世界を尽くして、どす黒く漲《みなぎ》り渡《わた》る。

「おい。いるか」

「いる。何か考え付いたかい」

「いいや。山の模様はどうだい」

「段々荒れるばかりだよ」

「今日は何日《いくか》だっけかね」

「今日は九月二日さ」

「ことによると二百十日かも知れないね」

会話はまた切れる。二百十日の風と雨と烟りは満目《まんもく》の草を埋め尽くして、一丁先は靡く姿さえ、判然《はき》と見えぬ様になった。

「もう日が暮れるよ。おい。いるかい」

谷の中の人は二百十日の風に吹き浚《さら》われたものか、うんとも、すんとも返事がない。阿蘇の御山は割れるばかりにごううと鳴る。

碌さんは青くなって、また草の上へ棒の様に腹這になった。

「おおおい。おらんのか」

「おおおい。こっちだ」

薄暗い谷底を半町ばかり登った所に、ぼんやりと白い者が動いている。手招きをしているらしい。

「なぜ、そんな所へ行ったんだああ」

「ここから上がるんだああ」

「上がれるのかああ」

「上がれるから、早く来おおい」

碌さんは腹の痛いのも、足の豆も忘れて、脱兎《だっと》の勢《いきおい》で飛び出した。

「おい。ここいらか」

「そこだ。そこへ、ちょっと、首を出して見てくれ」

「こうか。——成程、こりゃ大変浅い。これなら、僕が蝙蝠《こうもり》傘を上から出したら、それへ、取《と》っ捕《つ》らまって上がれるだろう」

「傘だけじゃ駄目だ。君、気の毒だがね」

「うん。ちっとも気の毒じゃない。どうするんだ」

「兵児帯《へこおび》(14)を解いて、その先を傘の柄《え》へ結びつけて——君の傘の柄は曲ってるだろう」

「曲ってるとも。大いに曲ってる」

「その曲ってる方へ結びつけてくれないか」

「結びつけるとも。すぐ結び付けてやる」

「結び付けたら、その帯の端を上からぶら下げてくれ給え」

「ぶら下げるとも。訳はない。大丈夫だから待ってい玉《たま》え。——そうら、長いのが天竺《てんじく》(15)から、ぶら下がったろう」

「君、しっかり傘を握っていなくっちゃいけないぜ。僕の身体《からだ》は十七貫六百目あるんだから」

「何貫目あったって大丈夫だ、安心して上がり給え」

「いいかい」

「いいとも」

「そら上がるぜ。——いや、いけない。そう、ずり下がって来ては……」

「今度は大丈夫だ。今のは試して見ただけだ。さあ上がった。大丈夫だよ」

「君が滑べると、二人共落ちてしまうぜ」

「だから大丈夫だよ。今のは傘の持ち様がわるかったんだ」

「君、薄の根へ足をかけて持ち応えてい玉え。——あんまり前の方で踏ん張ると、崖が崩れて、足が滑べるよ」

「よし、大丈夫。さあ上がった」

「足を踏ん張ったかい。どうも今度もあぶない様だな」

「おい」

「何だい」

「君は僕が力がないと思って、大《おお》に心配するがね」

「うん」

「僕だって一人前の人間だよ」

「無論さ」

「無論なら安心して、僕に信頼したらよかろう。からだは小さいが、朋友《ほうゆう》を一人谷底から救い出す位の事は出来るつもりだ」

「じゃ上がるよ。そらっ。そらっ……」

「そらっ……もう少しだ」

豆で一面に腫《は》れ上《あ》がった両足を、うんと薄の根に踏ん張った碌さんは、素肌を二百十日の雨に曝《さら》したまま、海老《えび》の様に腰を曲げて、一生懸命に、傘の柄にかじり付いている。麦藁帽子を手拭で縛りつけた頭の下から、真赤にいきんだ顔が、八分通り阿蘇卸ろしに吹きつけられて、喰い締めた反《そ》っ歯《ぱ》の上にはよながゝ容赦なく降ってくる。毛繻子《けじゅすば》張り八間の蝙蝠《こうもり》(16)の柄には、幸い太い瘤《こぶ》だらけの頑丈な自然木が、付けてあるから、折れる気遣は先ず《ま》あるまい。その自然木の彎曲《わんきょく》した一端に、鳴海絞《なるみしぼ》り(17)の兵児帯が、薩摩の強弓《ごうきゅう》に新しく張った弦《ゆみつる》の如くぴんと薄を押し分けて、先は谷の中にかくれている。その隠れているあたりから、しばらくすると大きな毬栗頭がぬっと現われた。

「やっ」と云う掛声と共に両手が崖の縁にかかるが早いか、大入道の腰から上は、斜めに尻に挿した蝙蝠傘《こうもり》と共に谷から上へ出た。同時に碌さんは、どさんと仰向《あおむ》きになって、薄の底に倒れた。

五

「おい、もう飯《めし》だ、起きないか」

「うん。起きないよ」

「腹の痛いのは癒《なお》ったかい」

「まあ大抵癒った様《よう》なものだが、この様子じゃ、いつ痛くなるかも知れないね。とも角く、も饂飩《うどん》が祟ったんだから、容易には癒りそうもない」

「その位口が利《き》ければ慥《たし》かなものだ。どうだいこれから出掛けようじゃないか」

「どこへ」

「阿蘇《あそ》へさ」

「阿蘇へまだ行く気かい」

「無論さ、阿蘇へ行くつもりで、出掛けたんだもの。行かない訳には行かない」

「そんなものかな。しかしこの豆じゃ残念ながら致し方がない」

「豆は痛むかね」

「痛むの何のって、こうして寐《ね》ていても頭へずうんずうんと響くよ」

「あんなに、吸殻をつけてやったが、毫《ごう》も利目《ききめ》がないかな」

「吸殻で利目があっちゃ大変だよ」

「だって、付けてやる時は大いに有難そうだったぜ」

「癒ると思ったからさ」

「時に君はきのう怒ったね」

「いつ」

「裸で蝙蝠《こうもり》傘を引っ張るときさ」

「だって、あんまり人を軽蔑するからさ」

「ハハハしかし御蔭で谷から出られたよ。君が怒らなければ僕は今頃谷底で往生してしまったかも知れない所だ」

「豆を潰《つぶ》すのも構わずに引っ張った上に、裸で薄《すすき》の中へ倒れてさ。それで君は難有《ありがた》いとも何とも云わなかったぜ。君は人情のない男だ」

「その代りこの宿まで担《かつ》いで来てやったじゃないか」

「担いでくるものか。僕は独立して歩行《ある》いて来たんだ」

「それじゃ此所《ここ》はどこだか知ってるかい」

「大《おお》に人を愚弄したものだ。ここはどこだって、阿蘇町さ。しかもともかくもの饂飩を強いられた三軒置いて隣りの馬車宿(1)だあね。半日山のなかを馳《か》けあるいて、漸《よう》く下《お》りて見たら元の所だなんて、全体何てえ間抜だろう。これからもう君の天祐《てんゆう》は信用しないよ」

「二百十日だったから悪るかった」

「そうして山の中で芝居《しばい》染《じ》みた事を云ってさ」

「ハハハハしかしあの時は大に感服して、うん、うん、て云った様だぜ」

「あの時は感心もしたが、こうなって見ると馬鹿気ていらあ。君ありゃ真面目《まじめ》かい」

「ふふん」

「冗談か」

「どっちだと思う」

「どっちでも好《い》いが、真面目なら忠告したいね」

「あの時僕の経歴談を聴かせろって、泣いたのは誰だい」

「泣きゃしないやね。足が痛くって心細くなったんだね」

「だって、今日は朝から非常に元気じゃないか、昨日た別人の観がある」

「足の痛いに関わらずか。ハハハハ。実はあんまり馬鹿気ているから、少し腹を立て見たのさ」

「僕に対してかい」

「だって外《ほか》に対するものがないから仕方がないさ」

「いい迷惑だ。時に君は粥《かゆ》を食うなら誂《あつ》らえてやろうか」

「粥もだがだね。第一、馬車は何時に出るか聞いて貰いたい」

「馬車でどこへ行く気だい」

「どこって熊本さ」

「帰るのかい」

「帰らなくってどうする。こんな所に馬車馬と同居していちゃ命が持たない。ゆうべ、あの枕元でぽんぽん羽目を蹴られたには実に弱ったぜ」

「そうか、僕はちっとも知らなかった。そんなに音がしたかね」

「あの音が耳に入らなければ全く剛健党に相違ない。どうも君は憎くらしい程善く寝る男だね。僕にあれ程堅い約束をして、経歴談をきかせるの、医者の日記を話すのって、いざとなると、まるで正体なしに寝ちまうんだ。——そうして、非常ないびきをかいて——」

「そうか、そりゃ失敬した。あんまり疲れ過ぎたんだよ」

「時に天気はどうだい」

「上天気だ」

「くだらない天気だ、昨日晴れればいい事を。――そうして顔は洗ったのかい」

「顔はとうに洗った。ともかくも起きないか」

「起きるって、ただは起きられないよ。裸で寐ているんだから」

「僕は裸で起きた」

「乱暴だね。いかに豆腐屋育ちだって、あんまりだ」

「裏へ出て、冷水浴をしていたら、かみさんが着物を持って来てくれた。乾いてるよ。ただ鼠色になってるばかりだ」

「乾いてるなら、取り寄せてやろう」と碌《ろく》さんは、勢よく、手をぽんぽん敲《たた》く。台所の方で返事がある。男の声だ。

「ありゃ御者《ぎょしゃ》かね」

「亭主かも知れないさ」

「そうかな、寝ながら占ってやろう」

「占ってどうするんだい」

「占って君と賭《かけ》をする」

「僕はそんな事はしないよ」

「まあ、御者か、亭主か」

「どっちかなあ」

「さあ、早く極《き》めた。そら、来るからさ」

「じゃ、亭主にでもして置こう」

「じゃ君が亭主に、僕が御者だぜ。負けた方が今日一日《いちんち》命令に服するんだぜ」

「そんな事は極めやしない」

「御早《おはよ》う……御呼びになりましたか」

「うん呼んだ。ちょっと僕の着物を持って来てくれ。乾いてるだろうね」

「ねえ」

「それから腹がわるいんだから、粥を焚《た》いて貰いたい」

「ねえ。御二人さんとも……」

「おれはただの飯で沢山だよ」

「では御一人さんだけ」

「そうだ。それから馬車は何時と何時に出るかね」

「熊本通いは八時と一時に出ますたい」

「それじゃ、その八時で立つ事にするからね」

「ねえ」

「君、いよいよ熊本へ帰るのかい。折角《せっかく》此所まで来て阿蘇へ上らないのは詰らないじゃないか」

「そりゃ、いけないよ」

「だって折角来たのに」

「折角は君の命令に因《よ》って、折角来たに相違ないんだがね。この豆じゃ、どうにも、こうにも、——天祐を空《むな》しくするより外に道はあるまいよ」

「足が痛めば仕方がないが、——惜しいなあ、折角思い立って、——いい天気だぜ、見給え」

「だから、君も一所に帰り給えな。折角一所に来たものだから、一所に帰らないのは可笑《おか》しいよ」

「しかし阿蘇へ登りに来たんだから、登らないで帰っちゃ済まない」

「誰に済まないんだ」

「僕の主義に済まない[2]」

「また主義か。窮屈な主義だね。じゃ一度熊本へ帰ってまた出直してくるさ」

「出直して来ちゃ気が済まない」

「色々なものに済まないんだね。君は元来強情過ぎるよ」

「そうでもないさ」

「だって、今までただの一遍でも僕の云う事を聞いた事がないぜ」

「幾度もあるよ」

「なに一度もない」

「昨日も聞いてるじゃないか。谷から上がってから、僕が登ろうと主張したのを、君が何でも下りようと云うから、此所まで引き返したじゃないか」

「昨日は格別さ。二百十日だもの。その代り僕は饂飩を何遍も喰ってるじゃないか」

「ハハハハ、ともかくも……」

「まあいいよ。談判はあとにして、ここに宿の人が待ってるから……」

「そうか」

「おい、君」

「ええ」

「君じゃない。君さ、おい宿の先生」

「ねえ」

「君は御者かい」

「いいえ」

「じゃ御亭主かい」

「いいえ」

「じゃ何だい」

「雇人《やといにん》で……」

「おやおや。それじゃ何にもならない。君、この男は御者でも亭主でもないんだとさ」

「うん、それがどうしたんだ」

「どうしたんだって――まあ好いや、それじゃ。いいよ、君、あちらへ行っても好いよ」

「ねえ。では御二人さんとも馬車で御越しになりますか」

「そこが今悶着《もんちゃくちゅう》中さ」

「へへへへへ。八時の馬車はもう直《じき》、支度が出来ます」

「うん、だから、八時前に悶着を方付《かたづ》けて置こう。一《ひ》と先《ま》ず引き取ってくれ」

「へへへへ御緩《ごゆ》っくり」

「おい、行ってしまった」

「行くのは当り前さ。君が行け行けと催促するからさ」

「ハハハありゃ御者でも亭主でもないんだとさ。弱ったな」

「何が弱ったんだい」

「何がって。僕はこう思ってたのさ。あの男が御者ですと云うだろう。すると僕が賭に勝つ訳になるから。君は何でも僕の命令に服さなければならなくなる」

「なるものか、そんな約束はしやしない」

「なに、したと見做《みな》すんだね」

「勝手にかい」

「曖昧《あいまい》にさ。そこで君は僕と一所に熊本へ帰らなくっちゃぁ、ならないと云う訳さ」

「そんな訳になるかね」

「なると思って喜こんでたが、雇人だって云うから仕様がない」

「そりゃ当人が雇人だと主張するんだから仕方がないだろう」

「もし御者ですと云ったら、僕はあいつに三十銭やるつもりだったのに馬鹿な奴だ」

「何にも世話にならないのに、三十銭やる必要はない」

「だって君は一昨夜、あの束髪の下女に二十銭やったじゃないか」

「よく知ってるね。――あの下女は単純で気に入ったんだもの。華族や金持ちより尊敬すべき資格がある」

「そら出た。華族や金持ちの出ない日はないね」

「いや、日に何遍云っても云い足りない位、毒々しくって図迂図迂《ずうずう》しいものだよ」

「君がかい」

「なあに、華族や金持ちがさ」

「そうかな」

「例えば今日わるい事をするぜ。それが成功しない」

「成功しないのは当り前だ」

「すると、同じ様なわるい事を明日やる。それでも成功しない。すると、明後日になって、また同じ事をやる。成功するまでは毎日毎日同じ事をやる。三百六十五日でも七百五十日でも、わるい事を同じ様に重ねて行く。重ねてさえ行けば、わるい事が、ひっくり返って、いい事になると思ってる。言語道断だ」

「言語道断だ」

「そんなものを成功させたら、社会は滅茶苦茶《めちゃくちゃ》だ。おいそうだろう」

「社会は滅茶苦茶だ」

「我々が世の中に生活している第一の目的は、こう云う文明の怪獣を打ち殺して、金も力もない、平民に幾分でも安慰を与えるのにあるだろう」

「ある。うん。あるよ」

「あると思うなら、僕と一所にやれ」

「うん。やる」

「きっとやるだろうね。いいか」

「きっとやる」

「そこでともかくも阿蘇へ登ろう」

「うん、ともかくも阿蘇へ登るがよかろう」

二人の頭の上では二百十一日の阿蘇が轟々《ごうごう》と百年の不平を限りなき碧空《へきくう》に吐き出している。

野分

一

白井《しらい》道也《どうや》は文学者である。

八年前大学を卒業してから田舎の中学を二、三箇所流して歩いた末、去年の春飄然《ひょうぜん》(1)と東京へ戻って来た。流すとは門附《かどづけ》に用いる言葉(2)で飄然とは徂徠《そらい》(3)にかかわらぬ意味とも取れる。道也の進退をかく形容するの適否は作者といえども(4)受合わぬ。縺《もつ》れたる糸の片端も眼を着すればただ一筋の末とあらわるるに過ぎぬ。ただ一筋の出処の裏には十重《とえ》二十重《はたえ》の因縁が絡んでいるかも知れぬ。鴻雁《こうがん》の北に去り乙鳥《いっちょう》の南に来る(5)さえ、鳥の身になっては相当の弁解があるはずじゃ。

始めて赴任したのは越後《えちご》のどこかであった。越後は石油の名所(6)である。学校の在《あ》る町を四、五町隔てて大きな石油会社があった。学校のある町の繁栄は三分二以上この会社の御蔭で維持されている。町のものに取っては幾個の中学校よりもこの石油会社の方が遥かに難有《ありがた》い。会社の役員は金のある点に於《おい》て紳士である。中学の教師は貧乏な所が下等に見える。この下等な教師と金のある紳士が衝突すれば勝敗は誰が眼にも明かである。道也はある時の演説会で、金力と品性(7)と云う題目のもとに、両者の必ずしも一致せざる理由を説明して、暗《あん》に会社の役員等の暴慢と、青年子弟の何等《なんら》の定見もなくして徒《いたず》らに黄白《こうはく》(8)万能主義を信奉するの弊《へい》とを戒めた。

役員等は生意気な奴だと云った。町の新聞は無能の教師が高慢な不平を吐くと評した。彼の同僚すら余計な事をして学校の位地を危うくするのは愚だと思った。校長は町と会社との関係を説いて、漫《みだり》に平地に風波を起すのは得策でないと説諭した。道也の最後に望を属《しょく》していた生徒すらも、父兄の意見を聞いて、身の程を知らぬ馬鹿教師と云い出した。道也は飄然として越後を去った。

次に渡ったのは九州である。九州を中断してその北部から工業を除けば九州は白紙となる。炭鉱の烟《けむ》りを浴びて、黒い呼吸《いき》をせぬ者は人間の資格はない。垢光《あかびか》りのする背広の上へ蒼《あお》い顔を出して、世の中がこうの、社会がああの、未来の国民が何の蚊《か》のと白銅《はくどう》(9)一個にさえ換算の出来ぬ不生産的な言説を弄《ろう》するものに存在の権利(10)のあろうはずがない。権利のないものに存在を許すのは実業家の御慈悲である。無駄口を叩く学者や、蓄音機《ちくおんき》の代理をする教師が露命をつなぐ月々幾片の紙幣は、どこから湧いてくる。手《て》の掌《ひら》をぽんと叩けば、自《おのず》から降《ふ》る幾億の富の、塵《ちり》の塵の末を舐《な》めさして、生かして置くのが学者である、文士である、さては教師である。

金の力で活きておりながら、金を誹《そし》るのは、生んで貰《もら》った親に悪体《あくたい》をつくと同じ事である。その金を作ってくれる実業家を軽んずるなら食わずに死んで見るがいい。死ねるか、死に切れずに降参をするか、試《た》めして見様《みよう》と云って抛《ほう》り出された時、道也はまた飄然と九州を去った。

第三に出現したのは中国辺の田舎である。ここの気風はさほどに猛烈な現金主義ではなかった。ただ土着のものがむやみに幅を利《き》かして、他県のものを外国人と呼ぶ。外国人と呼ぶだけならそれまでであるが、色々に手を廻《ま》わしてこの外国人を征服しようとする。宴会があれば宴会でひやかす。演説があれば演説であてこする。それから新聞で厭味《いやみ》を並べる。生徒にからかわせる。そうしてそれが何の為《た》めでもない。ただ他県のものが自分と同化せぬのが気に懸るからである。同化は社会の要素に違ない。仏蘭西《フランス》のタルド(11)と云う学者は社会は模倣なりとさえ云うた位だ。同化は大切かも知れぬ。その大切さ加減は道也といえども心得ている。心得ている所《どころ》ではない、高等な教育を受けて、広義な社会観を有《ゆう》している彼は、凡俗以上に同化の功徳を認めている。ただ高いものに同化するか低いものに同化するかが問題である。この問題を解釈しないで徒らに同化するのは世の為めにならぬ。自分から云えば一分《いちぶん》が立たぬ。

ある時旧藩主が学校を参観に来た。旧藩主は殿様で華族様である。所のものから云えば神様である。この神様が道也の教室へ這入《はい》って来た時、道也は別に意にも留めず授業を継続していた。神様の方では無論挨拶もしなかった。これから事がむずかしくなった。教場は神聖である。教師が教壇に立って業を授《さず》けるのは侍が物の具に身を固めて戦場に臨む様《よう》なものである。いくら華族でも旧藩主でも、授業を中絶させる権利はないとは道也の主張であった。この主張の為めに道也はまた飄然として任地を去った。去る時に土地のものは彼を目《もく》して頑愚《がんぐ》だと評し合うたそうである。頑愚と云われたる道也はこの嘲罵《ちょうば》を背に受けながら飄然として去った。

三たび飄然と中学を去った道也は飄然と東京へ戻ったなり再び動く景色がない。東京は日本で一番世地辛《せちがら》い所である。田舎にいる程の俸給《ほうきゅう》を受けてさえ楽には暮せない。まして教職を抛《なげう》って両手を袂《たもと》へ入れたままで遣り切るのは、立ちながらみいらと為《な》る工夫と評するより外《ほか》に賞《ほ》め様《よう》のない方法である。

道也には妻《さい》がある。妻と名がつく以上は養うべき義務は附随してくる。自《みず》からみいらとなるのを甘んじても妻を干乾《ひぼし》にする訳には行かぬ。干乾にならぬ余程《よほど》前から妻君は既に不平である。

始めて越後を去る時には妻君に一部始終を話した。その時妻君は御尤《ごもっと》もで御座《ござ》んすと云って、甲斐甲斐《かいがい》しく荷物の手拵《てごしらえ》を始めた。九州を去る時にもその顛末《てんまつ》を云って聞かせた。今度はまたですかと云ったぎり何にも口を開かなかった。中国を出る時の妻君の言葉は、あなたの様に頑固では何処《どこ》へ入《い》らしっても落ち付けっこありませんわと云う訓戒的の挨拶に変化していた。七年の間に三たび漂泊して、三たび漂泊するうちに妻君は次第と自分の傍《そば》を遠退《とおの》く様になった。

妻君が自分の傍を遠退くのは漂泊の為めであろうか、俸禄《ほうろく》を棄てる為めであろうか。何度漂泊しても、漂泊する度に月給が上がったらどうだろう。妻君は依然として「あなたの様に……」と不服がましい言葉を洩らしたろうか。博士にでもなって、大学教授に転任してもやはり「あなたの様に……」が繰り返されるであろうか。妻君の了簡《りょうけん》(12)は聞いて見なければ分からぬ。

博士になり、教授になり、空《むな》しき名を空しく世間に謳《うた》わるるが為め、その反響が妻君の胸に轟《とどろ》いて、急に夫の待遇を変えるならばこの細君は夫の知己《ちき》とは云えぬ。世の中が夫を遇する朝夕《ちょうせき》の模様で、夫の価値を朝夕に変える細君は、夫を評価する上に於て、世間並の一人である。嫁《とつ》がぬ前、名を知らぬ前、の己《おの》れと異なる所がない。従って夫から見ればあかの他人である。夫を知る点に於て嫁ぐ前と嫁ぐ後とに変りがなければ、少なくともこの点に於て細君らしい所がないのである。世界はこの細君らしからぬ細君を以《もっ》て充満している。道也は自分の妻をやはりこの同類と心得ているだろうか。至る所に容れられぬ上に、至る所に起居を共にする細君さえ自分を解してくれないのだと悟ったら、定めて心細いだろう。

世の中はかかる細君を以て充満していると云った。かかる細君を以て充満しており

ながら、皆円満にくらしている。順境にある者が細君の心事をここまでに解剖する必要がない。皮膚病に罹《かか》ればこそ皮膚の研究が必要になる。病気も無いのに汚ないものを顕微鏡で眺めるのは、事なきに苦しんで肥柄杓《こえびしゃく》を振り廻すと一般である。ただこの順境が一転して逆落《さかおと》しに運命の淵《ふち》へころがり込む時、如何《いか》な夫婦の間にも気まずい事が起る。親子の羈絆《きずな》もぽつりと切れる。美くしいのは血の上を薄く蔽《おお》う皮の事であったと気がつく。道也はどこまで気がついたか知らぬ。

道也の三たび去ったのは、好んで自から窮地に陥る為めではない。罪もない妻に苦労を掛ける為めでは猶更《なおさら》ない。世間が己れを容れぬから仕方がないのである。世が容れぬなら何故《なぜ》こちらから世に容れられようとはせぬ？　世に容れられ様とする刹那《せつな》に道也は奇麗《きれい》に消滅してしまうからである。道也は人格に於て流俗《りゅうぞく》より高いと自信している。流俗より高ければ高い程、低いものの手を引いて、高い方へ導いてやるのが責任である。高いと知りながらも低きに就《つ》くのは、自から多年の教育を受けながら、この教育の結果がもたらした財宝を床下に埋《うず》むる様なものである。自分の人格を他に及

ぼさぬ以上は、切角《せっかく》に築き上げた人格は、築きあげぬ昔と同じく無功力で、築き上げた労力だけを徒費した訳になる。英語を教え、歴史を教え、ある時は倫理さえ教えたのは、人格の修養(13)に附随して蓄えられた、芸を教えたのである。単にこの芸を目的にして学問をしたならば、教場で書物を開いてさえいれば済む。書物を開いて飯《めし》を食って満足しているのは綱渡りが綱を渡って飯を食い、皿廻《さらまわ》しが皿を廻わして飯を食うのと理論に於て異なる所はない。学問は綱渡りや皿廻しとは違う。芸を覚えるのは末の事である。人間が出来上るのが目的である。大小の区別のつく、軽重の等差を知る、好悪の判然する、善悪の分界を呑み込んだ、賢愚、真偽、正邪の批判を謬《あや》まらざる大丈夫が出来上がるのが目的である。

　道也はこう考えている。だから芸を售《う》って口を糊《のり》する(14)のを恥辱とせぬと同時に、学問の根底たる立脚地を離るるのを深く陋劣《ろうれつ》と心得た。彼が至る所に容れられぬのは、学問の本体に根拠地を構えての上の去就《きょしゅう》であるから、彼自身は内に顧みて疚《やま》しい所もなければ、意気地《いくじ》がないとも思い付かぬ。頑愚などと云う嘲罵は、掌《てのひら》へ載せて、夏の日の南軒《なんけん》に、虫眼鏡で検査しても(15)了解が出来ん。

　三度《みたび》教師となって三度追い出された彼は、追い出される度に博士よりも偉大な手柄を立てたつもりでいる。博士はえらかろう、しかし高《たか》が芸で取る称号である。富豪が製艦費を献納(16)して従五位《じゅごい》を頂戴するのと大した変りはない。道也が追い出されたのは道也の人物が高いからである。正しき人は神の造れる凡《すべ》てのうちにて最も尊きものなり(17)とは西の国の詩人の言葉だ。道を守るものは神よりも貴しとは道也が追わるるごとに心のうちで繰り返す文句である。但し妻君は嘗《かつ》てこの文句を道也の口から聞いた事がない。聞いても分かるまい。

わからねばこそ餓え死にもせぬ先から、夫に対して不平なのである。不平な妻を気の毒と思わぬ程の道也ではない。ただ妻の歓心を得る為めに吾《わ》が行く道を曲げぬだけが普通の夫と違うのである。世は単に人と呼ぶ。娶《めと》れば夫である。交われば友である。手を引けば兄、引かるれば弟である。社会に立てば先覚者にもなる。校舎に入《い》れば教師に違いない。去《さ》る(18)を単に人と呼ぶ。人と呼んで事足る程の世間なら単純である。妻君は常にこの単純な世界に住んでいる。妻君の世界には夫としての道也の外には学者としての道也もない、志士としての道也もない。道を守り俗に抗する道也は猶更ない。夫が行く先き先きで評判が悪くなるのは、夫の才が足らぬからで、到る所に職を辞するのは、自から求むる酔興《すいきょう》に外ならんとまで考えている。

酔興を三たび重ねて、東京へ出て来た道也は、もう田舎へは行かぬと言い出した。教師ももうやらぬと妻君に打ち明けた(19)。学校に愛想《あいそ》をつかした彼は、愛想をつかした社会状態を矯正《きょうせい》するには筆の力によらねばならぬと悟ったのである。今まではいずこの果《はて》で、どんな職業をしようとも、己れさえ真直《まっすぐ》であれば曲がったものは苧殻《おがら》(20)の様に向うで折れべき(21)ものと心得ていた。盛名はわが望む所ではない。威望もわが欲《ほっ》する所ではない。ただわが人格の力で、未来の国民をかたちづくる青年に、向上の眼を開かしむる為め、取捨分別の好例を自家身上に示せば足るとのみ思い込んで、思い込んだ通りを六年余り実行して、見事に失敗したのである。渡る世間に鬼はないと云うから、同情は正しき所、高き所、物の理窟《りくつ》のよく分かる所に聚《あつ》まると早合点して、この年月を今度こそ、今度こそと、経験の足らぬ吾身《わがみ》に、待ち受けたのは生涯の誤りである。世はわが思う程に高尚なものではない、鑑識のあるものでもない。同情とは強きもの、富めるものにのみ随《したが》う影に外ならぬ。

ここまで進んでおらぬ世を買《か》い被《かぶ》って、一足飛びに田舎へ行ったのは、地ならしをせぬ地面の上へ丈夫な家を建てようとあせる様なものだ。建てかけるが早いか、風と云い雨と云う曲者《くせもの》が来て壊してしまう。地ならしをするか、雨風を退治《たいじ》るかせぬうちは、落ち付いてこの世に住めぬ。落ち付いて住めぬ世を住める様にしてやるのが天下の士《し》の仕事である。

金も勢もないものが天下の士に恥じぬ事業を成すには筆の力に頼らねばならぬ。舌の援《たすけ》を藉《か》らねばならぬ。脳味噌を圧搾《あっさく》して利他の智慧《ちえ》を絞らねばならぬ。脳味噌は涸《か》れる、舌は爛《ただ》れる、筆は何本でも折れる、それでも世の中が言う事を聞かなければそれまでである。

しかし天下の士といえども食わずには働けない。よし自分だけは食わんで済むとしても、妻は食わずに辛抱する気遣《きづかい》はない。豊かに妻を養わぬ夫は、妻の眼から見れば大罪人である。今年の春、田舎から出て来て、芝琴平町《しばことひらちょう》(22)の安宿へ着いた時、道也と妻君の間にはこんな会話が起った。

「教師を御已《おや》めなさるって、これから何をなさる御つもりですか」

「別にこれと云うつもりもないがね。まあ、そのうち、どうかなるだろう」

「その内どうかなるだろうって、それじゃまるで雲を攫《つか》む様な話しじゃありませんか」

「そうさな。あんまり判然としちゃいない」

「そう呑気《のんき》じゃ困りますわ。あなたは男だからそれでよう御座んしょうが、ちっとは私の身にもなって見て下さらなくっちゃあ……」

「だからさ、もう田舎へは行かない(23)、教師にもならない事に極めたんだよ」

「極めるのは御勝手ですけれども、極めたって月給が取れなけりゃ仕方がないじゃありませんか」

「月給がとれなくっても金がとれれば、よかろう」

「金がとれれば……そりゃよう御座んすとも」

「そんなら、いいさ」

「いいさって、御金がとれるんですか、あなた」

「そうさ、まあ取れるだろうと思うのさ」

「どうして？」

「そこは今考え中だ。そう着《ちゃく》、早々計画が立つものか」

「だから心配になるんですわ。いくら東京にいると極めたって、極めただけの思案じゃ仕方がないじゃありませんか」

「どうも御前はむやみに心配性でいけない」

「心配もしますわ、何処へ入《い》らしっても折合がわるくっちゃ、御已めになるんですもの。私が心配性なら、あなたは余《よ》っ程癇癪《ぼどかんしゃく》持ちですわ」

「そうかも知れない。しかしおれの癇癪は……まあ、いいや。どうにか東京で食える様にするから」

「御兄《おあにい》さんの所へ入らしって御頼みなすったら、どうでしょう」

「うん、それも好《い》いがね。兄は一体人の世話なんかする男じゃないよ」

「あら、そう何でも一人で極めて御しまいになるから悪るいんですわ。昨日もあんなに親切に色々言って下さったじゃありませんか」

「昨日か。昨日は色々世話を焼く様な事を言った。言ったがね……」

「言ってもいけないんですか」

「いけないよ。言うのは結構だが……あんまり当《あて》にならないからな」

「なぜ？」

「なぜって、その内段々《うち》わかるさ」

「じゃ御友達の方《かた》にでも願って、あしたからでも運動をなすったらいいでしょう」

「友達って別に友達なんかありゃしない。同級生はみんな散ってしまった」

「だって毎年年始状を御寄こしになる足立《あだち》さんなんか東京で立派にしていらっしゃるじゃありませんか」

「足立か、うん、大学教授だね」

「そう、あなたの様に高くばかり構えていらっしゃるから人に嫌われるんですよ。大学教授だねって、大学の先生になりゃ結構じゃありませんか」

「そうかね。じゃ足立の所へでも行って頼んで見ようよ。しかし金さえ取れれば必ず足立の所へ行く必要はなかろう」

「あら、まだあんな事を言って入らっしゃる。あなたは余っ程強情ね」

「うん、おれは余っ程強情だよ」

二

午《ご》に逼《せま》る秋の日は、頂く帽《ぼう》を透して頭蓋骨《ずがいこつ》のなかさえ朗かならしめたかの感がある。公園のロハ台(1)はそのロハ台たるの故を以《もっ》て悉《ことごと》くロハ的に占領されてしまった。高柳《たかやなぎ》君は、どこぞに空《あ》いた所はあるまいかと、さっきから丁度《ちょうど》三度日比谷《ひびや》(2)を巡回した。三度巡回して一脚の腰掛も思う様《よう》に我を迎えないのを発見した時、重そうな足を正門のかたへ向けた。すると反対の方から同年輩の青年が早足に這入《はい》って来て、やあと声を掛けた。

「やあ」と高柳君も同じ様な挨拶をした。

「どこへ行ったんだい」と青年が聞く。

「今ぐるぐる巡《まわ》って、休もうと思ったが、どこも空いていない。駄目だ、ただで掛けられる所はみんな人が先へかけている。中々《なかなか》抜目はないもんだな」

「天気がいい所為《せい》だよ。成程《なるほど》随分人が出ているね。——おい、あの孟宗藪《もうそうやぶ》を回って噴水の方へ行く人を見給え」

「どれ。あの女か。君の知ってる人かね」

「知るものか」

「それじゃ何で見る必要があるのだい」

「あの着物の色さ」

「何だか立派なものを着ているじゃないか」

「あの色を竹藪の傍《そば》へ持って行くと非常にあざやかに見える。あれは、こう云う透明な秋の日に照らして見ないと引き立たないんだ」

「そうかな」

「そうかなって、君そう感じないか」

「別に感じない。しかし奇麗《きれい》は奇麗だ」

「ただ奇麗だけじゃ可愛想《かわいそう》だ。君はこれから作家になるんだろう」

「そうさ」

「それじゃもう少し感じが鋭敏でなくっちゃ駄目だぜ」

「なに、あんな方は鈍くってもいいんだ。外《ほか》に鋭敏な所が沢山あるんだから」

「ハハハハそう自信があれば結構だ。時に君切角《せっかく》逢ったものだから、もう一遍あるこうじゃないか」

「あるくのは、真平《まっぴら》だ。これからすぐ電車へ乗って帰えらないと午食《ひるめし》を食い損なう」

「その午食を奢《おご》ろうじゃないか」

「うん、また今度にしよう」

「何故？　いやかい」

「厭《いや》じゃない――厭じゃないが、始終御馳走《ごちそう》にばかりなるから」

「ハハハ遠慮か。まあ来給え」と青年は否応《いやおう》なしに高柳君を公園の真中《まんなか》の西洋料理屋(3)へ引っ張り込んで、眺望のいい二階へ陣を取る。

注文の来る間、高柳君は蒼《あお》い顔へ両手で突っかい棒をして、さもつかれたと云う風に往来を見ている。青年は独りで「ふん大分広いな」「中々繁昌すると見える」「なんだ、妙な所へ姿見の広告などを出して」などと半分口のうちで云うかと思ったら、やがて洋袴《ズボン》の隠袋《かくし》へ手を入れて「や、しまった。烟草《たばこ》を買ってくるのを忘れた」と大きな声を出した。

「烟草なら、ここにあるよ」と高柳君は「敷島《しきしま》」(4)の袋を白い卓布《たくふ》の上へ抛《ほう》り出《だ》す。所へ下女が御誂《おあつらえ》を持ってくる。烟草に火を点《つ》ける間《ま》はなかった。

「これは樽麦酒《たるビール》(5)だね。おい君樽麦酒の祝杯を一つ挙げようじゃないか」と青年は琥《こ》琥珀色《はくいろ》の底から湧き上がる泡をぐいと飲む。

「何の祝杯を挙げるのだい」と高柳君は一口飲みながら青年に聞いた。

「卒業祝いさ」

「今頃卒業祝いか」と高柳君は手のついた洋盃《コップ》を下へ卸《お》ろしてしまった。

「卒業は生涯にたった一度しかないんだから、何時《いつ》まで祝ってもいいさ」

「たった一度しかないんだから祝わないでもいい位だ」

「僕とまるで反対だね。——姉さん、このフライは何だい。え？　鮭《さけ》か。ここん所へ君、このオレンジの露をかけて見給え」と青年は人指指《ひとさしゆび》と親指の間からちゅうと黄色い汁を鮭の衣の上へ落す。庭の面《おもて》にはらはらと降る時雨《しぐれ》の如《ごと》く、すぐ油の中へ吸い込まれてしまった。

「成程そうして食うものか。僕は装飾についてるのかと思った」

姿見の札幌麦酒(6)の広告の本《もと》に、大きくなって構えていた二人の男が、この時急に大きな破《わ》れる様な声を出して笑い始めた。高柳君はオレンジをつまんだまま、厭な顔をして二人を見る。二人は一向構わない。

「いや行くよ。いつでも行くよ。エヘヘヘへ。今夜行こう。あんまり気が早い。ハハハハハ」

「エヘヘヘヘ。いえね、実はね、今夜あたり君を誘って繰り出そうと思っていたんだ。え？　ハハハハ。なにそれ程でもない。ハハハハ。そら例のが、あれでしょう。だから、どうにもこうにも遣り切れないのさ。エヘヘヘヘ、アハハハハハハ」

土鍋《どなべ》の底の様な赭《あか》い顔が広告の姿見に写って崩れたり、かたまったり、伸びたり縮んだり、傍若無人《ぼうじゃくぶじん》に動揺している。高柳君は一種異様な厭な眼付を転じて、相手の青年を見た。

「商人だよ」と青年が小声に云う。

「実業家かな」と高柳君も小声に答えながら、とうとうオレンジを絞るのをやめてしまった。

土鍋の底は、やがて勘定を払って、序《つい》でに下女にからかって、二階を買い切った様な大きな声を出して、そうして出て行った。

「おい中野《なかの》君」

「むむ？」と青年は鳥の肉を口一杯頬張《ほおば》っている。

「あの連中は世の中を何と思ってるだろう」

「何とも思うものかね。ただああやって暮らしているのさ」

「羨《うら》やましいな。どうかして――どうもいかんな」

「あんなものが羨《うらやま》しくっちゃ大変だ。そんな考だから卒業祝に同意しないんだろう。さあもう一杯景気よく飲んだ」

「あの人が羨ましいのじゃないが、ああ云う風に余裕がある様な身分が羨ましい。いくら卒業したってこう奔命《ほんめい》に疲れちゃ、(7)少しも卒業の難有味《ありがたみ》はない」

「そうかなあ、僕なんざ嬉しくって堪らないがなあ。我々の生命はこれからだぜ。今からそんな心細い事を云っちゃあ仕様がない」

「我々の生命はこれからだのに、これから先が覚束《おぼつか》ないから厭になってしまうのさ」

「何故? 何もそう悲観する必要はないじゃないか、大《おお》にやるさ。僕もやる気だ、一所にやろう。大に西洋料理でも食って――(8)そらビステキが来た。これで御仕舞《おしまい》だよ。君ビステキの生焼《なまやき》は消化がいいって云うぜ。こいつはどうかな」と中野君は洋刀《ナイフ》を揮《ふる》って厚切りの一片を中央から切断した。

「なある程、赤い。赤いよ君、見給え。血が出るよ」

高柳君は何にも答えずにむしゃむしゃ赤いビステキを食い始めた。いくら赤くても決して消化がよさそうには思えなかった。

人にわが不平を訴えんとするとき、わが不平が徹底せぬうち、先方から中途半把《ちゅうとはんぱ》な慰藉《いしゃ》を与えらるるのは快よくないものだ。わが不平が通じたのか、通じないのか、本当に気の毒がるのか、御世辞に気の毒がるのか分らない。高柳君はビステキの赤さ加減を眺めながら、相手はなぜこう感情が粗大だろうと思った。もう少し切り込みたいと云う矢先へ持って来て、ざああと水を懸けるのが中野君の例である。不親切な人、冷淡な人ならば始めからそれ相応の用意をしてかかるから、いくら冷たくても驚ろく気遣《きづかい》はない。中野君が斯様《かよう》な人であったなら、出鼻をはたかれてもさほどに口惜《くや》しくはなかったろう。しかし高柳君の眼に映ずる中野輝一は美しい、賢こい、よく人情を解して事理を弁《わきま》えた秀才である。この秀才が折々この癖を出すのは解しにくい。

彼等は同じ高等学校の、同じ寄宿舎の、同じ窓に机を並べて生活して、同じ文科に同じ教授の講義を聴いて、同じ年のこの夏に同じく学校を卒業したのである。同じ年に卒業したものは両手の指を二、三度屈する程いる。しかしこの二人位親しいものはなかった。

高柳君は口数をきかぬ、人交《ひとまじわ》りをせぬ、厭世家《えんせいか》(9)の皮肉屋と云われた男である。中野君は鷹揚《おうよう》な、円満な、趣味に富んだ秀才である。この両人が卒然と交《まじわり》を訂《てい》(10)してから、傍目《はため》にも不審と思われる位昵懇《じっこん》な間柄となった。運命は大島《おおしま》(11)の表と秩父《ちちぶ》の裏とを縫い合せる。

天下に親しきものがただ一人あって、ただこの一人より外に親しきものを見出し得ぬとき、この一人は親でもある、兄弟でもある。さては愛人である。高柳君は単なる朋友《ほうゆう》を以て中野君を目《もく》してはおらぬ。その中野君がわが不平を残りなく聞いてくれぬのは残念である。途中で夕立に逢って思う所へ行かずに引き返した様なものである。残りなく聞いてくれぬ上に、呑気《のんき》な慰藉をかぶせられるのは猶更《なおさら》残念だ。膿《うみ》を出してくれと頼んだ腫物を、いい加減の真綿で、撫《な》で廻《ま》わされたってむず痒《がゆ》いばかりである。

しかしこう思うのは高柳君の無理である。御雛様《おひなさま》に芸者の立て引きがないと云って攻撃するのは御雛様の恋を解せぬものの言草《いいぐさ》である。中野君は富裕な名門に生れて、暖かい家庭に育った外、浮世の雨風は、炬燵《こたつ》へあたって、椽側《えんがわ》の硝子戸《ガラスど》越《ごし》に眺めたばかりである。友禅《ゆうぜん》の模様はわかる、金屏《きんびょう》の冴《さ》えも解せる、銀燭《ぎんしょく》の耀《かがや》きもまばゆく思う。生きた女の美しさは猶更に眼に映る。親の恩、兄弟の情、朋友の信、これ等を知らぬ程の木強漢《ぼっきょうかん》では無論ない。但彼の住む半球には今までいつでも日が照っていた。日の照っている半球に住んでいるものが、片足をとんと地に突いて、この足の下に真暗な半球があると気がつくのは地理学を習った時ばかりである。たまには歩いていて、気がつかぬとも限らぬ。しかしさぞ暗い事だろうと身に沁《し》みてぞっとする事はあるまい。高柳君はこの暗い所に淋しく住んでいる人間である。(12)中野君とはただ大地を踏まえる足の裏が向き合っていると云う外に何等《なんら》の交渉もない。縫い合わされた大島の表と秩父の裏とは覚束《おぼつか》なき針の目を忍んで繋ぐ、細い糸の御蔭である。この細いものを、するすると抜けば鹿児島県と崎玉県(13)の間には依然として何百里の山河が横《よこた》わっている。歯を病んだ事のないものに、歯の痛みを持って行くよりも、早く歯医者に馳《か》けつけるのが近道だ。そう痛がらんでもいいさと云われる病人は、決して慰藉を受けたとは思うまい。

「君などは悲観する必要がないから結構だ」と、ビステキを半分で断念した高柳君は敷島をふかしながら、相手の顔を眺めた。相手は口をもがもがさせながら、右の手を首と共に左右に振ったのは、高柳君に同意を表しないのと見える。

「僕が悲観する必要がない？　悲観する必要がないとすると、つまり御目出度《おめでた》い人間と云う意味になるね」

高柳君は覚えず、薄い唇を動かしかけたが、微《かす》かな漣《さざなみ》は頬まで広がらぬ先に消えた。相手は猶《なお》言葉をつづける。

「僕だって三年も大学にいて多少の哲学書や文学書を読んでるじゃないか。こう見えても世の中が、どれ程悲観すべきものであるか位は知ってるつもりだ」(14)

「書物の上でだろう」と高柳君は高い山から谷底を見下ろした様に云う。

「書物の上――書物の上では無論だが、実際だって、これで中々苦痛もあり煩悶《はんもん》もあるんだよ」

「だって、生活には困らないし、時間は充分あるし、勉強はしたいだけ出来るし、述作は思う通りにやれるし。僕に較《くら》べると君は実に幸福だ」と高柳君今度はさも羨ましそうに嘆息する。

「ところが裏面は中々そんな気楽なんじゃないさ。これでも色々心配があって、いやになるのだよ」と中野君は強いて心配の所有権を主張している。

「そうかなあ」と相手は、中々信じない。

「そう君まで茶かしちゃ、愈《いよいよ》つまらなくなる。実は今日あたり、君の所へでも出掛けて、大に同情してもらおうかと思っていた所さ」

「訳をきかせなくっちゃ同情も出来ないね」

「訳は段々話すよ。あんまり、くさくさするから、こうやって散歩に来た位なものさ。些《ち》っとは察しるがいい」(15)

高柳君は今度は公然とにやにやと笑った。些っとは察しるつもりでも、察しようがないのである。

「そうして、君はまたなんで今頃公園なんか散歩しているんだね」と中野君は正面から高柳君の顔を見たが、

「や、君の顔は妙だ。日の射《さ》している右側の方は大変血色がいいが、影になってる方は非常に色沢《いろつや》が悪い。奇妙だな。鼻を境に矛盾が睨《にら》めこをしている。悲劇と喜劇の仮面《めん》を半々につぎ合せた様だ」と息もつがず、述べ立てた。

この無心の評を聞いた、高柳君は心の秘密を顔の上で読まれた様に、はっと思うと、右の手で額の方から顋《あご》のあたりまで、ぐるりと撫で廻わした。こうして顔の上の矛盾をかき混ぜるつもりなのかも知れない。

「いくら天気がよくっても、散歩なんかする暇《ひま》はない。今日は新橋の先まで遺失品を探がしに行ってその帰りがけにちょっと序でだから、此所《ここ》で休んで行こうと思って来たのさ」と顔を攪《か》き廻《まわ》した手を顋《あご》の下へかって依然として浮かぬ様子をする。悲劇の面と喜劇の面をまぜ返えしたから通例の顔になるはずであるのに、妙に濁ったものが出来上ってしまった。

「遺失品て、何を落したんだい」

「昨日電車の中で草稿を失って——」

「草稿？　そりゃ大変だ。僕は書き上げた原稿が雑誌へ出るまでは心配でたまらない。実際草稿なんてものは、吾々に取って、命より大切なものだからね」

「なに、そんな大切な草稿でも書ける暇がある様だといいんだけれども——駄目だ」

と自分を軽蔑《けいべつ》した様な口調で云う。

「じゃ何の草稿だい」

「地理教授法の訳《やく》だ。あしたまでに届けるはずにしてあるのだから、今なくなっちゃ原稿料も貰えず、またやり直さなくっちゃならず、実に厭になっちまう」

「それで、探がしに行っても出て来ないのかい」

「来ない」

「どうしたんだろう」

「大方《おおかた》車掌が、うちへ持って行って、はたきでも拵《こしら》えたんだろう」

「まさか、しかし出なくっちゃ困るね」

「困るなあ自分の不注意と我慢するが、その遺失品係りの厭な奴だ事って——実に不親切で、形式的で——まるで版行《はんこう》におした様な事を(16)ぺらぺらと一通り述べたが以上、何を聞いても知りません知りませんで持ち切っている。あいつは廿世紀の日本人を代表している模範的人物だ。あすこの社長もきっとあんな奴に違ない」

「ひどく癪《しゃく》に障ったものだね。しかし世の中はその遺失品係りの様なのばかりじゃないからいいじゃないか」

「もう少し人間らしいのがいるかい」

「皮肉な事を云う」

「なに世の中が皮肉なのさ。今の世のなかは冷酷の競進会見た様なものだ」と云いながら呑みかけの「敷島」を二階の欄干《らんかん》から、下へ抛《な》げる途端に、難有《ありがと》うと云う声がして、ぬっと門口《かどぐち》を出た二人連《ふたりづれ》の中折帽《なかおれぼう》の上へ、うまい具合に燃殻《もえがら》が乗っかった。男は帽子から烟《けむり》を吐いて得意になって行く。

「おい、ひどい事をするぜ」と中野君が云う。

「なに過《あやま》ちだ。――ありゃ、さっきの実業家だ。構うもんか抛《ほう》って置け」

「成程先《さ》っきの男だ。何で今まで愚図愚図《ぐずぐず》していたんだろう。下で球《たま》でも突いていたのか知らん」

「どうせ遺失品係りの同類だから何でもするだろう」

「そら気がついた――帽子を取ってはたいている」

「ハハハハ滑稽だ」と高柳君は愉快そうに笑った。

「随分人が悪いなあ」と中野君が云う。

「成程善くないね。偶然とは申しながら、あんな事で仇《かたき》を打つのは下等だ。こんな真似《まね》をして嬉しがる様では文学士の価値《ねうち》も滅茶滅茶《めちゃめちゃ》だ」と高柳君は瞬時にしてまた元の浮かぬ顔にかえる。

「そうさ」と中野君は非難する様な賛成する様な返事をする。

「しかし文学士は名前だけで、その実は筆耕《ひっこう》(18)だからな。文学士にもなって、地理教授法の翻訳の下働きをやってる様じゃ、心細い訳だ。これでも僕が卒業したら、卒業したらって待っててくれた親もあるんだからな。考えると気の毒なものだ。この様子じゃ何時《いつ》まで待っててくれたって仕方がない」

「まだ卒業したばかりだから、そう急に有名にはなれないさ。そのうち立派な作物《さくぶつ》を出して、大に本領を発揮する時に天下は我々のものとなるんだよ」

「いつの事やら」

「そう急《せ》いたって、いけない。追々新陳代謝《しんちんたいしゃ》してくるんだから、何でも気を永くして尻を据えてかからなくっちゃ、駄目だ。なに、世間じゃ追々我々の真価を認めて来るんだからね。僕なんぞでも、こうやって始終書いていると少しは人の口に乗るからね」

「君はいいさ。自分の好きな事を書く余裕があるんだから。僕なんか書きたい事はいくらでもあるんだけれども落ち付いて述作なぞをする暇はとてもない。実に残念でたまらない。保護者でもあって、気楽に勉強が出来ると名作も出して見せるがな。責《せ》めて、何でもいいから月々きまって六十円ばかり取れる口(19)があるといいのだけれども。

卒業前から自活はしていたのだが、卒業してもやっぱりこんなに困難するだろうとは思わなかった」

「そう困難じゃ仕方がない。僕のうちの財産が僕の自由になると、保護者になってやるんだがな」

「どうか願います。――実に厭になってしまう。君、今考えると田舎の中学の教師の口[20]だって、容易にあるもんじゃないな」

「そうだろうな」

「僕の友人の哲学科を出たものなんか、卒業してから三年になるが、まだ遊んでるぜ」

「そうかな」

「それを考えると、子供の時なんか、訳もわからずに悪い事をしたもんだね。尤《もっと》も今とその頃とは時勢が違うから、教師の口も今程払底《ふってい》でなかったかも知れないが」

「何をしたんだい」

「僕の国の中学校に白井《しらい》道也《どうや》と云う英語の教師がいたんだがね」

「道也た妙な名だね。釜《かま》の銘《めい》にありそうじゃないか[21]」

「道也と読むんだか、何だか知らないが、僕等は道也、道也って呼んだものだ。その道也先生がね――やっぱり君、文学士だぜ。その先生をとうとうみんなして追い出してしまった」

「どうして」

「どうしてって、ただいじめて追い出しちまったのさ。なに良《い》い先生なんだよ。人物や何かは、子供だからまるでわからなかったが、どうも悪るい人じゃなかったらしい……」

「それで、何故追い出したんだい」

「それがさ、中学校の教師なんて、あれで中々悪るい奴がいるもんだぜ。僕等あ煽《せん》動《どう》されたんだね、つまり。今でも覚えているが、夜《よ》る十五、六人で隊を組んで道也先生の家の前へ行ってワーって咄喊《とっかん》して二つ三つ石を投げ込んで来るんだ」

「乱暴だね。何だって、そんな馬鹿な真似をするんだい」

「何故だかわからない。ただ面白いから遣るのさ。恐らく吾々の仲間でなぜやるんだか知ってたものは誰もあるまい」

「気楽だね」

「実に気楽さ。知ってるのは僕等を煽動した教師ばかりだろう。何でも生意気だからやれって云うのさ」

「ひどい奴だな。そんな奴が教師にいるかい」

「いるとも。相手が子供だから、どうでも云う事を聞くからかも知れないが、いるよ」

「それで道也先生どうしたい」

「辞職しちまった」

「可愛想に」

「実に気の毒な事をしたもんだ。定《さだ》めし転任先をさがす間活計《かっけい》に困ったろうと思ってね。今度逢ったら大に謝罪の意を表するつもりだ」

「今どこにいるんだい」

「どこにいるか知らない」

「じゃ何時逢うか知れないじゃないか」

「しかしいつ逢うかわからない。ことによると教師の口がなくって死んでしまったかも知れないね。——何でも先生辞職する前に教場へ出て来て云った事がある」

「何て」

「諸君、吾々は教師の為《た》めに生きべきものではない。道の為めに生きべきものである。道は尊いものである。この理窟《りくつ》がわからないうちは、まだ一人前になったのではない。諸君も精出して、わかる様に御《お》なり」

「へえ」

「僕等は不相変《あいかわらず》教場内でワーっと笑ったあね。生意気だ、生意気だって笑ったあね。――どっちが生意気か分りゃしない」

「随分田舎の学校などにゃ妙な事があるものだね」

「なに東京だって、あるんだよ。学校ばかりじゃない。世の中はみんなこれなんだ。つまらない」

「時に大分《だいぶ》長話しをした。どうだ君、これから品川の妙花園《みょうかえん》(22)まで行かないか」

「何しに」

「花を見にさ」

「これから帰って地理教授法を訳さなくっちゃならない」

「一日位遊んだってよかろう。ああ云う美くしい所へ行くと、好い心持ちになって、翻訳もはかが行くぜ」

「そうかな。君は遊びに行くのかい」

「遊かたがたさ。あすこへ行って、ちょっと写生して来て、材料にしようと思ってるんだがね」

「何の材料に」

「出来たら見せるよ。小説をかいているんだ。そのうちの一章に女が花園のなかに立って、小さな赤い花を余念なく見詰めていると、その赤い花が段々薄くなって仕舞《しまい》に真白になってしまうと云う所を書いて見たいと思うんだがね」

「空想小説かい」

「空想的で神秘的で、それで遠い昔《むか》しが何だかなつかしい様な気持のするものが書きたい。うまく感じが出ればいいが。まあ出来たら読んでくれ給え」

「妙花園なんざ、そんな参考にゃならないよ。それよりかうちへ帰ってホルマン、ハント(23)の画《え》でも見る方がいい。ああ、僕も書きたい事があるんだがな。どうしても時がない」

「君は全体自然がきらいだから、いけない」

「自然なんて、どうでもいいじゃないか。この痛切な二十世紀にそんな気楽な事が云っていられるものか。僕のは書けば、そんな夢見た様なものじゃないんだからな。奇麗でなくっても、痛くっても、苦しくっても、僕の内面の消息にどこか、触れていればそれで満足するんだ。詩的でも詩的でなくっても、そんな事は構わない。たとい飛び立つ程痛くっても、自分で自分の身体《からだ》を切って見て、成程痛いなと云う所を充分書いて、人に知らせて遣りたい。呑気なものや気楽なものは到底夢にも想像し得られぬ奥の方にこんな事実がある、人間の本体はここにあるのを知らないかと、世の道楽ものに教えて、おやそうか、おれは、まさか、こんなものとは思っていなかったが、云われて見ると成程一言もない、恐れ入ったと頭を下げさせるのが僕の願《ねがい》なんだ。君とは大分方角が違う」

「しかしそんな文学は何だか心持ちがわるい。——そりゃ御随意だが、どうだい妙花園に行く気はないかい」

「妙花園へ行くひまがあれば一頁でも僕の主張をかくがなあ。何だか考えると身体がむずむずする様だ。実際こんなに呑気にして、生焼のビステッキなどを食っちゃいられないいんだ」

「ハハハハまたあせる。いいじゃないか、さっきの商人見た様な連中もいるんだからら」

「あんなのがいるから、こっちは猶《なお》仕事がしたくなる。せめて、あの連中の十分一の金と時があれば、書いて見せるがな」

「じゃ、どうしても妙花園は不賛成かね」

「遅くなるもの。君は冬服を着ているが、僕は未《いま》だに夏服だから帰りに寒くなって風でも引くといけない」

「ハハハハ妙な逃げ路を発見したね。もう冬服の時節だあね。着換えればいい事を。君は万事無精《ぶしょう》だよ」

「無精で着換えないんじゃない。ないから着換えないんだ。この夏服だって、未《ま》だ一文《いちもん》も払っていやしない」

「そうなのか」と中野君は気の毒な顔をした。

午飯《ひるめし》の客は皆去り尽して、二人が椅子を離れた頃は処々《ところどころ》の卓布の上に麺麭《パン》屑《くず》が淋しく散らばっていた。公園の中は最前よりも一層賑《にぎや》かである。ロハ台は依然として、どこの何某《なにがし》か知らぬ男と知らぬ女で占領されている。秋の日は赫《かっ》として夏服の脊中《せなか》を通す。

三

檜《ひのき》の扉に銀の様《よう》な瓦を載せた門を這入《はい》ると、御影《みかげ》の敷石に水を打って、斜めに十歩ばかり歩ませる。敷石の尽きた所に擦《す》り硝子《ガラス》の開き戸が左右から寂然《じゃくねん》と鎖《とざ》されて、秋の更《ふ》くるに任すが如《ごと》く邸内は物静かである。

磨《みが》き上《あ》げた、柾《まさ》の柱に象牙《ぞうげ》の臍《へそ》(1)をちょっと押すと、暫《しばら》くして奥の方から足音が近づいてくる。がちゃと鍵《かぎ》をひねる。玄関の扉は左右に開かれて、下は鏡の様なたたきとなる。右の方に周囲《まわり》一尺余の朱泥《しゅでい》まがいの鉢があって、鉢のなかには棕梠竹《しゅろちく》が二、三本靡《なび》くべき風も受けずに、ひそやかに控えている。正面には高さ四尺の金屏《きんびょう》に、三条の小鍛冶《こかじ》(2)が、異形《いぎょう》のものを相槌《あいづち》に、霊夢に叶う、御門《みかど》の太刀を丁《ちょう》と打ち、丁と打っている。

取次に出たのは十八、九のしとやかな下女である。白井道也《しらいどうや》と云う名刺を受取ったまま、あの若旦那《わかだんな》様で？ と聞く。道也先生は首を傾けてちょっと考えた。若旦那にも大旦那にも中野《なかの》と云う人に逢うのは今が始めてである。ことによるとまるで逢えないで帰るかも計《はか》られん。若旦那か大旦那かは逢って始めてわかるのである。或《あるい》は分らないで生涯それ限りになるかも知れない。今まで訪問に出懸けて、年寄か、小供か、跛《びっこ》か、眼っかちか、要領を得る前に門前から追《お》い還《かえ》された事は何遍もある。追い還されさえしなければ大旦那か若旦那かは問う所でない。しかし聞かれた以上はどっちか片付けなければならん。どうでもいい事を、どうでもよくない様に決断しろと逼《せま》らる事は賢者が愚物に対して払う租税である。

「大学を御卒業になった方の……」とまで云ったが、ことによると、おやじも大学を卒業しているかも知れんと心付いたから

「あの文学を御遣《おや》りになる」と訂正した。下女は何とも云わずに御辞儀をして立って行く。白足袋の裏だけが目立ってよごれて見える。道也先生の頭の上には丸く鉄を鋳抜いた、かな燈籠《どうろう》がぶら下がっている。波に千鳥をすかして、すかした所に紙が張ってある。このなかへ、どうしたら灯《ひ》がつけられるのかと、先生は仰向いて長い鎖《くさ》りを眺めながら考えた。

下女がまた出てくる。どうぞこちらへと云う。道也先生は親指の凹《くぼ》んで、前緒《まえお》のゆるんだ下駄を立派な沓脱《くつぬぎ》へ残して、ひょろ長い糸瓜《へちま》の様なからだを下女の後ろから運んで行く。

応接間は西洋式(3)に出来ている。丸い卓には、薔薇《ばら》の花を模様に崩した五、六輪を、淡い色で織り出したテーブル掛を、雑作もなく引《ひ》き被《かぶ》せて、末は同じ色合の毬氈《じゅうたん》と、続《つ》づくが如く、切れたるが如く、波を描いて床の上に落ちている。暖炉は塞《ふさ》いだままの一尺前に、二枚折の小屏風《こびょうぶ》を穴隠しに立ててある。窓掛は緞子《どんす》の海老茶色《えびちゃいろ》だから少々全体の装飾上調和を破る様だが、そんな事は道也先生の眼には入らない。先生は生れてから未《いま》だ嘗《かつ》てこんな奇麗《きれい》な室《へや》へ這入った事はないのである。

先生は仰いで壁間《へきかん》の額を見た。京の舞子が友禅《ゆうぜん》の振袖に鼓《つづみ》を調べている。今打って、鼓から、白い指が弾き返されたばかりの姿が、小指の先までよくあらわれている。しかし、そんな事に気のつく道也先生ではない。先生はただ気品のない画《え》を掛けたものだと思ったばかりである。向《むこう》の隅にヌーボー(4)式の書棚があって、美しい洋書の一部が、窓掛の隙間《すきま》から洩れて射《さ》す光線に、金文字の甲羅《こうら》を干している。中々《なかなか》立派である。しかし道也先生これには毫《ごう》も辟易《へきえき》しなかった。

所へ中野君が出てくる。紬《つむぎ》の綿入《わたいれ》に縮緬《ちりめん》の兵子帯《へこおび》をぐるぐる巻きつけて、金縁《きんぶち》の眼鏡越に、道也先生をまぼしそうに見て、「や、御待たせ申しまして」と椅子へ腰をおろす。

道也先生は、あやしげな、銘仙《めいせん》の上を蔽《おお》うに黒木綿の紋付《もんつき》を以《もっ》てして、加平治平《かへいじひら》(5)の下へ両手を入れたまま「どうも御邪魔をします」と挨拶をする。泰然たるものだ。

中野君は挨拶が済んでからも、依然としてまぼしそうにしていたが、やがて思い切った調子で

「あなたが、白井道也と仰《おっ》しゃるんで」と大《おおい》なる好奇心を以て聞いた。聞かんでも名刺を見ればわかるはずだ。それを斯様《かよう》に聞くのは世馴れぬ文学士だからである。

「はい」と道也先生は落ち付いている。中野君のあては外《はず》れた。中野君は名刺を見た時はっと思って、頭のなかは追い出された中学校の教師だけになっている。可愛想《かわいそう》だと云う念頭に御羽《おは》(6)うち枯《か》らした姿を目前に見て、あなたが、あの中学校で生徒から

いじめられた白井さんですかと聞《き》き糺《ただ》したくてならない。いくら気の毒でも白井違いで気の毒がったのでは役に立たない。気の毒がる為《た》めには、聞き糺す為めには「あなたが白井道也と仰しゃるんで」と切り出さなくってはならなかった。しかし切角《せっかく》の切り出し様も泰然たる「はい」の為めに無駄死《むだじに》をしてしまった。初心なる文学士は二の句をつぐ元気も作略《さりゃく》もないのである。人に同情を寄せたいと思うとき、向が泰然の具足で身を固めていては芝居にはならん。器用なものはこの泰然の一角を針で突き透しても思を遂げる。中野君は好人物ながらそれ程に人を取り扱い得る程世の中を知らない。

「実は今日御邪魔に上がったのは、少々御願があって参ったのですが」と今度は道也先生の方から打って出る。御願は同情の好敵手である。御願を持たない人には同情する張り合がない。

「はあ、何でも出来ます事なら」と中野君は快く承知した。

「実は今度江湖雑誌《こうこざっし》(7)で現代青年の煩悶《はんもん》(8)に対する解決と云う題で諸先生方の御高説を発表する計画がありまして、それで普通の大家ばかりでは面白くないと云うので、なるべく新しい方もそれぞれ訪問する訳になりましたので――そこで実はちょっと往《い》って来てくれと頼まれて来たのですが、御差支《おさしつかえ》がなければ、御話を筆記して参りたいと思います」

道也先生は静かに懐《ふところ》から手帳と鉛筆を取り出した。取り出しはしたものの別に筆記したい様子もなければ強いて話させたい景色も見えない。彼はかかる愚な問題を、かかる青年の口から解決して貰いたいとは考えていない。

「成程《なるほど》」と青年は、耀《かが》やく眼を挙げて、道也先生を見たが、先生は宵越《よいごし》の麦酒《ビール》の如く気の抜けた顔をしているので、今度は「左様《さよう》」と長く引っ張って下を向いてしまった。

「どうでしょう、何か御説はありますまいか」と催促を義理ずくめにする。ありませんと云ったら、すぐ帰る気かも知れない。

「そうですね。あったって、僕の様なものの云う事は雑誌へ載せる価値はありませんよ」

「いえ結構です」

「全体どこから、聞いて入《い》らしったんです。あまり突然じゃ纏《まとま》った話の出来るはずがないですから」

「御名前は社主が折々雑誌の上で拝見するそうで」

「いえ、どうしまして」と中野君は横を向いた。

「何でもよいですから、少し御話し下さい」

「そうですね」と青年は窓の外を見て躊躇《ちゅうちょ》している。

「折角《せっかく》来たものですから」

「じゃ何か話しましょう」

「はあ、どうぞ」と道也先生鉛筆を取り上げた。

「一体煩悶と云う言葉は近頃大分はやる様だが、大抵は当座のもので、所謂《いわゆる》三日坊主のものが多い。そんな種類の煩悶は世の中が始まってから、世の中がなくなるまで続くので、ちっとも問題にはならないでしょう」

「ふん」と道也先生は下を向いたなり、鉛筆を動かしている。紙の上を滑らす音が耳立って聞える。

「しかし多くの青年が一度は必ず陥《おちい》る、また必ず陥るべく自然から要求せられている深刻な煩悶が一つある。……」

鉛筆の音がする。

「それは何だと云うと――恋である……」

道也先生はぴたりと筆記をやめて、妙な顔をして、相手を見た。中野君は、今更《いまさら》気がついた様にちょっとしょげ返ったが、すぐ気を取り直して、あとをつづけた。

「ただ恋と云うと妙に御聞きになるかも知れない。また近頃はあまり恋愛呼《よ》ばりをするのを人が遠慮する様であるが、この種の煩悶は大なる事実であって、事実の前には如何《いか》なるものも頭を下げねばならぬ訳だからどうする事も出来ないのである」

道也先生はまた顔をあげた。しかし彼の長い蒼白《あおじろ》い相貌の一微塵《いちみじん》だも動いておらんから、彼の心のうちは無論わからない。

「我々が生涯を通じて受ける煩悶のうちで、尤《もっと》も痛切な尤も深刻な、また尤も劇烈な煩悶は恋より外《ほか》にないだろうと思うのです。それでですね、こう云う強大な威力のあるものだから、我々が一度《ひとた》びこの煩悶の炎火のうちに入ると非常な変形をうけるのです」

「変形？　ですか」

「ええ形を変ずるのです。今まではただふわふわ浮いていた。世の中と自分の関係がよくわからないで、のんべんぐらりんに暮らしていたのが、急に自分が明瞭になるんです」

「自分が明瞭とは？」

「自分の存在がです。自分が生きている様な心持ちが確然と出てくるのです。だから恋は一方から云えば煩悶に相違ないが、しかしこの煩悶を経過しないと自分の存在を生涯悟る事が出来ないのです。この浄罪界《じょうざいかい》(9)に足を入れたものでなければ決して天国へは登れまいと思うのです。ただ楽天だって仕様《しよう》がない。恋の苦みを嘗《な》めて人生の意義を確かめた上の楽天でなくっちゃ、うそです。それだから恋の煩悶は決して他の方法によって解決されない。恋を解決するものは恋より外にないです。恋は吾人《ごじん》をして煩悶せしめて、また吾人をして解脱《げだつ》せしむるのである。……」

「その位な所で」と道也先生は三度目に顔を挙げた。

「まだ少しあるんですが……」

「承《うけたまわ》るのはいいですが、大分多人数の意見を載せるつもりですから、反《かえ》ってあとから削除すると失礼になりますから」

「そうですか、それじゃその位にして置きましょう。何だかこんな話をするのは始めてですから、さぞ筆記しにくかったでしょう」

「いいえ」と道也先生は手帳を懐へ入れた。

青年は筆記者が自分の説を聴いて、感心の余り少しは賛辞でも呈するかと思ったが、相手は例の如く泰然としてただいいえと云ったのみである。

「いやこれは御邪魔をしました」と客は立ちかける。

「まあいいでしょう」と中野君はとめた。責《せ》めて自分の説を少々でも批評して行って貫いたいのである。それでなくても、先達《せんだっ》て日比谷で聞いた高柳《たかやなぎ》君の事をちょっと好奇心から、あたって見たいのである。一言にして云えば中野君はひまなのである。

「いえ、折角ですが少々急ぎますから」と客はもう椅子を離れて、一歩テーブルを退いた。いかにひまな中野君も「それでは」と遂に降参して御辞儀をする。玄関まで送って出た時思い切って

「あなたは、もしや高柳周作《しゅうさく》と云う男を御存じじゃないですか」と念晴《ねんば》らしの為め聞いて見る。

「高柳？　どうも知らん様です」と沓脱から片足をタタキへ卸して、高い脊《せ》を半分後ろへ捩《ね》ぢ向《む》けた。

「ことし大学を卒業した……」

「それじゃ知らん訳だ」と両足ともタタキの上へ運んだ。

中野君はまだ何か云おうとした時、敷石をがらがらと車の軋《きし》る音がして梶棒《かじぼう》は硝子の扉の前にとまった。道也先生が扉を開く途端に車上の人はひらりと厚い雪駄《せった》を御影の上に落した。(10)五色の雲がわが眼を掠《かす》めて過ぎた心持ちで往来へ出る。

時計はもう四時過ぎである。深い碧《みど》りの上へ薄いセピヤを流した空のなかに、はっきりせぬ鳶《とび》が一羽舞っている。雁《かり》はまだ渡って来ぬ。向から袴《はかま》の股立《ももだ》ちを取った小供

が唱歌を謡いながら愉快そうにあるいて来た。肩に担いだ笹の枝には草の穂で作った梟《ふくろう》(11)が踊りながらぶら下がって行く。大方雑子《ぞうし》ヶ谷《や》(12)へでも行ったのだろう。軒の深い菓物屋《くだものや》の奥の方に柿ばかりがあかるく見える。夕暮に近づくと何となくうそ寒い。

薬王寺《やくおうじ》前《まえ》(13)に来たのは、帽子の庇《ひさし》の下から往来《ゆきき》の人の顔がしかと見分けのつかぬ頃である。三十三所(14)と彫ってある石標を右に見て、紺屋《こんや》の横町を半丁程西へ這入るとわが家の門口《かどぐち》へ出る。家のなかは暗い。

「おや御帰り」と、細君が台所で云う。台所も玄関も大した相違のない程小さな家である。

「下女はどっかへ行ったのか」と二畳の玄関から、六畳の座敷へ通る。

「ちょっと、柳町《やなぎちょう》(15)まで使《つかい》に行きました」と細君はまた台所へ引き返す。

道也先生は正面の床《とこ》の片隅に寄せてあった、洋燈《ランプ》を取って、椽側《えんがわ》へ出て、手ずから掃除を始めた。何か原稿用紙の様なもので、油壺を拭《ふ》き、ほやを拭き、最後に心《しん》の黒い所を好《い》い加《か》減《げん》になすくって、丸めた紙は庭へ棄てた。庭は暗くなって様子が頓《とん》とわからない。

机の前へ坐った先生は燐寸《マッチ》を擦って、しゅっと云う間に火をランプに移した。室は忽《たちま》ち明《あきら》かになる。道也先生の為めに云えばむしろ明かるくならぬ方が増しである。床はあるが、言訳ばかりで、現に幅《ふく》も何も懸っておらん。その代り累々と書物やら、原稿紙やら、手帳やらが積んである。机は白木《しらき》の三宝《さんぼう》を大きくした位な単簡《たんかん》なもので、インキ壺と粗末な筆硯《ひっけん》の外には何物をも載せておらぬ。装飾は道也先生にとって不必要であるのか、または必要でもこれに耽《ふけ》る余裕がないのかは疑問である。ただ道也先生がこの一点の温気《おんき》なき陋室《ろうしつ》に、晏如《あんじょ》として筆硯を呵《か》するの勇気あるは、外部より見て争うべからざる事実である。ことによると先生は装飾以外のあるものを目的にして、生活しているのかも知れない。ただこの争うべからざる事実を確めれば、確かめる程細君は不愉快である。女は装飾を以て生れ、装飾を以て死ぬ。多数の女はわが運命を支配する恋さえも装飾視して憚《はば》からぬものだ。恋が装飾ならば恋の本尊たる愛人は無論装飾品である。否、自己自身すら装飾品を以て甘んずるのみならず、装飾品を以て自己を目《もく》してくれぬ人を評して馬鹿と云う。しかし多数の女はしかく人世を観ずるにもかかわらず、しかく観ずるとは決して思わない。ただ自己の周囲を纏綿《てんめん》する事物や人間がこの装飾用の目的に叶わぬを発見するとき、何となく不愉快を受ける。不愉快を受けると云うのに周囲の事物人間が依然として旧態をあらためぬ時、わが眼に映ずる不愉快を左右前後に反射して、これでも改めぬかと云う。遂にはこれでもか、これでもかと念入りの不愉快を反射する。道也の細君がここまで進歩しているかは疑問である。しかし普通一般の女性であるからには装飾気《そうしょくげ》なきこの空気のうちに生息する結果として、自然この方向に進行するのが順当であろう。現に進行しつつあるかも知れぬ。

　道也先生はやがて懐から例の筆記帳を出して、原稿紙の上へ写し始めた。袴を着けたままである。かしこまったままである。袴を着けたまま、かしこまったままで、中野輝一の恋愛論を筆記している。恋とこの室、恋とこの道也とは到底調和しない。道也は何と思って浄書しているかしらん。人は様々である、世も様々である。様々の世に、様々の人が動くのもまた自然の理である。ただ大きく動くものが勝ち、深く動くものが勝たねばならぬ。道也は、あの金縁の眼鏡を掛けた恋愛論者よりも、小さくかつ浅いと自覚して、かく慎重に筆記を写し直しているのであろうか。床の後ろで蟋《こおろぎ》が鳴いている。

　細君が襖《ふすま》をすうと開けた。道也は振り向きもしない。「まあ」と云ったなり細君の顔は隠れた。

　下女は帰った様である。煮豆が切れたから、てっか味噌(18)を買って来たと云っている。豆腐が五厘高くなったと云っている。裏の専念寺《せんねんじ》(19)で夕《ゆうべ》の御務めをかあんかあんやっている。

細君の顔がまた襖の後ろから出た。

「あなた」

道也先生は、いつの間にやら、筆記帳を閉じて、今度はまた別の紙へ、何か熱心に認《したた》めている。

「あなた」と妻君は二度呼んだ。

「何だい」

「御飯です」

「そうか、今行くよ」

道也先生はちょっと細君と顔を合せたぎり、すぐ机へ向った。細君の顔もすぐ消えた。台所の方でくすくす笑う声がする。道也先生はこの一節をかき終るまでは飯《めし》も食いたくないのだろう。やがて句切りのよい所へ来たと見えて、ちょっと筆を擱《お》いて、傍《そば》へ積んだ草稿をはぐって見て「二百三十一頁」と独語した。著述でもしていると見える。

立って次の間へ這入る。小さな長火鉢《ながひばち》に平鍋《ひらなべ》がかかって、白い豆腐が烟《けむ》りを吐いて、ぷるぷる顫《ふる》えている。

「湯豆腐かい」

「はあ、何にもなくて、御気の毒ですが……」

「何、なんでもいい。食ってさえいれば何でも構わない」と、膳にして重箱をかねたる如き四角なものの前へ坐って箸を執る。

「あら、まだ袴を御脱《おぬ》ぎなさらないの、随分ね」と細君は飯を盛った茶碗を出す。

「忙がしいものだから、つい忘れた」

「求めて、忙がしい思をしていらっしゃるのだから、……」と云ったぎり、細君は、湯豆腐の鍋と鉄瓶《てつびん》とを懸け換える。

「そう見えるかい」と道也先生は存外平気である。

「だって、楽で御金の取れる口は断って御しまいなすって、忙がしくって、一文《いちもん》にもならない事ばかりなさるんですもの、誰だって酔興と思いますわ」

「思われても仕様がない。これがおれの主義なんだから」

「あなたは主義だからそれでいいでしょうさ。しかし私は……」

「御前は主義が嫌《きらい》だと云うのかね」

「嫌も好《すき》もないんですけれども、責《せ》めて――人並には――なんぼ私だって……」

「食えさえすればいいじゃないか、贅沢を云や誰だって際限はない」

「どうせ、そうでしょう。私なんざどんなになっても御構いなすっちゃ下さらないのでしょう」

「このてっか味噌は非常に辛いな。どこで買って来たのだ」

「どこですか」

道也先生は頭をあげて向の壁を見た。鼠色の寒い色の上に大きな細君の影が写っている。その影と妻君とは同じ様に無意義に道也の眼に映じた。

影の隣りに糸織《いとおり》(20)かとも思われる、女の晴衣《はれぎ》が衣紋竹《えもんだけ》につるしてかけてある。細君のものにしては少し派出《はで》過ぎるが、これは多少景気のいい時、田舎で買ってやったものだと今だに記憶している。あの時分は今とは大分考えも違っていた。己《おの》れと同じ様な思想やら、感情やら持っているものは珍らしくあるまいと信じていた。従って文筆の力で自分から卒先《そっせん》して世間を警醒《けいせい》(21)しようと云う気にもならなかった。

今はまるで反対だ。世は名門を謳歌《おうか》する、世は富豪を謳歌する、世は博士、学士までをも謳歌する。しかし公正な人格に逢うて、位地を無にし、金銭を無にし、もしくはその学力、才芸を無にして、人格その物を尊敬する事を解しておらん。人間の根本義たる人格に批判の標準を置かずして、その上皮《うわかわ》たる附属物を以て凡《すべ》てを律しようとする。この附属物と、公正なる人格と戦うとき世間は必ず、この附属物に雷同して他の人格を蹂躙《じゅうりん》せんと試みる。天下《てんか》一人《いちにん》の公正なる人格を失うとき、天下一段の光明を失う。公正なる人格は百の華族、百の紳商、[22] 百の博士を以てするも償い難き程貴きものである。われはこの人格を維持せんが為めに生れたるの外、人世に於《おい》て何等《なんら》の意義をも認め得ぬ。寒に衣《い》し、餓に食するはこの人格を維持するの一便法に過ぎぬ。筆を呵《か》し硯を磨《ま》するのもまたこの人格を他の面上に貫徹するの方策に過ぎぬ。――これが今の道也の信念である。この信念を抱いて世に処する道也は細君の御機嫌ばかり取ってはおれぬ。

壁に掛けてあった小袖を眺めていた道也はしばらくして、夕飯《ゆうめし》を済ましながら、

「どこぞへ行ったのかい」と聞く。

「ええ」と細君は二字の返事を与えた。道也は黙って、茶を飲んでいる。末枯《うらが》るる秋の時節だけに頗《すこぶ》る閑静な問答である。

「そう、べんべんと真田《さなだ》の方を引っ張っとく訳にも行きませず、家主の方もどうかしなければならず、今月の末になると米薪《こめまき》の払でまた心配しなくっちゃなりませんから、算段に出掛けたんです」と今度は細君の方から切り出した。

「そうか、質屋へでも行ったのかい」

「質に入れる様なものは、もうありゃしませんわ」と細君は恨めしそうに夫の顔を見る。

「じゃ、どこへ行ったんだい」

「どこって、別に行く所もありませんから、御兄《おあにい》さんの所へ行きました」

「兄の所？　駄目だよ。兄の所なんぞへ行ったって、何になるものか」

「そう、あなたは、何でも始から、けなして御しまいなさるから、よくないんです。いくら教育が違うからって、気性が合わないからって、血を分けた兄弟じゃありませんか」

「兄弟は兄弟さ。兄弟でないとは云わん」

「だからさ、膝《ひざ》とも談合と云うじゃありませんか。こんな時には、ちっと相談に入《い》らっしゃるがいいじゃありませんか」

「おれは、行かんよ」

「それが痩《やせ》我《が》慢《まん》ですよ。あなたはそれが癖なんですよ。損じゃあ、ありませんか、好んで人に嫌われて……」

道也先生は空然(23)として壁に動く細君の影を見ている。

「それで才覚が出来たのかい」

「あなたは何でも一足飛《いっそくとび》ね」

「なにが」

「だって、才覚が出来る前にはそれぞれ魂胆もあれば工面もあるじゃありませんか」

「そうか、それじゃ最初から聞き直そう。で、御前が兄のうちへ行ったんだね。おれに内所で」

「内所だって、あなたの為めじゃありませんか」

「いいよ、為めでいいよ。それから」

「で御兄さんに、御目に懸って色々今までの御無沙汰の御詫びやら、何やらして、それから一部始終の御話をしたんです」

「それから」

「すると御兄さんが、そりゃ御前には大変気の毒だって大変私に同情して下さって……」

「御前に同情した。ふうん。――ちょっとその炭取《すみとり》を取れ。炭をつがないと火種《ひだね》が切れる」

「で、そりゃ早く整理しなくっちゃ駄目だ。全体なぜ今まで抛《ほう》って置いたんだって仰《おっ》しゃるんです」

「旨《うま》い事を云わあ」

「まだ、あなたは御兄さんを疑っていらっしゃるのね。罰があたりますよ」

「それで、金でも借《か》したのかい」

「ほらまた一足飛びをなさる」

道也先生は少々可笑《おか》しくなったと見えて、にやりと下を向きながら、黒く積んだ炭を吹き出した。

「まあどの位あれば、これまでの穴が奇麗に埋るのかと御聞きになるから、――余《よ》っ程《ぽど》言い悪《にく》かったんですけれども――とうとう思い切ってね……」でちょっと留めた。

道也はしきりに吹いている。

「ねえ、あなた。とうとう思い切ってね――あなた。聞いていらっしゃらないの」

「聞いてるよ」と赫気《かっき》(24)で赤くなった顔をあげた。

「思い切って百円ばかりと云ったの」

「そうか。兄は驚ろいたろう」

「そうしたらね。ふうんて考えて、百円と云う金は、中々容易に都合がつく訳のものじゃない……」

「兄の云いそうな事だ」

「まあ聞いて入《い》らっしゃい。まだ、あとが有《あ》るんです。――しかし、外の事とは違うから、是非《ぜひ》なければ困ると云うならおれが保証人になって、人から借りてやってもいいって仰しゃるんです」

「あやしいものだ」

「まあさ、仕舞《しまい》まで御聞きなさい。――それで、ともかくも本人に逢って篤《とく》と了簡《りょうけん》を聞いた上にしようと云う所までに漕ぎつけて来たのです」

細君は大功名をした様に頬骨の高い顔を持ち上げて、夫を覗《のぞ》き込《こ》んだ。細君の眼付が云う。夫は意気地《いくじ》なしである。終日終夜、机と首っ引をして、兀々《こつこつ》(25)と出精《しゅっせい》しながら、妻と自分を安らかに養う程の働きもない。

「そうか」と道也は云ったぎり、この手腕に対して、別段に感謝の意を表しようともせぬ。

「そうかじゃ困りますわ。私がここまで拵《こしら》えたのだから、あとは、あなたが、どうとも為《な》さらなくっちゃぁ。あなたの楫《かじ》のとり様で折角の私の苦心も何の役にも立たなくなりますわ」

「いいさ、そう心配するな。もう一ヶ月もすれば百や弐百の金は手に這入る見込があるから」と道也先生は何の苦もなく云って退《の》けた。

江湖雑誌の編輯《へんしゅう》で二十円、英和字典の編纂《へんさん》で十五円、これが道也の極まった収入である。但しこの外に仕事はいくらでもする。新聞にかく、雑誌にかく。かく事に於ては毎日毎夜筆を休ませた事はない位である。しかし金にはならない。たまさか二円、三円の報酬が彼の懐に落つる時、彼は却《かえ》って不思議に思うのみである。

この物質的に何等の功能もない述作的労力の裡《うち》には彼の生命がある。彼の気魄《きはく》が滴々の墨汁と化して、一字《いちじ》一劃《いっかく》に満腔《まんこう》の精神が飛動している。この断篇が読者の眼に映じた時、瞳裏《とうり》に一道の電流を呼び起して、全身の骨肉が刹那《せつな》に震えかしと念じて、道也は筆を執る。吾筆は道を載《の》す。(26) 道を遮ぎるものは神といえども許さずと誓って紙に向う。誠は指頭より迸《ほとばし》って、尖《とが》る毛穎《もうえい》(27)の端《たん》に紙を焼く熱気あるが如き心地にて句を綴《つづ》る。白紙が人格と化して、淋漓《りんり》として飛騰《ひとう》する文章があるとすれば道也の文章は正にこれである。去《さ》れども世は華族、紳商、博士、学士の世である。附属物が本体を踏《ふ》み潰《つぶ》す世である。道也の文章は出る度に黙殺せられている。妻君は金にならぬ文章を道楽文章と云う。道楽文章を作るものを意気地なしと云う。

道也の言葉を聞いた妻君は、火箸《ひばし》を灰のなかに刺したまま、

「今でも、そんな御金が這入る見込があるんですか」と不思議そうに尋ねた。

「今は昔より下落したと云うのかい。ハハハハハ」と道也先生は大きな声を出して笑った。妻君は毒気を抜かれて口をあける。

「どうりゃ一勉強やろうか」と道也は立ち上がる。その夜彼は彼の著述人格論を二

百五十頁までかいた。寐《ね》たのは二時過である。

四

「どこへ行く」と中野《なかの》君が高柳《たかやなぎ》君をつらまえた。所は動物園(1)の前である。太い桜の幹が黒ずんだ色のなかから、銀の様《よう》な光りを秋の日に射返して、梢を離れる病葉《わくらば》は風なきに折々行人《こうじん》の肩にかかる。足元には、ここかしこに枝を辞したる古い奴がさっいている。

色は様々である。鮮血を日に曝《さら》して、七日の間日ごとにその変化を葉裏に印して、注意なく一枚のなかに畳み込めたら、こんな色になるだろうと高柳君はさっきから眺めていた。血を連想した時高柳君は腋《わき》の下から何か冷たいものが襯衣《シャツ》に伝わる様な気分がした。ごほんと取り締りのない咳《せき》を一つする。

形も様々である。火にあぶったかき餅《もち》の状《なり》は千差万別であるが、我も我もとみんな反《そ》り返《かえ》る。桜の落葉もがさがさに反り返って、反り返ったまま吹く風に誘われて行く。水気のないものには未練も執着もない。飄々《ひょうひょう》としてわが行末を覚束《おぼつか》ない風に任せて平気なのは、死んだ後の祭りに、から騒ぎにはしゃぐ了簡《りょうけん》かも知れぬ。風にめぐる落葉と攫《さら》われて行くかんな屑《くず》とは一種の気狂《きちがい》である。ただ死したるものの気狂である。高柳君は死と気狂とを自然界に点綴《てんてつ》した時、瘠《や》せた両肩を聳《そび》やかして、またごほんと云ううつろな咳を一つした。

高柳君はこの瞬間に中野君からつらまえられたのである。ふと気がついて見ると世は太平である。空は朗らかである。美しい着物をきた人が続々行く。相手は薄羅紗《うすラシャ》の外套《がいとう》に恰好《かっこう》のいい姿を包んで、顋《あご》の下に真珠の留針《とめばり》(2)を輝かしている。――高柳君は相手の姿を見守ったなり黙っていた。

「どこへ行く」と青年は再び問うた。

「今図書館(3)へ行った帰りだ」と相手は漸《ようや》く答えた。

「また地理学教授法じゃないか。ハハハハ。何だか不景気な顔をしているね。どうかしたかい」

「近頃は喜劇の面《めん》をどこかへ遺失《おと》してしまった」

「また新橋の先まで探がしに行って、拳突《けんつく》を喰《く》ったんじゃないか。つまらない」

「新橋どころか、世界中探がしてあるいても落ちていそうもない。もう、御《お》やめだ」

「何を」

「何でも御やめだ」

「万事御やめか。当分御やめがよかろう。万事御やめにして僕と一所に来給え」

「どこへ」

「今日はそこに慈善音楽会(4)があるんで、切符を二枚買わされたんだが、外《ほか》に誰も行き手がないから、丁度《ちょうど》いい。君行き給え」

「入《い》らない切符などを買うのかい。勿体《もったい》ない事をするんだな」

「なに義理だから仕方がない。おやじが買ったんだが、おやじは西洋音楽なんかわからないからね」

「それじゃ余った方を送ってやればいいのに」

「実は君の所へ送ろうと思ったんだが……」

「いいえ。あすこへさ」

「あすことは。――うん。あすこか。何、ありゃ、いいんだ。自分でも買ったんだ」高柳君は何とも返事をしないで、相手を真正面から見ている。中野君は少々恐縮の微笑を洩らして、右の手に握ったままの、山羊《やぎ》の手袋で外套の胸をぴしゃぴしゃ敲《たた》き始《はじ》めた。

「穿《は》めもしない手袋を握ってあるいてるのは何の為《た》めだい」

「なに、今ちょっと、隠袋《ポッケット》から出したんだ」と云いながら中野君は、すぐ手袋をかくしの裏《うち》に収めた。高柳君の癇癪《かんしゃく》はこれで少々治まった様である。

所へ後ろからエーイと云う掛声がして蹄《ひづめ》の音が風を動かしてくる。両人は足早に道《みち》傍《ばた》へ立ち退いた。黒塗のランドー(5)の蓋《おおい》を、秋の日の暖かきに、払い退けた、中には絹帽《シルクハット》(6)が一つ、美しい紅《くれない》いの日傘が一つ見えながら、両人の前を通り過ぎる。

「ああ云う連中が行くのかい」と高柳君が顋で馬車の後ろ影を指す。

「あれは徳川侯爵だよ」と中野君は教えた。

「よく、知ってるね。君はあの人の家来かい」

「家来じゃない」と中野君は真面目《まじめ》に弁解した。高柳君は腹のなかでまたちょっと愉快を覚えた。

「どうだい行こうじゃないか。時間がおくれるよ」

「おくれると逢えないと云うのかね」

中野君は、すこし赤くなった。怒ったのか、弱点をつかれた為めか、恥ずかしかったのか、わかるのは高柳君だけである。

「とにかく行こう。君はなんでも人の集まる所やなにかを嫌ってばかりいるから、一人坊《ひとりぼ》っちになってしまうんだよ」

打つものは打たれる。参るのは今度こそ高柳君の番である。一人坊っちと云う言葉を聞いた彼は、耳がしいんと鳴って、非常に淋しい気持がした。

「いやかい。いやなら仕方がない。僕は失敬する」

相手は同情の笑《わらい》を湛《たた》えながら半歩踵《くびす》をめぐらしかけた。高柳君はまた打たれた。

「いこう」と単簡《たんかん》に降参する。彼が音楽会へ臨むのは生れてから、これが始めてである。

玄関にかかった時は受付が右へ左りへの案内で忙殺されて、接待掛りの胸につけた、青いリボンを見失う程込み合っていた。突き当りを右へ折れるのが上等で、左りへ曲がるのが並等《なみとう》である。下等はないそうだ。中野君は無論上等である。高柳君を顧みながら、こっちだよと、さも物馴《ものな》れたさまに云う。今日に限って、特別に下等席を設けて貰って、そこへ自分だけ這入《はい》って聴いて見たいと一人坊っちの青年は、中野君のあとを付きながら階段を上ぼりつつ考えた。己《おの》れの右を上る人も、左りを上る人も、またあとからぞろぞろついて来るものも、皆異種類の動物で、わざと自分を包囲して、のっぴきさせず二階の大広間へ押し上げた上、あとから、慰み半分に手を拍《う》って笑う策略の様に思われた。後ろを振り向くと、下から緑《みど》りの滴《した》たる束髪の脳巓《のうてん》が見える。これ等コスメチックで奇麗《きれい》な一直線を七分三分の割合に錬り出した頭《ず》蓋骨《がいこつ》が見える。これ等の頭が十も二十も重なり合って、もう高柳周作《しゅうさく》は一歩でも退く事はならぬとせり上がってくる。

楽堂(7)の入口を這入ると、霞に酔うた人の様にぼうっとした。空を隠す茂みのなかを通り抜けて頂《いただき》に攀《よ》じ登《のぼ》った時、思いも寄らぬ、眼の下に百里の眺めが展開する時の感じはこれである。演奏台は遥かの谷底にある。近づく為めには、登り詰めた頂から、規則正しく排列された人間の間を一直線に縫うが如《ごと》くに下りて、自然と逼《せま》る擂鉢《すりばち》の底に近寄らねばならぬ。擂鉢の底は半円形を劃《かく》して空に向って広がる内側面には人間の塀が段々に横輪をえがいている。七、八段を下りた高柳君は念の為めに振り返って擂鉢の側面を天井まで見上げた時、目がちらちらしてちょっと留った。excuse me と云って、大きな異人(8)が、高柳君を蔽《おお》いかぶせる様にして、一段下へ通り抜けた。駝鳥《だちょう》の白い毛が鼻の先にふらついて、品のいい香りがぷんとする。あとから、脳巓の禿《は》げた大男が絹帽を大事そうに抱えて身を横にして女につきながら、二人を擦り抜ける。

「おい、あすこに椅子が二つ空いている」と物馴れた中野君は階段を横へ切れる。並んでいる人は席を立って二人を通す。自分だけであったら、誰も席を立ってくれるものはあるまいと高柳君は思った。

「大変な人だね」と椅子へ腰を卸《お》ろしながら中野君は満場を見廻わす。やがて相手の服装に気がついた時、急に小声になって、

「おい、帽子を取らなくっちゃ、いけないよ」と云う。

高柳君は卒然として帽子を取って、左右をちょっと見た。三、四人の眼が自分の頭の上に注がれていたのを発見した時、やっぱり包囲攻撃(9)だなと思った。成程《なるほど》帽子を被《かぶ》っていたものはこの広い演奏場に自分一人である。

「外套は着ていてもいいのか」と中野君に聞いて見る。

「外套は構わないんだ。しかしあつ過ぎるから脱ごうか」と中野君はちょっと立ち上がって、外套の襟《えり》を三寸ばかり颯《さっ》と返したら、左の袖がするりと抜けた、右の袖を抜くとき、領《えり》のあたりをつまんだと思ったら、裏を表てに、外套ははや畳まれて、椅子の脊中《せなか》を早くも隠した。下は仕立て卸しのフロックに、近頃流行《はや》る白いスリップ(10)が胴衣《チョッキ》の胸開《むねあき》を沿うて細い筋を奇麗にあらわしている。高柳君は成程いい手際だと羨《うらや》ましく眺めていた。中野君はどう云《い》うものか容易に坐らない。片手を椅子の脊に凭《も》たせて、立ちながら後ろから、左右へかけて眺めている。多くの人の視線は彼の上に落ちた。中野君は平気である。高柳君はこの平気をまた羨ましく感じた。

しばらくすると、中野君は千以上陳列せられたる顔のなかで、漸くあるものを物色し得た如く、豊かなる双頰《そうきょう》に愛嬌の渦を浮かして、軽く何人にか会釈した。高柳君は振り向かざるを得ない。友の挨拶はどの辺に落ちたのだろうと、こそばゆくも首を捩《ね》じ向《む》けて、斜めに三段ばかり上を見ると、忽《たちま》ち目付《めつ》かった。黒い髪のただ中に黄の勝った大きなリボンの蝶を颯とひらめかして、細くうねる頸筋《くびすじ》を今真直《まっすぐ》に立て直す女の姿が目付《めっか》った。紅《くれな》いは眼の縁を薄く染めて、潤った眼睫《まつげ》の奥から、人の世を夢の底に吸い込む様な光りを中野君の方に注いでいる。高柳君はすわやと思った。

わが穿《は》く袴《はかま》は小倉《こくら》(11)である。羽織は染めが剝《は》げて、濁った色の上に垢《あか》が容赦なく日光を反射する。湯には五日前に這入ったぎりだ。襯衣《シャツ》を洗わざる事は久しい。音楽会と自分とは到底両立するものでない。わが友と自分とは？——やはり両立しない。友のハイカラ姿とこの魔力ある眼の所有者とは、千里を隔てても無線の電気がかかるべく作られている。この一堂の裡《うち》に綺羅《きら》の香りを嗅ぎ、和楽《わらく》の温かみを吸うて、落ち合うからは、二人の魂は無論の事、溶けて流れて、かき鳴らす箏《こと》の線の細きうちにも、めぐり合わねばならぬ。演奏会は数千の人を集めて、数千の人は悉《ことごと》く双手《そうしゅ》を挙げながらこの二人を歓迎している。同じ数千の人は悉く五指を弾《はじ》いて(12)、われ一人を排斥している。高柳君はこんな所へ来なければよかったと思った。友はそんな事を知り様がない。

「もう時間だ、始まるよ」と活版に刷った曲目を見ながら云う。

「そうか」と高柳君は器械的に眼を活版の上に落した。

一、バイオリン、セロ、ピヤノ合奏とある。高柳君はセロの何物たるを知らぬ。二、ソナタ……ベートーベン作とある。名前だけは心得ている。三、アダジョ……パァージャル(13)作とある。これも知らぬ。四、と読みかけた時拍手の音が急に梁《はり》を動かして起った。演奏者は既に台上に現われている。

やがて三部合奏曲は始まった。満場は化石したかの如く静かである。右手の窓の外に、高い樅《もみ》の木が半分見えて後ろは遐《はる》かの空の国に入る。左手の碧《みど》りの窓掛けを洩れて、澄み切った秋の日が斜めに白い壁を明らかに照らす。

曲は静かなる自然と、静かなる人間のうちに、快よく進行する。中野は絢爛《けんらん》たる空気の振動を鼓膜に聞いた。声にも色があると嬉しく感じている。高柳は樅の枝を離るる鳶《とび》の舞う様《さま》を眺めている。鳶が音楽に調子を合せて飛んでいる妙だなと思った。

拍手がまた盛に起る。高柳君ははっと気がついた。自分はやはり異種類の動物のなかに一人坊っちでおったのである。隣りを見ると中野君は一生懸命に敲《たた》いている。高い高い鳶の空から、己れをこの窮窟《きゅうくつ》な谷底に呼び返したものの一人は、われを無理矢理にここへ連れ込んだ友達である。

演奏は第二に移る。千余人の呼吸は一度にやむ。高柳君の心はまた豊かになった。窓の外を見ると鳶はもう舞っておらぬ。眼を移して天井を見る。周囲一尺もあろうと思われる梁の六角形に削られたのが三本程、楽堂を竪《たて》に貫《つら》ぬいている、後ろはどこまで通っているか、頭《かしら》を回《めぐ》らさないから分らぬ。所々に模様に崩した草花が、長い蔓《つる》と共に六角を絡んでいる。仰向《あおむ》いて見ていると広い御寺のなかへでも這入った心持になる。そうして黄色い声や青い声が、梁を纏《まと》う唐草の様《よう》に、縺《もつ》れ合《あ》って、天井から降ってくる。高柳君は無人の境に一人坊っちで佇《たたず》んでいる。

三度目の拍手が、断わりもなくまた起る。隣りの友達は人一倍けたたましい敲き方をする。無人の境におった一人坊っちが急に、霰《あられ》の如き拍手のなかに包囲された一人坊っちとなる。包囲は中々已《なかなかや》まぬ。演奏者が闥《たつ》を排して(14)わが室《しつ》に入らんとする間際に猶々《なおなお》烈しくなった。ヴァイオリンを温かに右の腋下《えきか》に護《まも》りたる演奏者は、ぐるりと戸側に体を回《めぐ》らして、薄紅葉《うすもみじ》を点じたる裾模《すそも》様《よう》を台上に動かして来る。狂うばかりに咲き乱れたる白菊の花束を、飄《ひるが》える袖の影に受けとって、なよやかなる上軀《じょうく》を聴衆の前に、少しくかがめたる時、高柳は感じた。――この女の楽を聴いたのは、聴かされたのではない。聴かさぬと云うを、ひそかに忍び寄りて、偸《ぬす》み聴《き》いたのである。

演奏は喝采のどよめきの静まらぬうちにまた始まる。聴衆は咄嗟《とっさ》の際に悉く死んでしまう。高柳君はまた自由になった。何だか広い原にただ一人立って(15)、遥かの向うから熟柿の様な色の暖かい太陽が、のっと上ってくる心持(16)ちがする。小供のうちはこんな感じがよくあった。今は何故こう窮屈になったろう。右を見ても左を見ても人は我を擯斥《ひんせき》している様に見える。たった一人の友達さえ肝心の所で無残の手をぱちぱち敲く。たよる所がなければ親の所へ逃げ帰れと云う話もある。その親があれば始からこんなにはならなかったろう。七つの時おやじは、どこかへ行ったなり帰って来ない。友達はそれから自分と遊ばなくなった。母に聞くと、おとっさんは今に帰る帰ると云った。母は帰らぬ父を、帰ると云ってだましたのである。その母は今でもいる。住み古るした家を引き払って、生れた町から三里の山奥に一人侘《わ》びしく暮らしている。卒業をすれば立派になって、東京へでも引き取るのが子の義務である。逃げて帰れば親子共餓えて死ななければならん。――忽ち拍手の声が一面に湧き返る。

「今のは面白かった。今までのうち一番よく出来た。非常に感じをよく出す人だ。――どうだい君」と中野君が聞く。

「うん」

「君面白くないか」

「そうさな」

「そうさなじゃ困ったな。――おいあすこの西洋人の隣りにいる、細かい友禅《ゆうぜん》の着物を着ている女があるだろう。――あんな模様が近頃流行《はや》るんだ。派出《はで》だろう」

「そうかなあ」

「君はカラー、センスのない男だね。ああ云う派出な着物は、集会の時や何かには極《ごく》いいのだね。遠くから見て、見醒《みざ》めがしない。うつくしくっていい」

「君のあれも、同じ様なのを着ているね」

「え、そうかしら、何、ありゃ、いい加減に着ているんだろう」

「いい加減に着ていれば弁解になるのかい」

中野君はちょっと会話をやめた。左の方に鼻眼鏡をかけて揉上《もみあげ》を容赦なく、耳の上で剃《そ》り落《おと》した男が帳面を出してしきりに何か書いている。

「ありゃ、音楽の批評でもする男かな」と今度は高柳君が聞いた。

「どれ、――あの男か、あの黒服を着た。なあに、あれはね。画工《えかき》だよ。いつでも来る男だがね、来るたんびに写生帖を持って来て、人の顔を写している」

「断わりなしにか」

「まあ、そうだろう」

「泥棒だね。顔泥棒だ」

中野君は小さい声でくくと笑った。休憩時間は十分である。廊下へ出るもの、喫烟《きつえん》に行くもの、用を足して帰るもの、が高柳君の眼に写る。女は小供の時見た、豊《とよ》国《くに》(17)の田舎源氏《いなかげんじ》(18)を一枚一枚はぐって行く時の心持である。男は芳年《よしとし》(19)の書いた討ち入り当夜の義士が動いてる様だ。ただ自分が彼等の眼にどう写るであろうかと思うと、早く帰りたくなる。自分の左右前後は活動している。うつくしく活動している。しかし衣食の為めに活動しているのではない。娯楽の為めに活動している。胡蝶《こちょう》の花に戯《たわ》むるが如く、浮藻《うきも》の漣《さざなみ》に靡《なび》くが如く、実用以上の活動を示している。この堂に入《い》るものは実用以上に余裕のある人でなくてはならぬ。

自分の活動は食うか食わぬかの活動である。和煦《わく》の作用ではない粛殺《しゅくさつ》の運行である。(20) 儼《げん》たる天命に制せられて、無条件に生を享《う》けたる罪業を償わんが為めに働らくのである。頭から云えば胡蝶の如く、かく翩々《へんぺん》たる公衆の何《いず》れを捕え来って比較されても、少しも恥かしいとは思わぬ。云いたき事、云うて人が点頭《うなず》く事、云うて人が尊ぶ事はないから云わぬのではない。生活の競争に凡《すべ》ての時間を捧げて、云うべき機会を与えてくれぬからである。吾が云いたくて云われぬ事は、世が聞きたくても聞かれぬ事は、天がわが手を縛《ばく》するからである。人がわが口を箝《かん》するからである。巨万の富をわれに与えて、一銭も使うなかれと命ぜられたる時は富なき昔しの心安きに帰る能《あた》わずして、命《めい》を下せる人を逆《さか》しまに咀《のろ》わんとす。われは呪い死にに死なねばならぬか。――忽ち咽喉《のど》が塞《ふさ》がって、ごほんごほんと咳《せ》き入《い》る。袂《たもと》からハンケチを出して痰《たん》を取る。買った時の白いのが、妙な茶色に変っている。顔を挙げると、肩から観世《かんぜ》よりの様に細い(21)金鎖《きんぐさ》りを懸けて、朱に黄を交えた厚板の帯の間に時計を隠した女が、列のはずれに立って、中野君に挨拶している。

「よう、入《い》らっしゃいました」と可愛《かわい》らしい二重瞼《ふたえまぶた》を細めに云う。

「いや、大分盛会ですね。冬田《ふゆた》さんは非常な出来でしたな」と中野君は半身を、女の方へ向けながら云う。

「ええ、大喜びで……」と云い捨てて下りて行く。

「あの女を知ってるかい」

「知るものかね」と高柳君は拳突を喰わす。

相手は驚ろいて黙ってしまった。途端に休憩後の演奏は始まる。「四葉の苜蓿花《うまごやし》(22)」とか云うものである。曲の続く間は高柳君はうつらうつらと聴いている。ぱちぱちと手が鳴ると熱病の人が夢から醒《さ》めた様に我に帰る。この過程を二、三度繰り返して、最後の幻覚から喚《よ》び醒《さ》まされた時は、タンホイゼル(23)のマーチで銅鑼《どら》を敲き大喇叭《おおらっぱ》を吹く所であった。

やがて、千余人の影は一度に動き出した。二人の青年は揉《も》まれながらに門を出た。日は漸く暮れかかる。図書館の横手に聳《そび》える松の林が緑りの色を微《かす》かに残して、次第に黒い影に変って行く。

「寒くなったね」

高柳君の答は力の抜けた咳二つであった。

「君先《さ》っきから、咳をするね。妙な咳だぜ。医者にでも見て貰ったら、どうだい」

「何、大丈夫だ」と云いながら高柳君は尖《とが》った肩を二、三度ゆすぶった。松林を横切って、博物館の前に出る。大きな銀杏《いちょう》に墨汁を点じた様な滴々《てきてき》の烏《からす》が乱れている。暮れて行く空に輝くは無数の落葉である。今は風さえ出た。

「君二、三日前に白井《しらい》道也《どうや》と云う人が来たぜ」

「道也先生？」

「だろうと思うのさ。余り沢山ある名じゃないから」

「聞いて見たかい」

「聞こうと思ったが、何だか極《きま》りが悪るかったからやめた」

「なぜ」

「だって、あなたは中学校で生徒から追い出された事はありませんかとも聞けまいじゃないか」

「追い出されましたかと聞かなくってもいいさ」

「しかし容易に聞きにくい男だよ。ありゃ、困る人だ。用事より外に云わない人だ」

「そんなになったかも知れない。元来何の用で君の所へなんぞ来たのだい」

「なあに、江湖雑誌《こうこざっし》の記者だって、僕の所へ談話の筆記に来たのさ」

「君の談話をかい。――世の中も妙な事になるものだ。やっぱり金が勝つんだね」

「なぜ」

「なぜって。――可愛想《かわいそう》に、そんなに零落《れいらく》したかなあ。――君道也先生、どんな、服装《なり》をしていた」

「そうさ、あんまり立派じゃないね」

「立派でなくっても、まあどの位な服装《なり》をしていた」

「そうさ。どの位とも云《い》い悪《にく》いが、そうさ、まあ君位な所だろう」

「え、この位か、この羽織位な所か」

「羽織はもう少し色が好《い》いよ」

「袴は」

「袴は木綿じゃないが、その代りもっと皺苦茶《しわくちゃ》だ」

「要するに僕と伯仲《はくちゅう》の間か」

「要するに君と伯仲の間だ」

「そうかなあ。――君、脊《せい》の高い、ひょろ長い人だぜ」

「脊の高い、顔の細長い人だ」

「じゃ道也先生に違ない。――世の中は随分無慈悲なものだなあ。――君番地を知ってるだろう」

「番地は聞かなかった」

「聞かなかった？」

「うん。しかし江湖雑誌で聞けばすぐわかるさ。何でも外の雑誌や新聞にも関係しているかも知れないよ。どこかで白井道也と云う名を見た様だ」

音楽会の帰りの馬車や車は最前から絡繹《らくえき》(24)として二人を後ろから追い越して夕暮を吾家へ急ぐ。勇ましく馳《か》けて来た二挺《ちょう》の人力がまた追い越すのかと思ったら、大仏(25)を横に見て、西洋軒(26)のなかに掛声ながら引き込んだ。黄昏《たそがれ》の白き靄《もや》のなかに、逼《せま》り来《く》る暮色を弾き返す程の目覚しき衣《きぬ》は由ある女に相違ない。中野君はぴたりと留まった。

「僕はこれで失敬する。少し待ち合せている人があるから」

「西洋軒で会食すると云う約束か」

「うんまあ、そうさ。じゃ失敬」と中野君は向《むこう》へ歩き出す。高柳君は往来の真中《まんなか》へたった一人残された。

淋しい世の中を池《いけ》の端《はた》へ下る。その時一人坊っちの周作はこう思った。「恋をする時間があれば、この自分の苦痛をかいて、一篇の創作を天下に伝える事が出来るだろうに」

見上げたら西洋軒の二階に奇麗な花瓦斯《はなガス》(27)がついていた。

五

ミルクホール(1)に這入《はい》る。上下を擦《す》り硝子《ガラス》にして中一枚を透き通しにした腰障子に近く据えた一脚の椅子に腰を卸《お》ろす。焼麺麭《やきパン》を嚙《かじ》って、牛乳を飲む。懐中には二十円五十銭ある。只今《ただいま》地理学教授法の原稿を四十一頁渡して金に換えて来たばかりである。一頁五十銭の割合になる。一頁五十銭を超《こ》ゆべからず、一ヶ月五十頁を超ゆべからずと申し渡されてある。

これで今月はどうか、こうか食える。外《ほか》からくれる十円近くの金は故里《ふるさと》の母に送らなければならない。故里はもう落鮎《おちあゆ》の時節である。ことによると崩れかかった藁屋根《わらやね》に初霜が降ったかも知れない。鶏が菊の根方を暴《あ》らしている事だろう。母は丈夫かしら。

向うの机を占領している学生が二人、西洋菓子を食いながら、団子坂《だんござか》の菊人形(2)の収入に付て大《おお》いに論じている。左に蜜柑《みかん》をむきながら、その汁を牛乳の中へたらしている書生がある。一房絞っては、文芸倶楽部《ぶんげいくらぶ》の芸者の写真(3)を一枚はぐり、一房絞っては一枚はぐる。芸者の絵が尽きた時、彼はコップの中を匙《さじ》で攪《か》き廻《まわ》して妙な顔をしている。酸で牛乳が固まったので驚ろいているのだろう。

高柳《たかやなぎ》君はそこに重ねてある新聞の下から雑誌を引きずり出して、あれこれと見る。目的の江湖《こうこ》雑誌《ざっし》は朝日新聞の下に折れていた。折れてはいるがまだ新らしい。四、五日前に出たばかりのである。折れた所は六号活字(4)で何だか色鉛筆の赤い圏点が一面についている。僕の恋愛観と云う表題の下に中野《なかの》春台《しゅんたい》とある。春台は無論輝一の号である。高柳君は食い欠いた焼麺麭を皿の上へ置いたなり「僕の恋愛観」を見ていたがやがて、にやりと笑った。恋愛観の結末に同じく色鉛筆で色情狂!!! と書いてある。高柳君は頁をはぐった。六号活字は大分長い。尤《もっと》も色々の人の名前が出ている。一番始めには現代青年の煩悶《はんもん》に対する諸家の解決とある。高柳君は急に読んで見る気になった。――第一は静心《せいしん》の工夫を積めと云う注意だ。積めとはどう積むのか些《ちっ》ともわからない。第二は運動をして冷水摩擦をやれと云う。簡単なものである。第三は読書もせず、世間も知らぬ青年が煩悶する法がないと論じている。無いと云っても有《あ》れば仕方がない。第四は休暇ごとに必ず旅行せよと勧告している。しかし旅費の出処は明記してない。――高柳君はあとを読むのが厭《いや》になった。颯《さっ》と引っくりかえして、第一頁をあける。「解脱《げだつ》と拘泥《こうでい》……憂世子《ゆうせいし》」と云うのがある。標題が面白いのでちょっと目を通す。

「身体《からだ》の局部がどこぞ悪いと気にかかる。(5) 何をしていても、それがコダワって来る。ところが非常に健康な人は行住坐臥《ぎょうじゅうざが》ともにわが身体の存在を忘れている。一点の局部だにわが注意を集注すべき患所がないから、かく安々と胖《ゆた》かなのである。瘠《や》せて蒼《あお》い顔をしている人に、君は胃が悪いだろうと尋ねて見た事がある。するとその男が答えて、胃は少しも故障がない、その証拠には僕はこの年になるが、未《いま》だに胃がどこにあるか知らないと云うた。その時は笑って済んだが、後で考えて見ると大に悟った言葉である。この人は全く胃が健康だから胃に拘泥する必要がない、必要がないから胃がどこにあっても構わないのと見える。自在飲《じざいいん》、自在食、一向《いっこう》平気である。この男は胃に於《お》て悟を開いたものである。……」

高柳君はこれは少し妙だよと口のなかで云った。胃の悟りは妙だと云った。

「胃に就《つい》て道《い》い得《う》べき事は、惣身《そうしん》に就ても道い得べき事である。惣身に就て道い得べき事は、精神に就ても道い得べき事である。ただ精神生活に於ては得失の両面に於て等しく拘泥を免かれぬ所が、身体より煩《わずら》いになる。

「一能《いちのう》の士は一能に拘泥し、一芸の人は一芸に拘泥して己《おの》れを苦しめている。芸能は気の持《も》ち様《よう》ではすぐ忘れる事も出来る。わが欠点に至っては容易に解脱は出来ぬ。

「百円や二百円もする帯をしめて女が音楽会へ行くとこの帯が妙に気になって音楽が耳に入らぬ事がある。これは帯に拘泥するからである。しかしこれは自慢の例じゃ。得意の方は前云う通り祟《たた》りを避けやすい。しかし不面目の側は中々《なかなか》強情に祟る。昔し去《さ》る所で一人の客に紹介された時、御互に椅子の上で礼をして双方共頭《あたま》を下げた。下げながら、向うの足を見るとその男の靴足袋《くつたび》の片方《かたかた》が破れて親指の爪が出ている。こちらが頭を下げると同時に彼は満足な足をあげて、破《や》れ足袋《たび》の上に加えた。この人は足袋の穴に拘泥していたのである。……」

おれも拘泥している。おれのからだは穴だらけだと高柳君は思いながら先へ進む。

「拘泥は苦痛である。避けなければならぬ。苦痛その物は避け難い世であろう。しかし拘泥の苦痛は一日で済む苦痛を五日、七日に延長する苦痛である。入《い》らざる苦痛である。避けなければならぬ。

「自己が拘泥するのは他人が自己に注意を集注すると思うからで、つまりは他人が拘泥するからである。……」

高柳君は音楽会の事を思いだした。

「従って拘泥を解脱するには二つの方法がある。他人がいくら拘泥しても自分は拘泥せぬのが一の解脱法である。人が目を峙《そばだ》てても、耳を聳《そび》やかしても、冷評しても罵《り》罵《ば》しても自分だけは拘泥せずにさっさと事を運んで行く。大久保彦左衛門《おおくぼひこざえもん》は盥《たらい》で登城した事がある。(6)……」

高柳君は彦左衛門が羨《うらや》ましくなった。

「立派な衣装を馬士《まご》に着せると馬士はすぐ拘泥してしまう。華族や大名はこの点に於て解脱の方を得ている。華族や大名に馬士の腹掛《はらがけ》をかけさすと、すぐ拘泥してしまう。釈迦《しゃか》や孔子《こうし》はこの点に於て解脱を心得ている。物質界に重《おもき》を置かぬものは物質界に拘泥する必要がないからである。……」

高柳君は冷めかかった牛乳をぐっと飲んで、ううと云った。

「第二の解脱法は常人《じょうじん》の解脱法である。常人の解脱法は拘泥を免かるるのではない、拘泥せねばならぬ様な苦しい地位に身を置くのを避けるのである。人の視聴を惹《ひ》くの結果、われより苦痛が反射せぬ様にと始めから用心するのである。従って始めより流俗に媚《こ》びて一世に附和する心底がなければ成功せぬ。江戸風な町人はこの解脱法を心得ている。芸妓《げいぎ》通客《つうかく》はこの解脱法を心得ている。西洋の所謂《いわゆる》紳士《ゼントルマン》は尤《もっと》もよくこの解脱法を心得たものである。……」

芸者と紳士《ゼントルマン》が一所になってるのは面白いと、青年はまた焼麵麭の一片を、横合から半円形に食い欠いた。親指についた牛酪《バタ》をそのまま袴《はかま》の膝《ひざ》へなすりつけた。

「芸妓、紳士、通人から耶蘇《ヤソ》孔子釈迦を見れば全然たる狂人である。耶蘇、孔子、釈迦から芸妓、紳士、通人を見れば依然として拘泥している。拘泥のうちに拘泥を脱し得たりと得意なるものは彼等である。両者の解脱は根本義に於て一致すべからざるものである。……」

高柳君は今まで解脱の二字に於て曽《かつ》て考えた事はなかった。ただ文界に立って、ある物になりたい、なりたいがなれない、なれんのではない、金がない、時がない、世間が寄ってたかって己れを苦しめる、残念だ無念だとばかり思っていた。あとを読む気になる。

「解脱は便法に過ぎぬ。下れる世に立って、わが真を貫徹し、わが善を標榜《ひょうぼう》し、わが美を提唱するの際、拖泥帯水《たでいたいすい》(7)の弊をまぬがれ、勇猛精進の志を固くして、現代下根《げこん》の衆生《しゅじょう》より受くる迫害の苦痛を委却《いきゃく》する為《た》めの便法である。この便法を証得《しょうとく》し得ざる時、英霊の俊児、また遂に鬼窟《きくつり》裏に堕在《だざい》(8)して彼の所謂芸妓紳士通人と得失を較《こう》するの愚を演じて憚《はば》からず。国家の為め悲しむべき事である。

「解脱は便法である。この方便門《ほうべんもん》(9)を通じて出頭し来る行為、動作、言説の是非《ぜひ》(10)は解脱の関する所ではない。従って吾人《ごじん》は解脱を修得する前に正鵠《せいこく》にあたれる趣味を養成せねばならぬ。下劣なる趣味を拘泥なく一代に塗抹《とまつ》するは学人の恥辱である。彼等が貴重なる十年二十年を挙げて故紙堆裏《こしたいり》(11)に兀々《こつこつ》たるは、衣食の為めではない、名聞《みょうもん》の為めではない、乃至《ないし》爵禄財宝の為めではない。微《かす》かなる墨痕のうちに、光明の一炬《いっきょ》を点じ得て、点じ得たる道火を解脱の方便門より担《にな》い出《だ》して暗黒世界を遍照《へんじょう》せんが為めである。

「この故に真に自家証得底《じかしょうとくてい》(12)の見解《けんげ》(13)あるものの為めに、拘泥の煩《はん》を払って、出来得る限り彼等をして第一種の解脱に近づかしむるを道徳と云う。道徳とは有道《ゆうどう》の士をして道を行わしめんが為めに、吾人がこれに対して与うる自由の異名である。この大道徳を解せざるものを俗人と云う。

「天下の多数は俗人である。わが位に着するが為めにこの大道徳を解し得ぬ。わが富に着する(14)が為めにこの大道徳を解し得ぬ。下れるものは、わが酒とわが女に着するが為めにこの大道徳を解し得ぬ。

「光明は趣味の先駆である。趣味は社会の油である。油なき社会は成立せぬ。汚れたる油に廻転する社会は堕落する。かの紳士、通人、芸妓の徒は、汚れたる油の上を滑って墓に入《い》るものである。華族と云い貴顕と云い豪商と云うものは門閥の油、権勢の油、黄白《こうはく》の油を以《もっ》て一世を逆《さか》しまに廻転せんと欲するものである。

「真正の油は彼等の知る所ではない。彼等は生れてより以来この油に就て何等《なんら》の工夫も費やしておらん。何等の工夫を費やさぬものが、この大道徳を解せぬのは許す。光明の学徒を圧迫せんとするに至っては、俗人の域を超越して罪人の群に入る。

「三味線《しゃみせん》を習うにも五、六年はかかる。巧拙を聴き分くるさえ一ヶ月の修業では出来ぬ。趣味の修養が三味《しゃみ》の稽古より易《やす》いと思うのは間違っている。茶の湯を学ぶ彼等は入《い》らざる儀式に貴重な時間を費やして、一々に師匠の云う通りになる。趣味は茶の湯よりむずかしいものじゃ。茶坊主に頭を下げる謙徳があるならば、趣味の本家たる学者の考《かんがえ》は猶更《なおさら》傾聴せねばならぬ。

「趣味は人間に大切なものである。(15) 楽器を壊《こぼ》つものは社会から音楽を奪う点に於て罪人である。書物を焼くものは社会から学問を奪う点に於て罪人である。趣味を崩すものは社会その物を覆えす点に於て刑法の罪人よりも甚しき罪人である。音楽はなくとも吾人は生きている、学問がなくても吾人はいきている。趣味がなくても生きていられるかも知れぬ。しかし趣味は生活の全体に渉《わた》る社会の根本要素である。これなくして生きんとするは野に入って虎と共に生きんとすると一般である。

「ここに一人がある。この一人が単に自己の思う様にならぬと云う源因のもとに、多勢が朝に晩に、この一人を突つき廻わして、幾年の後この一人の人格を堕落せしめて、下劣なる趣味に誘い去りたる時、彼等は殺人より重い罪を犯したのである。人を殺せば殺される。殺されたものは社会から消えて行く。後患《こうかん》は遺《のこ》さない。趣味の堕落したものは依然として現存する。現存する以上は堕落した趣味を伝染せねばやまぬ。彼はペストである。ペストを製造したものは勿論《もちろん》罪人である。

「趣味の世界にペストを製造して罰せられんのは人殺しをして罰せられんのと同様である。位地の高いものは尤もこの罪を犯しやすい。彼等は彼等の社会的地位からして、他に働きかける便宜の多い場所に立っている。他に働きかける便宜を有して、働きかける道を弁《わきま》えぬものは危険である。

「彼等は趣味に於て専門の学徒に及ばぬ。しかも学徒以上他に働きかけるの能力を有している。能力は権利ではない。(16) 彼等のあるものはこの区別さえ心得ておらん。彼等の趣味を教育すべくこの世に出現せる文学者を捕えてすらこれを逆しまに吾意の如《ごと》くせんとする。彼等は単に大道徳を忘れたるのみならず、大不道徳を犯して恬然《てんぜん》として社会に横行しつつあるのである。

「彼等の意の如くなる学徒があれば、自己の天職を自覚せざる学徒である。彼等を教育する事の出来ぬ学徒があれば腰の抜けたる学徒である。学徒は光明を体せん事を要す。光明より流れ出ずる趣味を現実せん事を要す。しかしてこれを現実せんが為めに、拘泥せざらん事を要す。拘泥せざらんが為めに解脱を要す」

高柳君は雑誌を開いたまま、茫然《ぼうぜん》として眼を挙げた。正面の柱にかかっている、八角時計がぼうんと一時を打つ。柱の下の椅子にぽつ然《ねん》と腰を掛けていた小女郎《こじょろう》(17)が時計の音と共に立ち上がった。丸テーブルの上には安い京焼の花活《はないけ》に、浅ましく水仙を突きさして、葉の先が黄ばんでいるのを、何時《いつ》までもそのままに水をやらぬ気と見える。小女郎は水仙の花にちょっと手を触れて、花活《はないけ》のそばにある新聞をとり上げた。読むかと思ったら四つに畳んで傍《かたわら》に置いた。この女は用もないのに立ち上がったのである。退屈のあまり、ぼうんを聞いて器械的に立ち上がったのである。羨ましい女だと高柳君はすぐ思う。

菊人形の収入に就ての議論は片付いたと見えて、二人の学生は烟草《たばこ》をふかして往来を見ている。

「おや、富田《とみた》が通る」と一人が云う。

「どこに」と一人が聞く。富田君は三寸ばかり開いていた硝子戸《ガラスど》の間をちらと通り抜けたのである。

「あれは、よく食《く》う奴じゃな」

「食う、食う」と答えた所によると余程《よほど》食うと見える。

「人間は食う割に肥《ふと》らんものだな。あいつはあんなに食う癖に一向肥《こ》えん」

「書物は沢山読むが、ちっとも、えろうならんのがおると同じ事じゃ」

「そうよ。御互に勉強はなるべくせん方がいいの」

「ハハハハ。そんなつもりで云ったんじゃない」

「僕はそう云うつもりにしたのさ」

「富田は肥らんが中々敏捷だ。やはり沢山食うだけの事はある」

「敏捷な事があるものか」

「いや、この間四丁目(18)を通ったら、後ろから出し抜けに呼ぶものがあるから、振り反ると富田だ。頭を半分刈ったままで、大きな敷布の様なものを肩から纏《まと》うている」

「元来どうしたのか」

「床屋から飛び出して来たのだ」

「どうして」

「髪を刈っておったら、僕の影が鏡に写ったものだから、すぐ馳《か》け出《だ》したんだそうだ」

「ハハハハそいつは驚ろいた」

「おれも驚いた。そうして尚志会《しょうしかい》(19)の寄附金を無理に取って、また床屋へ引き返したぜ」

「ハハハハ成程《なるほど》敏捷なものだ。それじゃ御互になるべく食う事にしよう。敏捷にせんと、卒業してから困るからな」

「そうよ。文学士のように二十円位で下宿に屏息《へいそく》(20)していては人間と生れた甲斐《かい》はないからな」

高柳君は勘定をして立ち上った。難有《ありがと》うと云う下女の声に、文芸倶楽部の上につっ伏していた書生が、赤い眼をとろつかせて、睨《にら》める様に高柳君を見た。牛の乳のなかの酸に中毒でもしたのだろう。

六

「私は高柳周作《たかやなぎしゅうさく》と申すもので……」と丁寧に頭を下げた。高柳君が丁寧に頭を下げた事は今まで何度もある。しかしこの時の様《よう》に快よく頭を下げた事はない。教授の家を訪問しても、翻訳を頼まれる人に面会しても、その他の先輩に対しても皆丁寧に頭をさげる。先達《せんだっ》て中野《なかの》のおやじに紹介された時などは愈以《いよいよもっ》て丁寧に頭をさげた。しかし頭を下げるうちにいつでも圧迫を感じている。位地、年輩、服装、住居が睥睨《へいげい》して、頭を下げぬか、下げぬかと催促されて已《やむ》を得ず頓首《とんしゅ》(1)するのである。道也《どうや》先生に対しては全く趣が違う。先生の服装は中野君の説明した如《ごと》く、自分と伯仲《はくちゅう》の間にある。

先生の書斎は座敷をかねる点に於《おい》て自分の室《へや》と同様である。先生の机は白木《しらき》なるの点に於て、丸裸なるの点に於て、また尤《もっと》も無趣味に四角張ったる点に於て自分の机と同様である。先生の顔は蒼《あお》い点に於て瘠《や》せた点に於て自分と同様である。凡《すべ》てこれ等の諸点に於て、先生と弟《てい》たりがたく兄《けい》たりがたき間柄にありながら、しかも丁寧に頭を下げるのは、逼《せ》まられて仕方なしに下げるのではない。仕方あるにもかかわらず、此方《こっち》の好意を以て下げるのである。同類に対する愛憐《あいれん》の念より生ずる真正の御辞儀である。世間に対する御辞儀はこの野郎がと心中に思いながらも、公然には反比例に丁寧を極めたる虚偽の御辞儀でありますと断わりたい位に思って、高柳君は頭を下げた。道也先生はそれと覚ったかどうか知らぬ。

「ああ、そうですか、私が白井《しらい》道也で……」とつくろった景色もなく云う。高柳君にはこの挨拶振りが気に入った。両人はしばらくの間黙って控えている。道也は相手の来意がわからぬから、先方の切り出すのを待つのが当然と考える。高柳君は昔しの関係を残りなく打ち開けて、一刻も早く同類相憐《あいあわれ》むの間柄になりたい。しかしあまり突然であるから、ちょっと言い出しかねる。のみならず、一昔《ひとむか》し前の事とは申しながら、自分達がいじめて追い出した先生が、その為《た》めにかく零落したのではあるまいかと思うと、何となく気がひけて云い切れない。高柳君はこんな所になると頗《すこぶ》る勇気に乏しい。謝罪かたがた尋ねはしたが、愈と云う段になると少々怖くて罪滅《つみほろぼ》しが出来かねる。心に色々な冒頭を作って見たが、どれもこれも極《きま》りがわるい。

「段々寒くなりますね」と道也先生は、こっちの了簡《りょうけん》を知らないから、超然たる時候の挨拶をする。

「ええ、大分寒くなった様で……」

高柳君の脳中の冒頭はこれでまるで打ち壊されてしまった。いっその事自白はこの次にしようと云う気になる。しかし何だか話して行きたい気がする。

「先生、御忙がしいですか……」

「ええ、中々《なかなか》忙がしいんで弱ります。貧乏閑《ひま》なしで」

高柳君は遣り損なったと思う。再び出直さねばならん。

「少し御話を承りたいと思って上がったんですが……」

「はあ、何か雑誌へでも御載せになるんですか」

宛《あて》はまたはずれる。おれの態度がどうしても向《むこう》には酌《く》み取《と》れないと見えると青年は心中少しく残念に思った。

「いえ、そうじゃないので――ただ――ただっちゃ失礼ですが。――御邪魔ならまた上がってもよろしゅう御座いますが……」

「いえ邪魔じゃありません。談話と云うからちょっと聞いて見たのです。――わたしのうちへ話なんか聞きにくるものはありませんよ」

「いいえ」と青年は妙な言葉を以て先生の辞《ことば》を否定した。

「あなたは何の学問をなさるのですか」

「文学の方を――今年大学を出たばかりです」

「はあそうですか。ではこれから何か御遣りになるんですね」

「遣れれば、遣りたいのですが、暇がなくって……」

「暇はないですね。わたしなども暇がなくって困っています。しかし暇は却《かえ》ってない方がいいかも知れない。何ですね。暇のあるものは大分いる様だが、余り誰も何もやっていない様じゃありませんか」

「それは人に依りはしませんか」と高柳君はおれが暇さえあればと云う所を暗にほのめかした。

「人にも依るでしょう。しかし今の金持ちと云うものは……」と道也は句を半分で切って、机の上を見た。机の上には二寸程の厚さの原稿がのっている。障子には洗濯した足袋の影がさす。

「金持ちは駄目です。金がなくって困ってるものが……」

「金がなくって困ってるものは、困りなりにやればいいのです」と道也先生困ってる癖に太平な事を云う。高柳君は少々不満である。

「しかし衣食の為めに勢力をとられてしまって……」

「それでいいのですよ。勢力をとられてしまったら、外《ほか》に何にもしないで構わないのです」

青年は唖然《あぜん》として、道也を見た。道也は孔子《こうし》様のように真面目《まじめ》である。馬鹿にされてるんじゃ堪《たま》らないと高柳君は思う。高柳君は大抵の事を馬鹿にされた様に聞き取る男である。

「先生ならいいかも知れません」とつるつると口を滑らして、はっと言い過ぎたと下を向いた。道也は何とも思わない。

「わたしは無論いい。あなただって好いですよ」と相手までも平気に捲《ま》き込《こ》もうとする。

「何故ですか」と二、三歩逃げて、振り向きながら佇《たたず》む狐の様に探りを入れた。

「だって、あなたは文学をやったと云われたじゃありませんか。そうですか」

「ええ遣りました」と力を入れる。凡て他の点に関しては断乎《だんこ》たる返事をする資格のない高柳君は自己の本領に於ては何人《なんぴと》の前に出てもひるまぬつもりである。

「それならいい訳だ。それならそれでいい訳だ」と道也先生は繰り返して云った。高柳君には何の事か少しも分らない。また、何故ですと突き込むのも、何だか伏兵に罹《かか》る気持がして厭《いや》である。ちょっと手のつけ様がないので、黙って相手の顔を見た。顔を見ているうちに、先方でどうか解決してくれるだろうと、暗に催促の意を籠《こ》めて見たのである。

「分りましたか」と道也先生が云う。顔を見たのはやっぱり何の役にも立たなかった。

「どうも」と折れざるを得ない。

「だってそうじゃありませんか。――文学はほかの学問とは違うのです」と道也先生は凜然《りんぜん》(2)と云い放った。

「はあ」と高柳君は覚えず応答をした。

「ほかの学問はですね。その学問や、その学問の研究を阻害するものが敵である。たとえば貧とか、多忙とか、圧迫とか、不幸とか、悲酸《ひさん》な事情とか、不和とか、喧嘩とかですね。これがあると学問が出来ない。だからなるべくこれを避けて時と心の余裕を得ようとする。文学者も今まではやはりそう云う了簡でいたのです。そう云う了簡どころではない。あらゆる学問のうちで、文学者が一番呑気《のんき》な閑日月《かんじつげつ》がなくてはならん様に思われていた。可笑《おか》しいのは当人自身までがその気でいた。しかしそれは間違です。文学は人生その物である。苦痛にあれ、困窮にあれ、窮愁《きゅうしゅう》(3)にあれ、凡《およ》そ人生の行路にあたるものは即ち文学で、それ等を甞《な》め得《え》たものが文学者である。文学者と云うのは原稿紙を前に置いて、熟語字典を参考して、首をひねっている様な閑人《ひまじん》じゃありません。円熟して深厚な趣味を体して、人間の万事を臆面なく取《と》り捌《さば》いたり、感得したりする普通以上の吾々を指すのであります。その取り捌き方や感得し具合を紙に写したのが文学書になるのです、だから書物は読まないでも実際その事にあたれば立派な文学者です。従ってほかの学問が出来得る限り研究を妨害する事物を避けて、次第に人世に遠《とお》ざかるに引《ひ》き易《か》えて文学者は進んでこの障害のなかに飛び込むのでありま す」

「成程《なるほど》」と高柳君は妙な顔をして云った。

「あなたは、そうは考えませんか」

そう考えるにも、考えぬにも生れて始めて聞いた説である。批評的の返事が出るときは大抵用意のある場合に限る。不意撃《ふいうち》に応ずる事が出来れば不意撃ではない。

「ふうん」と云って高柳君は首を低《た》れた。文学は自己の本領である。自己の本領について、他人が答弁さえ出来ぬ程の説を吐くならばその本領はあまり鞏固《きょうこ》なものではない。道也先生さえ、こんな見すぼらしい家に住んで、こんな、きたならしい着物をきているならば、おれは当然二十円五十銭の月給で沢山だと思った。何だか急に広い世界へ引き出された様な感じがする。

「先生は大分御忙しい様ですが……」

「ええ。進んで忙しい中へ飛び込んで、人から見ると酔興な苦労をします。ハハハハ」と笑う。これなら苦労が苦労にたたない。

「失礼ながら今はどんな事をやって御出でで……」

「今ですか、ええ色々な事をやりますよ。飯を食う方と本領の方と両方遣ろうとするから中々骨が折れます。近頃は頼まれてよく方々へ談話の筆記に行きますがね」

「随分御面倒でしょう」

「面倒と云いや、面倒ですがね。そう面倒と云うよりむしろ馬鹿気ています。まあいい加減に書いては来ますが」

「中々面白い事を云うのがおりましょう」と暗に中野春台《しゅんたい》の事を釣り出そうとする。

「面白いの何のって、この間はうま、うま、うまの講釈を聞かされました」

「うま、うま、うまですか?」

「ええ、あの小供が食物の事をうまうまと云いましょう。あれの来歴ですね。その人の説によると小供が舌が回り出してから一番早く出る発音がうまうまだそうです。それでその時分は何を見てもうまうま、何を見なくってもうまうまだからつまりは何にも付けなくてもいいのだそうだが、そこが小供に取って一番大切なものは食物だから、とうとう食物の方で、うまうまを専有してしまったのだそうです。そこで大人もその癖がのこって、美味なものをうまいと云う様になった。だから人生の煩悶《はんもん》は要するに元へ還ってうまうまの二字に帰着すると云うのです。何だか寄席へでも行った様じゃないですか」

「馬鹿にしていますね」

「ええ、大抵は馬鹿にされに行くんですよ」

「しかしそんなつまらない事を云うって失敬ですね」

「なに、失敬だっていいでさあ、どうせ、分らないんだから。そうかと思うとね。非常に真面目だけれども中々突飛なのがあってね。この間は猛烈な恋愛論を聞かされました。尤も若い人ですがね」

「中野じゃありませんか」

「君、知ってますか。ありゃ熱心なものだった」

「私の同級生です」

「ああ、そうですか。中野春台とか云ぅ人ですね。余《よ》っ程《ぽど》暇があるんでしょう。あんな事を真面目に考えている位だから」

「金持ちです」

「うん立派な家にいますね。君はあの男と親密なのですか」

「ええ、もとは極《ごく》親密でした。しかしどうもいかんです。近頃は――何だか――未来の細君か何か出来たんで、あんまり交際してくれないのです」

「いいでしょう。交際しなくっても。損にもなりそうもない。ハハハハハハ」

「何だかしかし、こう、一人坊《ひとりぼ》っちの様な気がして淋しくっていけません」

「一人坊っちで、いいでさあ」と道也先生またいいいでさあを担ぎ出した。高柳君はもう「先生ならいいでしょう」と突き込む勇気が出なかった。

「昔から何か仕様《しよう》と思えば大概は一人坊っちになるものです。そんな一人の友達をたよりにする様じゃ何も出来ません。ことによると親類とも仲違《なかたがい》になる事が出来て来ます。妻《さい》にまで馬鹿にされる事があります。仕舞《しまい》には下女までからかいます」

「私はそんなになったら、不愉快で生きていられないだろうと思います」

「それじゃ、文学者にはなれないです」

高柳君はだまって下を向いた。

「わたしも、あなた位の時には、ここまでとは考えていなかった。しかし世の中の事実は実際ここまでやって来るんです。うそじゃない。苦しんだのは耶蘇《ヤソ》や孔子ばかりで、吾々文学者はその苦しんだ耶蘇や孔子を筆の先でほめて、自分だけは呑気に暮して行けばいいのだなどと考えてるのは偽《にせ》文学者ですよ。そんなものは耶蘇や孔子をほめる権利はないのです」

高柳君は今こそ苦しいが、もう少し立てば喬木《きょうぼく》にうつる(4)時節があるだろうと、苦しいうちに絹糸程な細い望みを繋《つな》いでいた。その絹糸が半分ばかり切れて、暗い谷から上へ出るたよりは、生きているうちは容易に来そうに思われなくなった。

「高柳さん」

「はい」

「世の中は苦しいものですよ」

「苦しいです」

「知ってますか」と道也先生は淋し気に笑った。

「知ってるつもりですけれど、いつまでもこう苦しくっちゃ……」

「遣り切れませんか。あなたは御両親が御在《おあ》りか」

「母だけ田舎にいます」

「おっかさんだけ？」

「ええ」

「御母《おっか》さんだけでもあれば結構だ」

「中々結構でないです。――早くどうかしてやらないと、もう年を取っていますから。私が卒業したら、どうか出来るだろうと思ってたのですが……」

「左様《さよう》、近頃の様に卒業生が殖《ふ》えちゃ、ちょっと、口を得るのが困難ですね。――どうです、田舎の学校へ行く気はないですか」

「時々は田舎へ行こうとも思うんですが……」

「またいやになるかね。――そうさ、あまり勧められもしない。私も田舎の学校は大分経験があるが」

「先生は……」と言いかけたが、また昔の事を云い出しにくくなった。

「ええ？」と道也は何も知らぬ気である。

「先生は――あの――江湖雑誌《こうこざっし》を御編輯になると云う事ですが、本当にそうなんで」

「ええ、この間から引き受けてやっています」

「今月の論説に解脱《げだつ》と拘泥《こうでい》と云うのがありましたが、あの憂世子《ゆうせいし》と云うのは……」

「あれは、わたしです。読みましたか」

「ええ、大変面白く拝見しました。そう申しちゃ失礼ですが、あれは私の云いたい事を五、六段高くして、表出した様なもので、利益を享《う》けた上に痛快に感じました」

「それは難有《ありがた》い。それじゃ君は僕の知己ですね。恐らく天下唯一の知己かも知れない。ハハハハハ」

「そんな事はないでしょう」と高柳君はやや真面目に云った。

「そうですか、それじゃ猶《なお》結構だ。しかし今まで僕の文章を見てほめてくれたものは一人もない。君だけですよ」

「これから皆んな賞めるつもりです」

「ハハハハそう云う人がせめて百人もいてくれると、わたしも本望だが――随分頓《とん》珍漢《ちんかん》な事がありますよ。この間なんか妙な男が尋ねて来てね。……」

「何ですか」

「なあに商人ですがね。どこから聞いて来たか、わたしに、あなたは雑誌をやって御出《おいで》だそうだが文章を御書きなさるだろうと云うのです」

「へえ」

「書く事は書くとまあ云ったんです。するとねその男がどうぞ一つ、眼薬の広告をかいてもらいたいと云うんです」

「馬鹿な奴ですね」

「その代り雑誌へ眼薬の広告を出すから是非《ぜひ》一つ願いたいって——何でも点明水《てんめいすい》(5)とか云う名ですがね……」

「妙な名をつけて——。御書きになったんですか」

「いえ、とうとう断わりましたがね。それでまだ可笑《おかし》い事があるのですよ。その薬屋で売出しの日に大きな風船(6)を揚げるんだと云うのです」

「御祝いの為めですか」

「いえ、やはり広告の為めに。ところが風船は声も出さずに高い空を飛んでいるのだから、仰向《あおむ》けば誰にでも見えるが、仰向かせなくっちゃいけないでしょう」

「へえ、成程」

「それでわたしにその、仰向かせの役をやってくれって云うのです」

「どうするのです」

「何、往来をあるいていても、電車へ乗っていてもいいから、風船を見たら、おや風船だ風船だ、何でもありゃ点明水の広告に違いないって何遍も何遍も云うのだそうです」

「ハハハ随分思い切って人を馬鹿にした依頼ですね」

「可笑しくもあり馬鹿馬鹿敷《ばかばかしく》もあるが、何もそれだけの事をするにはわたしでなくてもよかろう。車引でも雇えば訳ないじゃないかと聞いて見たのです。するとその男がね。いえ、車引なんぞばかりでは信用がなくっていけません。やっぱり髭《ひげ》でも生やして尤もらしい顔をした人に頼まないと、人がだまされませんからと云うのです」

「実に失敬な奴ですね。全体何物でしょう」

「何物ってやはり普通の人間ですよ。世の中をだます為めに人を雇いに来たのです。呑気なものさハハハハ」

「どうも驚ろいちまう。私なら撲《な》ぐってやる」

「そんなのを撲《なぐ》った日にゃ片っ端から撲らなくっちゃぁならない。君そう怒るが、今の世の中はそんな男ばかりで出来てるんですよ」

高柳君はまさかと思った。障子にさした足袋の影はいつしか消えて、開け放った一枚の間から、靴刷毛《くつはけ》の端が見える。椽《えん》は泥だらけである。手の平程な庭の隅に一株の菊が、清らかに先生の貧を照らしている。自然をどうでもいいと思っている高柳君もこの菊だけは美くしいと感じた。杉垣の遥か向に大きな柿の木が見えて、空のなかへ五分珠《ごぶだま》の珊瑚《さんご》をかためて嵌《は》め込《こ》んだ様に奇麗《きれい》に赤く映る。鳴子《なるこ》(7)の音がして烏《からす》がぱっと飛んだ。

「閑静な御住居ですね」

「ええ。蛸寺《たこでら》(8)の和尚《おしょう》が烏を追っているんです。毎日がらんがらん云わして、烏ばかり追っている。ああ云う生涯も閑静でいいな」

「大変沢山柿が生《な》っていますね」

「渋柿ですよ。あの和尚は何が惜しくて、ああ渋柿の番ばかりするのかな。――君妙な咳《せき》を時々するが、身体《からだ》は丈夫ですか。大分瘠《や》せてる様じゃありませんか。そう瘠せてちゃいかん。身体が資本だから」

「しかし先生だって随分瘠せていらっしゃるじゃありませんか」

「わたし？　わたしは瘠せている。瘠せてはいるが大丈夫」

七

白き蝶の、白き花に、
小き蝶の、小き花に、
　みだるるよ、みだるるよ。
長き憂《うれい》は、長き髪に、
暗き憂は、暗き髪に、

みだるるよ、みだるるよ。
いたずらに、吹くは野分《のわき》の、
いたずらに、住むか浮世に、
白き蝶も、黒き髪も、
みだるるよ、みだるるよ。

と女はうたい了《おわ》る。銀椀《ぎんわん》に珠《たま》を盛りて、白魚《しらうお》の指に揺《うご》かしたらば、こんな声が出様《でよう》と、男は聴きとれていた。

「うまく、唱《うた》えました。もう少し稽古して音量が充分に出ると大きな場所で聴いても、立派に聴けるに違いない。今度演奏会でためしに遣って見ませんか」

「厭《いや》だわ、ためしだなんて」

「それじゃ本式に」

「本式にゃ猶《なお》出来ませんわ」

「それじゃ、つまり御已《おや》めと云う訳ですか」

「だって沢山人のいる前なんかで、――恥ずかしくって、声なんか出やしませんわ」

「その新体詩(1)はいいでしょう」

「ええ、わたし大好き」

「あなたが、そうやって、唱ってる所を写真に一つ取りましょうか」

「写真に？」

「ええ、厭ですか」

「厭じゃないわ。だけれども、取って人に御見せなさるでしょう」

「見せてわるければ、わたし一人で見ています」

女は何にも云わずに眼を横に向けた。こぼれ梅(2)を一枚の半襟《はんえり》の表に掃き集めた真中《まんなか》に、明星と見まがう程の留針が的皪《てきれき》(3)と耀《かがや》いて、男の眼を射る。

女の振り向いた方には三尺の台を二段に仕切って、下には長方形の交趾《こうち》(4)の鉢に細き蘭が揺るがんとして、香の烟《けむ》りのたなびくを待っている。上段にはメロスの愛神《ヴィーナス》(5)の模像を、ほの暗き室《へや》の隅に夢かとばかり据えてある。女の眼は端《はし》なくもこの裸体像の上に落ちた。

「あの像は」と聞く。

「無論模造です。本物は巴理《パリ》のルーヴルにあるそうです。しかし模造でも美事ですね。腰から上の少し曲った所と両足の方向とが非常に釣合がよく取れている。――これが全身完全だと非常なものですが、惜しい事に手が欠けてます」

「本物も欠けてるんですか」

「ええ、本物が欠けてるから模造もかけてるんです」

「何の像でしょう」

「ヴィーナス。愛の神です」と男はことさらに愛と云う字を強く云った。

「ヴィーナス！」

深い眼睫《まつげ》の奥から、ヴィーナスは溶けるばかりに見詰められている。冷やかなる石膏《こう》の暖まる程、丸き乳首の、呼吸につれて、かすかに動くかと疑《あや》しまるる程、女は瞳を凝《こ》らしている。女自身も艶《えん》なるヴィーナスである。

「そう」と女はやがて、かすかな声で云う。

「あんまり見ているとヴィーナスが動き出しますよ」

「これで愛の神でしょうか」と女は漸《ようや》く頭を回《めぐ》らした。

あなたの方が愛の神らしいと云おうとしたが、女と顔を見合した時、男は急に躊躇《ちゅうちょ》した。云えば女の表情が崩れる。この、訝《いぶか》るが如《ごと》く、訴うるが如く、深い眼のうちに我を頼るが如き女の表情を一瞬たりとも、我から働きかけて打ち壊すのは、メロスのヴィーナスの腕《かいな》を折ると同じく大《おお》いなる罪科である。

「気高過《けだか》ぎて……」と男の我を援《たす》けぬをもどかしがって女は首を傾けながら、我からと顔の上なる姿を変えた。男はしまったと思う。

「左様《そう》、すこし堅過ぎます。愛と云う感じがあまり現われていない」

「何だか冷《つ》めたい様な心持がしますわ」

「その通りだ。冷めたいと云うのが適評だ。何だか妙だと思っていたが、どうも、いい言葉が出て来なかったんです。冷めたい――冷めたい、と云うのが一番いい」

「何故《なぜ》こんなに、拵《こし》らえたんでしょう」

「やっぱりフィジアス式(6)だから厳格なんでしょう」

「あなたは、こう云うのが御好き」

女は石像をさえ、自分と比較して愛人の心を窺《うかが》って見る。ヴィーナスを愛するものは、自分を愛してはくれまいと云う掛念《けねん》がある。女はヴィーナスの、神である事を忘れている。

「好きって、いいじゃありませんか、古今の傑作ですよ」

女の批判は直覚的である。男の好尚《こうしょう》は半ば伝説的である。なまじいに美学などを聴いた因果で、男はすぐ女に同意するだけの勇気を失っている。学問は己《おの》れを欺《あざむ》くとは心付かぬと見える。自《みず》から学問に欺かれながら、欺かれぬ女の判断を、いたずらに誤まれりとのみ見る。

「古今の傑作ですよ」と再び繰り返したのは、半ば女の趣味を教育する為《た》めであった。

「そう」と女は云ったばかりである。石火《せっか》を交えざる刹那《せつな》に、はっと受けた印象は、学者の一言の為めに打ち消されるものではない。

「元来ヴィーナスは、どう云うものか僕にはいやな聯想《れんそう》がある」

「どんな聯想なの」と女は大人しく聞きつつ、双《そう》の手を立ちながら膝《ひざ》の上に重ねる。衣は手頸《てくび》からさきが二寸ほど白く見えて、あとは、しなやかなる衣《きぬ》のうちに隠れる。衣は薄紅に銀の雨を濃く淡く、所まだらに降らした様な縞柄《しまがら》である。

上になった手の甲の、五つに岐《わか》れた先の、次第に細まりてかつ丸く、つやある爪に蔽《おお》われたのが好《い》い感じである。指は細く長く、すらりとした姿を崩さぬ程に、柔らかな肉を持たねばならぬ。この調える姿が五本ごとに異ならねばならぬ。異なる五本が一つにかたまって、纏《まと》まる調子をつくらねばならぬ。美くしき手を持つ人は、美くしき顔を持つ人よりも少ない。美くしき手を持つ人には貴き飾りが必要である。女は燦《さん》たるものを、細き肉に戴いている。

「その指輪は見馴れませんね」

「これ？」と重ねた手は解けて、右の指に耀くものをなぶる。

「この間父様《とうさま》に買って頂いたの」

「金剛石《ダイヤモンド》ですか」

「そうでしょう。天賞堂(7)から取ったんですから」

「あんまり御父さんを苛《いじ》めちゃいけませんよ」

「あら、そうじゃないのよ。父様の方から買って下さったのよ」

「そりゃ珍らしい現象ですね」

「ホホホホ本当ね。あなたその訳《わけ》を知ってて」

「知るものですか、探偵じゃあるまいし」

「だから御存じないでしょうと云うのですよ」

「だから知りませんよ」

「教えて上げましょうか」

「ええ教えて下さい」

「教えて上げるから笑っちゃいけませんよ」

「笑やしません。この通り真面目《まじめ》でさあ」

「この間ね、池上《いけがみ》に競馬(8)があったでしょう。あの時父様があすこへ入《い》らしってね。そうして……」

「そうして、どうしたんです。――拾って来たんですか」

「あら、いやだ。あなたは失敬ね」

「だって、待っててもあとを仰《おっ》しゃらないですもの」

「今云う所なのよ。そうして賭《かけ》をなすったんですって」

「こいつは驚ろいた。あなたの御父さんもやるんですか」

「いえ、やらないいんだけれども、試しにやって見たんだって」

「やはりやったんじゃありませんか」

「遣った事は遣ったの。それで御金を五百円ばかり御取りになったんだって」

「へえ。それで買って頂いたのですか」

「まあ、そうよ」

「ちょっと拝見」と手を出す。男は耀くものを軽く抑えた。

指輪は魔物である。沙翁《さおう》は指輪を種に幾多の波瀾《はらん》を描いた。(9) 若い男と若い女を目に見えぬ空裏《くうり》に繋ぐものは恋である。恋をそのまま手にとらすものは指輪である。三重にうねる細き金の波の、環と合うて膨れ上るただ中を穿《うが》ちて、動くなよと、安らかに据えたる宝石の、眩《まば》ゆさは天が下を射れど、毀《こぼ》たねば波の中より奪い難き運命は、君ありての妾《われ》、妾故にの君である。男は白き指もろ共に指輪を見詰めている。

「こんな指輪だったのか知らん」と男が云う。女は寄り添うて同じ長椅子を二人の間に分つ。

「昔し去《さ》る好事家《こうずか》がヴィーナスの銅像を掘り出して、吾が庭の眺めにと橄欖《かんらん》(10)の香の濃く吹くあたりに据えたそうです」

「それは御話？　突然なのね」

「それから或日テニスをしていたら……」

「あら、些《ちっ》とも分らないわ。誰がテニスをするの。銅像を掘り出した人なの？」

「銅像を掘り出したのは人足で、テニスをしたのは銅像を掘り出さした主人の方です」

「どっちだって同じじゃありませんか」

「主人と人足と同じじゃ少し困る」

「いいえさ、やっぱり掘り出した人がテニスをしたんでしょう」

「そう強情を御張りになるなら、それでよろしい。――では掘り出した人がテニスをする……」

「強情じゃない事よ。じゃ銅像を掘り出さした方がテニスをするの、ね。いいでしょう」

「どっちでも同じでさあ」

「あら、あなた、御怒《おおこ》りなすったの。だから掘り出さした方だって、あやまっているじゃありませんか」

「ハハハハあやまらなくってもいいです。それでテニスをしているとね。指輪が邪魔になって、ラケットが思う様に使えないんです。そこで、それをはずしてね、どこかへ置こうと思ったが小さいものだから置きなくすといけない。――大事な指輪ですよ。結納《ゆいのう》の指輪なんです」

「誰と結婚をなさるの？」

「誰とって、そいつは少し――やっぱり去る令嬢とです」

「あら、御話しになってもいいじゃありませんか」

「隠す訳じゃないが……」

「じゃ話して頂戴。ね、いいでしょう。相手はどなたなの？」

「そいつは弱りましたね。実は忘れちまった」

「それじゃ、ずるいわ」

「だって、メリメ(11)の本を借《か》しちまってちょっと調べられないですもの」

「どうせ、御借《おか》しになったんでしょうよ。よう御座《ござ》います」

「困ったな。折角《せっかく》の所で名前を忘れたもんだから進行する事が出来なくなった。

――じゃ今日は御やめにして今度その令嬢の名を調べてから御話をしましょう」

「いやだわ。折角の所でよしたりなんかして」

「だって名前を知らないんですもの」

「だからその先を話して頂戴な」

「名前はなくってもいいのですか」

「ええ」

「そうか、そんなら早くすればよかった。――それで色々考えた末、漸く考えついて、ヴィーナスの小指へちょっとはめたんです」

「うまい所へ気がついたのね。詩的じゃありませんか」

「ところがテニスが済んでから、すっかりそれを忘れてしまって、しかも例の令嬢を連れに田舎へ旅行してから気がついたのです。しかし今更どうもする事が出来ないから、それなりにして、未来の細君にはちょっとした出来合の指環を買って結納にしたのです」

「厭な方ね。不人情だわ」

「だって忘れたんだから仕方がない」

「忘れるなんて、不人情だわ」

「僕なら忘れないんだが、異人だから忘れちまったんです」

「ホホホホ異人だって」

「そこで結納も滞りなく済んでから、うちへ帰って愈《いよいよ》結婚の晩に――」でわざと句を切る。

「結婚の晩にどうしたの」

「結婚の晩にね。庭のヴィーナスがどたりどたりと玄関を上がって……」

「おおいやだ」

「どたりどたりと二階を上がって」

「怖いわ」

「寝室の戸をあけて」

「気味がわるいわ」

「気味がわるければ、そこいらで、やめて置きましょう」

「だけれど、仕舞《しまい》にどうなるの」

「だから、どたり、どたりと寝室の戸をあけて」

「そこは、よして頂戴。ただ仕舞にどうなるの」

「では間を抜きましょう。――あした見たら男は冷めたくなって死んでたそうです。

ヴィーナスに抱きつかれた所だけ紫色に変ってたと云います」

「おお、厭だ」と眉をあつめる。艶なる人の眉をあつめたるは愛嬌に酢《す》をかけた様なものである。甘き恋に酔い過ぎたる男は折々のこの酸味に舌を打つ。濃くひける新月の寄り合いて、互に頭を擡《もた》げたる、うねりの下に、朧《おぼろ》に見ゆる情けの波のかがやきを男は只管《ひたすら》に打ち守る。

「奥さんはどうしたでしょう」女を憐《あわれ》むものは女である。

「奥さんは病気になって、病院に這入《はい》るのです」

「癒《なお》るのですか」

「そうさ。そこまでは覚えていない。どうしたっけかな」

「癒らない法はないでしょう。罪も何もないのに」

薄きにもかかわらず豊なる下唇はぷりぷりと動いた。男は女の不平を愚かなりとは思わず、情け深しと興《きょう》がる。二人の世界は愛の世界である。愛は尤《もっと》も真面目なる遊戯である。遊戯なるが故に絶体絶命の時には必ず姿を隠す。愛に戯むるる余裕ある人は至幸《しこう》である。

愛は真面目である。真面目であるから深い。同時に愛は遊戯である。遊戯であるから浮いている。深くして浮いているものは水底の藻(12)と青年の愛である。

「ハハハハ心配なさらんでもいいです。奥さんはきっと癒ります」と男はメリメに相談もせず受合った。

愛は迷《まよい》である。また悟りである。愛は天地万有をその中に吸収して刻下《こっか》に異様の生命を与える。故に迷である。愛の眼を放つとき、大千世界は悉《ことごと》く黄金である。愛の心に映る宇宙は深き情けの宇宙である。故に愛は悟りである。しかして愛の空気を呼吸するものは迷とも悟とも知らぬ。ただおのずから人を引きまた人に引かるる。自然は真空を忌み愛は孤立を嫌う。

「わたし、本当に御気の毒だと思いますわ。わたしが、そんなになったら、どうしようと思うと」

愛は己れに対して深刻なる同情を有している。ただあまりに深刻なるが故に、享楽の満足ある場合に限りて、自己を貫き出でて、人の身の上にもまた普通以上の同情を寄せる事が出来る。あまりに深刻なるが故に失恋の場合に於《おい》て、自己を貫き出でて、人の身の上にもまた普通以上の怨恨《えんこん》を寄せる事が出来る。愛に成功するものは必ず自己を善人と思う。愛に失敗するものもまた必ず自己を善人と思う。成敗《せいはい》に論なく、愛は一直線である。ただ愛の尺度を以《もっ》て万事を律する。成功せる愛は同情を乗せて走る馬車馬である。失敗せる愛は怨恨を乗せて走る馬車馬である。愛は尤も我儘《わがまま》なるものである。

尤も我儘なる善人が二人、美くしく飾りたる室に、深刻なる遊戯を演じている。室外の天下は蕭寥《しょうりょう》たる秋である。天下の秋は幾多の道也《どうや》先生を苦しめつつある。幾多の高柳《たかやなぎ》君を淋しがらせつつある。しかして二人は飽《あく》までも善人である。

「この間の音楽会には高柳さんと御一所でしたね」

「ええ、別に約束した訳でもないんですが、途中で逢ったものですから誘ったのです。何だか動物園の前で悲しそうに立って、桜の落葉を眺めているんです。気の毒になってね」

「よく誘って御上げになったのね。御病気じゃなくって」

「少し咳《せき》をしていた様です。たいした事じゃないでしょう」

「顔の色が大変御わるかったわ」

「あの男はあんまり神経質だもんだから、自分で病気をこしらえるんです。そうして慰めてやると、却《かえ》って皮肉を云うのです。何だか近来は益《ますます》変になる様です」

「御気の毒ね。どうなすったんでしょう」

「どうしたって、好んで一人坊《ひとりぼ》っちになって、世の中をみんな敵の様に思うんだから、手の付け様がないです」

「失恋なの」

「そんな話もきいた事もないですがね。いっそ細君でも世話をしたらいいかも知れない」

「御世話をして上げたらいいでしょう」

「世話をするって、ああ気むずかしくっちゃ、駄目ですよ。細君が可哀想《かわいそう》だ」

「でも。御持ちになったら癒るでしょう」

「少しは癒るかも知れないが、元来が性分なんですからね。悲観する癖があるんです。悲観病に罹《かか》ってるんです」

「ホホホホどうして、そんな病気が出たんでしょう」

「どうしてですかね。遺伝かも知れません。それでなければ小供のうち何かあったんでしょう」

「何か御聞になった事はなくって」

「いいえ、僕ああまりそんな事を聞くのが嫌《いや》だから、それに、あの男は一向何にも打ち明けない男でね。あれがもっと淡泊に思った事を云う風だと慰め様もあるんだけれども」

「困っていらっしゃるんじゃなくって」

「生活にですか、ええ、そりゃ困ってるんです。しかしむやみに金をやろうなんていったら擲《たた》きつけますよ」

「だって御自分で御金がとれそうなものじゃありませんか、文学士だから」

「取れるですとも。だからもう少し待ってるといいですが、どうも性急《せっかち》で卒業したあくる日からして、立派な創作家になって、有名になって、そうして楽に暮らそうって云うのだからむずかしい」

「御国は一体どこなの」

「国は新潟県です」

「遠い所なのね。新潟県は御米の出来る所でしょう。やっぱり御百姓なの」

「農、なんでしょう。——ああ新潟県で思い出した。この間あなたが御出のとき行き違に出て行った男があるでしょう」

「ええ、あの長い顔の髭《ひげ》を生やした。あれはなに、わたしあの人の下駄を見て吃驚《びっくり》したわ。随分薄っぺらなのね。まるで草履《ぞうり》よ」

「あれで泰然たるものですよ。そうして些《ちっ》とも愛嬌のない男でね。こっちから何か話しかけても、何にも応答をしない」

「それで何しに来たの」

「江湖《こうこ》雑誌《ざっし》の記者と云うんで、談話の筆記に来たんです」

「あなたの？　何か話して御遣りになって？」

「ええ、あの雑誌を送って来ているからあとで見せましょう。――それであの男について妙な話しがあるんです。高柳が国の中学にいた時分あの人に習ったんです――あれで文学士ですよ」

「あれで？　まあ」

「ところが高柳なんぞが、色々な、いたずらをして、苛《いじ》めて追い出してしまったんです」

「あの人を？　ひどい事をするのね」

「それで高柳は今となって自分が生活に困難しているものだから、後悔して、さぞ先生も追い出された為めに難義をしたろう、逢ったら謝罪するって云ってましたよ」

「全く追い出された為めに、あんなに零落したんでしょうか。そうすると気の毒ね」

「それから先達《せんだって》江湖雑誌の記者と云う事が分ったでしょう。だから音楽会の帰りに教えてやったんです」

「高柳さんは入《い》らしったでしょうか」

「行ったかも知れませんよ」

「追い出したんなら、本当に早く御詫《おわび》をなさる方がいいわね」

善人の会談はこれで一段落を告げる。

「どうです、あっちへ行って、少しみんなと遊ぼうじゃありませんか。いやですか」

「写真は御やめなの」

「あ、すっかり忘れていた。写真は是非《ぜひ》取らして下さい。僕はこれで中々《なかなか》美術的な奴を取るんです。うん、商売人の取るのは下等ですよ。——写真も五、六年この方大変進歩してね。今じゃ立派な美術です。普通の写真はだれが取ったって同じでしょう。近頃のは個人個人の趣味で調子がまるで違ってくるんです。入《い》らないものを抜いたり、一体の調子を和《やわら》げたり、際どい光線の作用を全景にあらわしたり、色々な事をやるんです。早いものでもう景色《けいしょく》専門家や人物専門家が出来てるんですからね」

「あなたは人物の専門家なの」

「僕？　僕は——そうさ、——あなただけの専門家になろうと思うのです」

「厭なかたね」

金剛石《ダイヤモンド》がきらりとひらめいて、薄紅《うすくれない》の袖のゆるる中から細い腕《かいな》が男の膝の方に落ちて来た。軽くあたったのは指先ばかりである。

善人の会話は写真撮影に終る。

八

秋は次第に行く。虫の音は漸《ようや》く細る。

筆硯《ひっけん》に命を籠《こ》むる道也《どうや》先生は、ただ人生の一大事因縁(1)に着して、他を顧みるの暇《いとま》なきが故に、暮るる秋の寒きを知らず、虫の音の細るを知らず、世の人のわれにつれなきを知らず、爪の先に垢《あか》のたまるを知らず、蛸寺《たこでら》の柿の落ちた事は無論知らぬ。動くべき社会をわが力にて動かすが道也先生の天職である。高く、偉《おお》いなる、公けなる、あるものの方に一歩なりとも動かすが道也先生の使命である。道也先生はその他を知らぬ。

高柳《たかやなぎ》君はそうは行かぬ。道也先生の何事をも知らざるに反して、彼は何事をも知る。往来の人の眼付も知る。肌寒く吹く風の鋭《する》どきも知る。かすれて渡る雁《かり》の数も知る。美くしき女も知る。黄金の貴きも知る。木屑《きくず》の如《ごと》く取り扱わるる吾身の果敢《はか》なくて、浮世の苦しみの骨に食い入る夕々《ゆうべゆうべ》を知る。下宿の菜《さい》の憐《あわ》れにして芋ばかりなる(2)は固《もと》より知る。知り過ぎたるが君の癖にして、この癖を増長せしめたるが君の病である。天下に、人間は殺しても殺し切れぬ程ある。しかしこの病を癒してくれるものは一人もない。この病を癒してくれぬ以上は何千万人いるも、おらぬと同様である。彼は一人坊《ひとりぼ》っちになった。己《おの》れに足りて人に待つ事なき呑気《のんき》な一人坊っちではない。同情に餓え、人間に渇して遣瀬《やるせ》なき一人坊っちである。中野《なかの》君は病気と云う、われも病気と思う。しかし自分を一人坊っちの病気にしたものは世間である。自分を一人坊っちの病気にした世間は危篤《きとく》なる病人を眼前に控えて嘯《うそぶ》いている。世間は自分を病気にしたばかりでは満足せぬ。半死の病人を殺さねば已《や》まぬ。高柳君は世間を呪わざるを得ぬ。

道也先生から見た天地は人の為《た》めにする天地である。高柳君から見た天地は己れの為めにする天地である。人の為めにする天地であるから、世話をしてくれ手がなくても恨《うらみ》とは思わぬ。己れの為めにする天地であるから、己れをかまってくれぬ世を残酷と思う。

世話をする為めに生れた人と、世話をされに生れた人とはこれ程違う。人を指導するものと、人にたよるものとはこれ程違う。同じく一人坊っちでありながらこれ程違う。高柳君にはこの違いがわからぬ。

垢染《あかじ》みた布団《ふとん》を冷やかに敷いて、五分刈りが七分程に延びた頭を薄ぎたない枕の上に横《よこた》えていた高柳君はふと眼を挙げて庭前の梧桐《ごとう》(3)を見た。高柳君は述作をして眼がつかれると必ずこの梧桐を見る。地理学教授法を訳して、草々《くさくさ》すると必ずこの梧桐を見る。手紙を書いてさえ行き詰まるときっとこの梧桐を見る。見るはずである。三坪程の荒庭に見るべきものは一本の梧桐を除いては外《ほか》に何にもない。

ことにこの間から、気分がわるくて、仕事をする元気がないので、あやしげな机に頬杖《ほおづえ》を突いては朝な夕なに梧桐を眺めくらして、うつらうつらとしていた。

一葉《いちよう》落ちてと云う句は古い。(4)悲しき秋は必ず梧桐から手を下す。ばっさりと垣にかかる袷《あわせ》の頃は、さまでに心を動かす縁《よすが》ともならぬと油断する翌朝《よくあさ》またばさりと落ちる。うそ寒いからと早く繰る雨戸の外にまたばさりと音がする。葉は漸く黄ばんで来る。青いものが次第に衰える裏から、浮き上がるのは薄く流した脂《やに》の色である。脂は夜ごとを寒く明けて、濃く変って行く。婆娑《ばさ》(5)たる命は旦夕《たんせき》に逼《せま》る。

風が吹く。どこから来るか知らぬ風がすうと吹く。黄ばんだ梢《こずえ》は動《ゆる》ぐとも見えぬ先に一葉二葉がはらはら落ちる。あとは漸く助かる。

脂は夜ごとの秋の霜に段々濃くなる。脂のなかに黒い筋が立つ。箒《ほうき》で敲《たた》けば煎餅《せんべい》を折る様《よう》な音がする。黒い筋は左右へ焼けひろがる。もう危うい。

風がくる。垣の隙《すき》から、椽《えん》の下から吹いてくる。危ういものは落ちる。しきりに落ちる。危ういと思う心さえなくなる程梢を離れる。明らさまなる月がさすと枝の数が読まれる位あらわに骨が出る。

僅《わず》かに残る葉を虫が食う。渋色の濃いなかにぽつりと穴があく。隣りにもあく、その隣りにもぽつりぽつりとあく。一面が穴だらけになる。心細いと枯れた葉が云う。心細かろうと見ている人が云う。所へ風が吹いて来る。葉はみんな飛んでしまう。

高柳君がふと眼を挙げた時梧桐は凡《すべ》てこれ等の、径路を通り越して、から坊主になっていた。窓に近く斜めに張った枝の先にただ一枚の虫食葉《むしくいば》がかぶりついている。

「一人坊っちだ」と高柳君は口のなかで云った。

高柳君は先月あたりから、妙な咳《せき》をする。始めは気にもしなかった。段々腹に答えのない咳が出る。咳だけではない。熱も出る。出るかと思うと已《や》む。已んだから仕事をしようかと思うとまた出る。高柳君は首を傾けた。

医者に行って見てもらおうかと思ったが、見てもらうと決心すれば、自分で自分を病気だと認定した事になる。自分で自分の病気を認定するのは、自分で自分の罪悪を認定する様なものである。自分の罪悪は判決を受けるまでは腹のなかで弁護するのが人情である。高柳君は自分の身体《からだ》を医師の宣告にかからぬ先に弁護した。神経であると弁護した。神経と事実とは兄弟であると云う事を高柳君は知らない。

夜になると時々寐汗《ねあせ》をかく。汗で眼がさめる事がある。真暗ななかで眼がさめる。この真暗さが永久続いてくれればいいと思う。夜があけて、人の声がして、世間が存在していると云う事がわかると苦痛である。

暗いなかを猶《なお》暗くする為めに眼を眠って、夜着のなかへ頭をつき込んで、もうこれぎり世の中へ顔が出したくない。このまま眠りに入って、眠りから醒《さ》めぬ間に、あの世に行ったら結構だろうと考えながら寐る。あくる日になると太陽は無慈悲にも赫奕《かくえき》として窓を照らしている。

時計を出しては一日に脈を何遍となく験《けん》して見る。何遍験しても平脈ではない。早く打ち過ぎる。不規則に打ち過ぎる。どうしても尋常には打たない。痰《たん》を吐く度に眼を皿の様にして眺める。赤いものの見えないのが、せめてもの慰安である。

痰に血の交らぬのを慰安とするものは、血の交る時にはただ生きているのを慰安とせねばならぬ。生きているだけを慰安とする運命に近づくかも知れぬ高柳君は、生きているだけを厭《いと》う人である。人は多くの場合に於《おい》てこの矛盾を冒《おか》す。彼等は幸福に生きるのを目的とする。幸福に生きんが為めには、幸福を享受すべき生そのものの必要を認めぬ訳には行かぬ。単なる生命は彼等の目的にあらずとするも、幸福を享《う》け得《う》る必須条件として、あらゆる苦痛のもとに維持せねばならぬ。彼等がこの矛盾を冒して塵界《じんかい》に流転《るてん》するとき死なんとして死ぬ能《あた》わず、しかも日ごとに死に引き入れらるる事を自覚する。負債を償うの目的を以《もっ》て月々に負債を新たにしつつあると変りはない。これを悲酸《ひさん》なる煩悶《はんもん》と云う。

高柳君は床《とこ》のなかから這い出した。瓦斯糸《ガスいと》の蚊絣《かがすり》(6)の綿入《わたいれ》の上から黒木綿の羽織を着る。机に向う。やっぱり翻訳をする了簡《りょうけん》である。四、五日そのままにして置いた机の上には、障子の破れから吹き込んだ砂が一面に軽くたまっている。硯《すずり》のなかは白く見える。高柳君は面倒だと見えて、塵《ちり》も吹かずに、上から水をさした。水入《みずいれ》に在《あ》る水ではない。五、六輪の豆菊《まめぎく》(7)を挿した硝子《ガラス》の小瓶《こびん》を花ながら傾けて、どっと硯の池に落した水である。さかに磨り減らした古梅園《こばいえん》(8)をしきりに動かすと、じゃりじゃり云う。高柳君は不愉快の眉をあつめた。不愉快の起る前に、不愉快を取り除く面倒を敢《あえ》てせずして、不愉快の起った時に唇を嚙《か》むのはかかる人の例である。彼は不愉快を忍ぶべく余り鋭敏である。しかしてあらかじめこれに備うべくあまり自棄である。

机上に原稿紙を展《の》べた彼は、一時間程呻吟《しんぎん》して漸く二、三枚黒くしたが、やがて、打《う》ち遣《や》る様に筆を擱《お》いた。窓の外には落ち損なった一枚の桐の葉が淋しく残っている。

「一人坊っちだ」と高柳君は口のうちでまた繰り返した。

見るうちに、葉は少しく上に揺れてまた下に揺れた。愈《いよいよ》落ちる。と思う間に風ははたとやんだ。

高柳君は巻紙を出して、今度は故里《ふるさと》の御母《おっか》さんの所へ手紙を書き始めた。「寒気相《あい》加わり候《そろ》処如何《いかが》御暮し被遊候《あそばされそろ》や。不相変《あいかわらず》御丈夫の事と奉遥察候《ようさつたてまつりそろ》。私事《わたくしこと》も無事」とまでかいて、暫《しば》らく考えていたが、やがてこの五、六行を裂いてしまった。裂いた反古《ほご》を口へ入れて苦茶苦茶噛んでいると思ったら、ぽっと黒いものを庭へ吐き出した。

一人坊っちの葉がまた揺れる。今度は右と左へ二、三度首を振る。その振りが漸く収ったと思う頃、颯《さっ》と音がして、病葉《わくらば》はぽたりと落ちた。

「落ちた。落ちた」と高柳君はさも落ちたらしく云った。

やがて三尺の押入を開けて茶色の中折《なかおれ》を取り出す。門口へ出て空を仰ぐと、行く秋を重いものが上から囲んでいる。

「御婆さん、御婆さん」

はいと婆さんが雑巾を刺す手をやめて出て来る。

「傘をとって下さい。わたしの室《へや》の椽側《えんがわ》にある」

降れば傘をさすまでも歩く考である。どこと云う目的《あて》もないがただ歩くつもりなのである。電車の走るのは電車が走るのだが、何故走るのだかは電車にもわかるまい。高柳君は自分があるくだけは承知している。しかし何故あるくのだかは電車の如く無意識である。用もなく、あてもなく、またあるきたくもないものを無理にあるかせるのは残酷である。残酷があるかせるのだから敵《かたき》は取れない。敵が取りたければ、残酷を製造した発頭人《ほっとうにん》に向うより外に仕方がない。残酷を製造した発頭人は世間である。

高柳君はひとり敵の中をあるいている。いくら、あるいてもやっぱり一人坊っちである。

　ぽつりぽつりと折々降ってくる。初時雨《はつしぐれ》と云うのだろう。豆腐屋の軒下に豆を絞った殻が、山の様に桶にもってある。山の頂がぽくりと欠けて四面から烟《けむり》が出る。風に連《つ》れて烟は往来へ靡《なび》く。塩物屋《しおものや》(9)に鮭の切身が、渋《さ》びた赤い色を見せて、並んでいる。隣りに、しらす干がかたまって白く反《そ》り返《かえ》る。鰹節屋《かつぶしや》の小僧が一生懸命に土佐節をさらで磨いている。ぴかりぴかりと光る。奥に婚礼用の松が真青《まっさお》に景気を添える。葉《は》茶屋《ぢゃや》では丁稚《でっち》が抹茶をゆっくりゆっくり臼で挽いている。番頭は往来を睨《にら》めながら茶を飲んでいる。――「えっ、あぶねえ」と高柳君は突き飛ばされた。

　黒紋付《くろもんつき》の羽織に山高帽《やまたかぼう》を被《かぶ》った立派な紳士が綱曳《つなひき》(10)で飛んで行く。車へ乗るものは勢がいい。あるくものは突き飛ばされても仕方がない。「えっ、あぶねえ」と拳突《けんつく》を喰わされても黙っておらねばならん。高柳君は幽霊の様にあるいている。

　青銅《からかね》の鳥居(11)をくぐる。敷石の上に鳩が五、六羽、時雨の中を遠近《おちこち》している。唐人髷《とうじんまげ》に結った半玉《はんぎょく》(12)が渋蛇《しぶじゃ》の目《め》をさして鳩を見ている。あらい八丈《はちじょう》の羽織を長く着て、素足を爪皮《つまかわ》のなかへさし込んで立った姿を、下宿の二階窓から書生が顔を二つ出して評している。柏手《かしわで》を打って鈴を鳴らして御賽銭《おさいせん》をなげ込んだ後姿が、見ている間にこちっへ逆戻をする。黒縮緬《くろちりめん》へ三《み》つ柏《がしわ》の紋をつけた意気な芸者がすれ違うときに、高柳君の方に一瞥《いちべつ》の秋波《しゅうは》を送った。高柳君は鉛を脊負った様な重い心持ちになる。

石段を三十六おりる。電車がごうっごうっと通る。岩崎《いわさき》の塀(13)が冷刻に聳《そび》えている。あの塀へ頭をぶつけて壊してやろうかと思う。時雨はいつか休《や》んで電車の停留所に五、六人待っている。脊の高い黒紋付が蝙蝠《こうもり》傘を畳んで空を仰いでいた。

「先生」と一人坊っちの高柳君は呼びかけた。

「やあ妙な所で逢いましたね。散歩かね」

「ええ」と高柳君は答えた。

「天気のわるいのによく散歩するですね。――岩崎の塀を三度周《まわ》るといい散歩になる。ハハハハハ」

高柳君はちょっといい心持ちになった。

「先生は?」

「僕ですか、僕は中々《なかなか》散歩する暇なんかないです。不相変《あいかわらず》多忙でね。今日はちょっと上野の図書館まで調べ物に行ったです」

高柳君は道也先生に逢うと何だか元気が出る。一人坊っちでありながら、こう平気にしている先生が現在世のなかにあると思うと、多少は心丈夫になると見える。

「先生もう少し散歩をなさいませんか」

「そう、少しなら、してもいい。何所《どっち》の方へ。上野はもうよそう。今通って来たばかりだから」

「私はどっちでもいいのです」

「じゃ坂を上って、本郷の方へ行きましょう。僕はあっちへ帰るんだから」

二人は電車の路を沿うてあるき出した。高柳君は一人坊っちが急に二人坊っちになった様な気がする。そう思うと空も広く見える。もう綱曳から突き飛ばされる気遣《きづかい》はあるまいとまで思う。

「先生」

「何ですか」

「さっき、車屋から突き飛ばされました」

「そりゃ、あぶなかった。怪我をしやしませんか」

「いいえ、怪我はしませんが、腹は立ちました」

「そう。しかし腹を立てても仕方がないでしょう。――しかし腹も立て様によるですな。昔し渡辺華山《わたなべかざん》(14)が松平侯《まつだいらこう》の供先《ともさき》に粗忽《そそう》で突き当ってひどい目に逢った事がある。華山がその時の事を書いてね。――松平侯御横行《ごおうこう》(15)――と云ってるですが。この御、横、行、の三字が非常に面白いじゃないですか。尊《たっと》んで御《おん》の字をつけてるがその裏に立派な反抗心がある。気概がある。君も綱引御横行と日記にかくさ」

「松平侯って、だれですか」

「だれだか知れやしない。それが知れる位なら御横行はしないですよ。その時発憤した華山は未だに生きてるが、松平某なるものは誰も知りゃしない」

「そう思うと愉快ですが、岩崎の塀などを見ると頭をぶつけて、壊してやりたくなります」

「頭をぶつけて、壊せりゃ、君より先に壊してるものがあるかも知れない。そんな愚な事を云わずに正々堂々と創作なら、創作をなされば、それで君の寿命は岩崎などよりも長く伝わるのです」

「その創作をさせてくれないのです」

「誰が」

「誰がって訳じゃないですが、出来ないのです」

「からだでも悪いですか」と道也先生横から覗《のぞ》き込《こ》む。高柳君の頬は熱を帯びて、蒼《あお》い中から、ほてっている。道也は首を傾けた。

「君坂を上がると呼吸《いき》が切れる様だが、どこか悪いじゃないですか」

強いて自分にさえ隠そうとする事を言いあてられると、言いあてられる程、明白な事実であったかと落胆《がっかり》する。言いあてられた高柳君は暗い穴の中へ落ちた。人は知らず、かかる冷刻なる同情を加えて憚《はば》からぬが多い。

「先生」と高柳君は往来に立ち留まった。

「何ですか」

「私は病人に見えるでしょうか」

「ええ、まあ、――少し顔色は悪いです」

「どうしても肺病でしょうか」

「肺病？　そんな事はないです」

「いいえ、遠慮なく云って下さい」

「肺の気《け》でもあるんですか」

「遺伝です。おやじは肺病で死にました」

「それは……」と云ったが先生返答に窮した。

膀胱《ぼうこう》(16)にはち切れるばかり水を詰めたのを針程の穴に洩《も》らせば、針程の穴はすぐ白銅程になる。高柳君は道也の返答をきかぬが如くに、しゃべってしまう。

「先生、私の歴史を聞いて下さいますか」

「ええ、聞きますとも」

「おやじは町で郵便局の役人でした。私が七つの年に拘引《こういん》されてしまいました」

道也先生は、だまったまま、話し手と一所にゆるく歩を運ばして行く。

「あとで聞くと官金を消費したんだそうで――その時はなんにも知りませんでした。母にきくと、おとっさんは今に帰る、今に帰ると云ってました。――しかしとうとう帰って来ません。帰らないはずです。肺病になって、牢屋のなかで死んでしまったんです。それもずっとあとで聞きました。母は家を畳んで村へ引き込みました。……」

向《むこう》から威勢のいい車が二挺《ちょう》束髪の女を乗せてくる。二人はちょっとよける。話はとぎれる。

「先生」

「何ですか」

「だから私には肺病の遺伝があるんです。駄目です」

「医者に見せたですか」

「医者には――見せません。見せたって見せなくったたって同じ事です」

「そりゃ、いけない。肺病だって癒らんとは限らない」

高柳君は気味の悪い笑いを洩らした。時雨《しぐれ》がはらはらと降って来る。からたち寺(17)の門の扉に碧巌録提唱《へきがんろくていしょう》[18]と貼りつけた紙が際立って白く見える。女学校[19]から生徒がぞろぞろ出てくる。赤や、紫や、海老茶《えびちゃ》[20]の色が往来へちらばる。

「先生、罪悪も遺伝するものでしょうか」と女学生の間を縫いながら歩を移しつつ高柳君が聞く。

「そんな事があるものですか」

「遺伝はしないでも、私は罪人の子です。切《せつ》ないです」

「それは切ないに違いない。しかし忘れなくっちゃいけない」

警察所[21]から手錠をはめた囚人が二人、巡査に護送されて出てくる。時雨が囚人の髪にかかる。

「忘れても、すぐ思い出します」

道也先生は少し大きな声を出した。

「しかしあなたの生涯は過去にあるんですか未来にあるんですか。君はこれから花が咲く身ですよ」

「花が咲く前に枯れるんです」

「枯れる前に仕事をするんです」

高柳君はだまっている。過去を顧みれば罪である。未来を望めば病気である。現在は麺麭《パン》の為めにする写字である。

道也先生は高柳君の耳の傍《そば》へ口を持って来て云った。

「君は自分だけが一人坊っちだと思うかも知れないが、僕も一人坊っちですよ。一人坊っちは崇高なものです」

高柳君にはこの言葉の意味がわからなかった。

「わかったですか」と道也先生がきく。

「崇高――なぜ……」

「それが、わからなければ、到底一人坊っちでは生きていられません。――君は人より高い平面にいると自信しながら、人がその平面を認めてくれない為めに一人坊っちなのでしょう。しかし人が認めてくれる様な平面ならば人も上ってくる平面です。芸者や車引に理会《りかい》される様な人格なら低いに極《きま》ってます。それを芸者や車引も自分と同等なものと思い込んでしまうから、先方から見くびられた時腹が立ったり、煩悶するのです。もしあんなものと同等なら創作をしたって、やっぱり同等の創作しか出来ない訳だ。同等でなければこそ、立派な人格を発揮する作物《さくぶつ》も出来る。立派な人格を発揮する作物が出来れば、彼等からは見くびられるのは尤《もっと》もでしょう」

「芸者や車引はどうでもいいですが……」

「例はだれだって同じ事です。同じ学校を同じに卒業した者だって変りはありません。同じ卒業生だから似たものだろうと思うのは教育の形式が似ているのを教育の実体が似ているものと考《かんが》え違《ちがい》した議論です。同じ大学の卒業生が同じ程度のものであったら、大学の卒業生は悉《ことごと》く後世に名を残すか、または悉く消えてしまわなくってはならない。自分こそ後世に名を残そうと力《りき》むならば、たとい同じ学校の卒業生にもせよ、外のものは残らないのだと云う事を仮定してかからなければなりますまい。既にその仮定があるなら自分と、ほかの人とは同様の学士であるにもかかわらず既に大差別があると自認した訳じゃありませんか。大差別があると自任しながら他が自分を解してくれんと云って煩悶するのは矛盾です」

「それで先生は後世に名を残す御つもりでやっていらっしゃるんですか」

「わたしのは少し、違います。今の議論はあなたを本位にして立てた議論です。立派な作物を出して後世に伝えたいと云うのが、あなたの御希望の様だから御話しをしたのです」

「先生のが承《うけたまわ》る事が出来るなら、教えて頂けますまいか」

「わたしは名前なんて宛《あて》にならないものはどうでもいい。ただ自分の満足を得る為めに世の為めに働くのです。結果は悪名になろうと、臭名《しゅうめい》になろうと気狂《きちがい》になろうと仕方がない。ただこう働かなくっては満足が出来ないから働くまでの事です。こう働かなくって満足が出来ない所を以て見ると、これが、わたしの道に相違ない。人間は道に従うより外にやり様のないものだ。人間は道の動物であるから、道に従うのが一番貴いのだろうと思っています。道に従う人は神も避けねばならんのです。岩崎の塀なんか何でもない。ハハハハ」

　剝《は》げかかった山高帽を阿弥陀《あみだ》に被って、毛繻子《けじゅす》張りの蝙蝠傘《こうもり》をさした、一人坊っちの腰弁当の細長い顔から御光《ごこう》(22)がさした。高柳君ははっと思う。

　往来のものは右へ左へ行く。往来の店は客を迎え客を送る。電車は出来るだけ人を載(24)せて東西に走る。織るが如き街《ちまた》の中に喪家《そうか》(23)の犬の如く歩む二人は、免職になりたての属官と、堕落した青書生《あおじょせい》と見えるだろう。見えても仕方がない。道也はそれで沢山だと思う。周作《しゅうさく》はそれではならぬと思う。二人は四丁目の角でわかれた。

九

　小春の日に温《ぬく》め返《かえ》された別荘の小天地を開いて結婚の披露をする。

　愛は偏狭を嫌う、また専有をにくむ。愛したる二人の間に有《あ》り余《あま》る情を挙げて、博《ひろ》く衆生《しゅじょう》を潤おす。有りあまる財を抛《なげう》って多くの賓客《ひんかく》を会す。来《きた》らざるものは和楽《わらく》の扇に麾《さしまね》く風を厭《いと》うて、寒き雪空に赴く鳧雁《ふがん》(1)の類である。

円満なる愛は触るる所の凡《すべ》てを円満にす。二人の愛は曇り勝ちなる時雨《しぐれ》の空さえも円満にした。――太陽の真上に照る日である。照る事は誰でも知るが、だれも手を翳《かざ》して仰ぎ見る事のならぬ位明かに照る日である。得意なるものに明かなる日の嫌《きらい》なものはない。客は車を駆って東西南北より来《きた》る。

杉の葉の青きを択《えら》んで、丸柱の太きを装い、頭の上一丈にて二本を左右より平に曲げて続《つ》ぎ合《あわ》せたるをアーチ(2)と云う。杉の葉の青きはあまりに厳《おごそか》に過ぐ。愛の郷に入るものは、ただおごそかなる門を潜《くぐ》るべからず。青きものは暖かき色に和《やわら》げられねばならぬ。

裂けば烟《けぶ》る蜜柑《みかん》の味はしらず、色こそ暖かい。小春の色は黄である。点々と珠を綴《つづ》る杉の葉影に、ゆたかなる南海の風は通う。紫に明け渡る夜を待ちかねて、ぬっと出る旭日《あさひ》が、岡より岡を射て、万顆《ばんか》の黄玉は一時に耀《かがや》く紀の国から、偸《ぬす》み来た香りと思われる。この下を通るものは酔わねば出る事を許されぬ掟《おきて》である。

緑門《アーチ》の下には新しき夫婦が立っている。凡ての夫婦は新らしくなければならぬ。新しき夫婦は美しくなければならぬ。新しく美しき夫婦は幸福でなければならぬ。彼等はこの緑門の下に立って、迎えたる賓客にわが幸福の一分を与え、送り出す朋友《ほうゆう》にわが幸福の一分を与えて、残る幸福に共白髪《ともしらが》の長き末までを耽《ふけ》るべく、新らしいのである、また美くしいのである。

男は黒き上着に縞の洋袴《ズボン》を穿《は》く。折々は雪を欺《あざむ》く白き手拭《ハンケチ》が黒き胸のあたりに漂う。女は紋《もん》つきである。裾《すそ》を色どる模様の華やかなるなかから浮き上がるが如《ごと》く調子よくすらりと腰から上が抜け出でている。ヴィーナスは浪のなかから生れた。(3)この女は裾模様のなかから生れている。

日は明かに女の頸筋《くびすじ》に落ちて、角《かど》だたぬ咽喉《のど》の方はほの白き影となる。横から見るときその影が消えるが如く薄くなって、判然《はっき》としたやさしき輪廓に終る。その上に紫のうずまくは一朶《いちだ》の暗き髪を束ねながらも額際《ひたいぎわ》に浮かせたのである。金台に深紅の七宝を鏤《ちりば》めたヌーボー式の簪《かんざし》が紫の影から顔だけ出している。

愛は堅きものを忌む。凡ての硬性を溶化せねば已《や》まぬ。女の眼に耀く光りは、光りそれ自《みず》からの溶けた姿である。不可思議なる神境から双眸《そうぼう》の底に漂うて、視界に入る万有を恍惚《こうこつ》の境に逍遥せしむる。迎えられたる賓客は陶然として園内に入る。

「高柳《たかやなぎ》さんは入《い》らっしゃるでしょうか」と女が小さな声で聞く。

「え?」と男は耳を持ってくる。園内では楽隊が越後獅子《えちごじし》(4)を奏している。客は半分以上集まった。夫婦はなかへ這入《はい》って接待をせねばならん。

「そうさね。忘れていた」と男が云う。

「もう大分御客さまが入《い》らしったから、向《むこう》へ行かないじゃわるいでしょう」

「そうさね。もう行く方がいいだろう。しかし高柳がくると可哀想《かわいそう》だからね」

「ここに入らっしゃらないとですか」

「うん。あの男は、わたしが、ここに見えないと門まで来て引き返すよ」

「なぜ?」

「なぜって、こんな所へ来た事はないんだから――一人で一人坊《ひとりぼ》っちになる男なんだから――、ともかくもアーチを潜らせてしまわないと安心が出来ない」

「入らっしゃるんでしょうね」

「来るよ、わざわざ行って頼んだんだから。いやでも来ると約束すると来ずにいられない男だからきっとくるよ」

「御厭《おいや》なんですか」

「厭って、なに別に厭な事もないんだが、つまり極《きま》りがわるいのさ」

「ホホホホ妙ですわね」

極りのわるいのは自信がないからである。自信がないのは、人が馬鹿にすると思うからである。中野《なかの》君はただきまりが悪いからだと云う。細君はただ妙ですわねと思う。

この夫婦は自分達の極《き》まりを悪るがる事は忘れている。この夫婦の境界《きょうがい》にある人は、いくら極りをわるがる性分《しょうぶん》でも、極りをわるがらずに生涯を済ませる事が出来る。

「入らっしゃるなら、ここにいて上げる方がいいでしょう」

「来る事は受け合うよ。――いいさ、奥はおやじや何か大分いるから」

愛は善人である。善人はその友の為《た》めに自家の不都合を犠牲にするを憚《はば》からぬ。夫婦は高柳君の為めにアーチの下に待っている。高柳君は来ねばならぬ。

馬車の客、車の客の間に、ただ一人高柳君は蹌踉《そうろう》(5)として敵地に乗り込んで来る。この海の如く和気《わき》の漲《みなぎ》りたる園遊会――新夫婦の面《おもて》に湛《たた》えたる笑の波に酔うて、われ知らず幸福の同化を享《う》くる園遊会――行く年をしばらくは春に戻して、のどかなる日影に、窮陰《きゅういん》(6)の面のあたりなるを忘るべき園遊会は高柳君にとって敵地である。

富と勢《いきおい》と得意と満足の跋扈《ばっこ》する所は東西球《とうざいきゅう》を極《きわ》めて高柳君には敵地である。高柳君はアーチの下に立つ新しき夫婦を十歩の遠きに見て、これがわが友であるとは慥《たし》かに思わなかった。多少の不都合を犠牲にしてまで、高柳君を待ち受けたる夫婦の眼に高柳君の姿がちらと映じた時、待ち受けたにもかかわらず、待ち受け甲斐《がい》のある御客とは夫婦共に思わなかった。友誼《ゆうぎ》の三分一は服装が引き受ける者である。頭のなかで考えた友達と眼の前へ出て来た友達とは大分違う。高柳君の服装はこの日の来客中で尤《もっと》も憐《あわ》れなる服装である。愛は贅沢《ぜいたく》である。美なるものの外《ほか》には存在の価値を認めぬ。女は猶更《なおさら》に価値を認めぬ。

夫婦が高柳君と顔を見合せた時、夫婦共「これは」と思った。高柳君が夫婦と顔を見合せた時、同じく「これは」と思った。

世の中は「これは」と思った時、引き返せぬものである。高柳君は蹌踉として進んでくる。夫婦の胸にはっときざした「これは」は、すぐと愛の光りに姿をかくす。

「やあ、よく来てくれた。あまり遅いから、どうしたかと思って心配していた所だった」偽りもない事実である。ただ「これは」と思った事だけを略したまでである。

「早く来ようと思ったが、つい用があって……」これも事実である。けれどもやはり「これは」が略されている。人間の交際にはいつでも「これは」が略される。略された「これは」が重なると、喧嘩なしの絶交となる。親しき夫婦、親しき朋友が、腹のなかの「これは、これは」でなし崩しに愛想《あいそ》をつかし合っている。

「これが妻《さい》だ」と引き合わせる。一人坊っちに美しい妻君を引き合わせるのは好意より出た罪悪である。愛の光りを浴びたものは、嬉しさがはびこって、そんな事に頓着はない。

何にも云わぬ細君はただしとやかに頭を下げた。高柳君はぼんやりしている。

「さあ、あちらへ——僕も一所に行こう」と歩を運《めぐ》らす。十間ばかりあるくと、夫婦はすぐ胡麻塩《ごましお》おやじにつらまった。

「や、どうも見事な御庭ですね。こう広くはあるまいと思ってたが——いえ始めてで。おとっさんから時々御招きはあったが、いつでも折悪しく用事があって——どうも、よく御手入れが届いて、実に結構ですね……」

と胡麻塩はのべつに述べたてて容易に動かない。所へまた二、三人がやってくる。

「結構だ」「何坪ですかな」「私も年来この辺を心掛けておりますが」などと新夫婦を取《と》り捲《ま》いてしまう。高柳君は憮然《ぶぜん》として中心をはずれて立っている。

すると向うから、襷《たすき》がけの女が駈《か》けてきて、いきなり塩瀬《しおぜ》(7)の五つ紋をつらまえた。

「さあ、入《い》らっしゃい」

「入らっしゃいたって、もうほかで御馳走《ごちそう》になっちまったよ」

「ずるいわ、あなたは、他《ひと》にこれ程馳《か》けずり廻《まわ》らせて」

「旨《うま》いものも、ない癖に」

「あるわよ、あなた。まあいいから入らっしゃいてえのに」とぐいぐい引っ張る。

塩瀬は羽織が大事だから引かれながら行く、途端に高柳君に突き当った。塩瀬はちょっと驚ろいて振り向いたまでは、粗忽《そそう》をして恐れ入ったと云う面相をしていたが、高柳君の顔から服装を見るや否や、急に表情を変えた。

「やあ、こりゃ」と上からさげすむ様《よう》に云って、しかも立って見ている。

「入《い》らっしゃいよ。いいから入らっしゃいよ。構わないでも、いいから入らっしゃいよ」と女は高柳君を後目《しりめ》にかけたなり塩瀬を引っ張って行く。

高柳君はぽつぽつ歩き出した。若夫婦は遥かあなたに遮られて一所にはなれぬ。芝生の真中《まんなか》に長い天幕《テント》を張る。中を覗《のぞ》いて見たら、暗い所に大きな菊の鉢がならべてある。今頃こんな菊がまだあるかと思う。白い長い花弁が中心から四方へ数百片延び尽して、延び尽した端からまた随意に反《そ》り返《かえ》りつつ、あらん限りの狂態を演じているのがある。脊筋《せすじ》の通った黄な片《ひら》が中へ中へと抱き合って、真中に大切なものを守護する如く、こんもりと丸くなったのもある。松の鉢も見える。玻璃盤《はりばん》に堆《うずた》かく林檎《りんご》を盛ったのが、白い卓布《たくふ》の上に鮮やかに映る。林檎の頬が、暗きうちにも光っている。蜜柑を盛った大皿もある。傍でけらけらと笑う声がする。驚ろいて振り向くと、しるくはっとを被った二人の若い男が、二人共相好《そうごう》を崩している。

「妙だよ。実に」と一人が云う。

「珍だね。全く田舎者なんだよ」と一人が云う。

高柳君は凝《じっ》と二人を見た。一人は胸開《むねあき》の狭い、模様のある胴衣《チョッキ》を着て、右手の親指を胴衣のぽっけっとへ突き込んだまま肘を張っている。一人は細い杖に言訳《いいわけ》程に身をもたせて、護謨《ゴム》(8)びき靴の右の爪先を、竪《たて》に地に突いて、左足一本で細長いからだの中心を支えている。

「まるで給仕人《ウェーター》だ」と一本足が云う。

高柳君は自分の事を云うのと思った。すると色胴衣が

「本当にさ。園遊会に燕尾服《えんびふく》を着てくるなんて――洋行しないだってその位な事はわかりそうなものだ」と相鎚《あいづち》を打っている。向うを見ると成程《なるほど》燕尾服がいる。しかも二人かたまって、何か話をしている。同類相集まると云う訳だろう。高柳君はようや(9)くあれを笑ってるのだなと気がついた。しかし何故燕尾服が園遊会に適しないかは到底想像がつかなかった。

芝生の行き当りに葭簀掛《よしずが》けの踊舞台があって、何かしきりにやっている。正面は紅白の幕で庇《ひさし》をかこって、奥には赤い毛氈《もうせん》を敷いた長い台がある。その上に三味線《しゃみせん》を抱えた女が三人、抱えないのが二人並んでいる。弾くものと唄うものと分業にしたのである。舞台の真中に金紙《きんがみ》の烏帽子《えぼし》を被って、真白に顔を塗りたてた女が、棹《さお》の様なものを持ったり、落したり、舞扇を開いたり、つぼめたり、長い赤い袖を翳したり、翳さなかったり、何でもしきりに身振《しな》をしている。半紙に墨黒々と朝妻船《あさづまぶね》(10)とかいて貼り

出してあるから、大方朝妻船と云うものだろうと高柳君はしばらく後ろの方から小さくなって眺めていた。

舞台を左へ切れると、御影《みかげ》の橋がある。橋の向の築山《つきやま》の傍手《わきて》には松が沢山ある。松の間から暖簾《のれん》の様なものがちらちら見える。中で女がききと笑っている。橋を渡りかけた高柳君はまた引き返した。楽隊が一度に満庭の空気を動かして起る。

そろそろと天幕《テント》の所まで帰って来る。今度は中を覗くのをやめにした。中は大勢でがやがやしている。入口へ回って見ると人で埋《うず》まって皿の音がしきりにする。若夫婦はどこにいるか見えぬ。

しばらく様子を窺っていると突然万歳《ばんざい》と云う声がした。楽隊の音は消されてしまう。石橋の向うで万歳と云う返事がある。これは迷子の万歳である。高柳君はのそりと疳《かん》違《ちがい》をした客の様に天幕のうちに這入った。

皿だけ高く差し上げて人と人の間を抜けて来たものがある。

「さあ、御上んなさい。まだあるんだが人が込んでて、容易に手が届かない」と云う。高柳君は自分にくれるにしては目の見当が少し違うと思ったら、後ろの方で「難有《ありがと》う」と云う涼しい声がした。十七、八の桃色縮緬《ちりめん》の紋付をきた令嬢が皿をもらったまま立っている。

傍にいた紳士が、天幕の隅から一脚の椅子を持って来て、

「さあこの上へ御乗せなさい」と令嬢の前に据えた。高柳君は一間ばかり左へ進む。天幕の柱に倚《よ》りかかって洋服と和服が烟草《たばこ》をふかしている。

「葉巻はやめたのかい」

「うん、頭にわるいそうだから――しかしあれを呑みつけると、何だね、紙巻は到底呑めないね。どんな好い奴でも駄目だ」

「そりゃ、価段《ねだん》だけだから――一本三十銭と三銭とは比較にならないからな」

「君は何を呑むのだい」

「これを一つやって見玉え」と洋服が鰐皮《わにがわ》の烟草入から太い紙巻を出す。

「成程エジプシアン(11)か。これは百本五、六円するだろう」

「安い割にはうまく呑めるよ」

「そうか――僕も紙巻でも始め様か。これなら日に二十本ずつにしても二十円位であがるからね」

二十円は高柳君の全収入である。この紳士は高柳君の全収入を烟《けむ》にするつもりである。

高柳君はまた左へ四尺程進んだ。二、三人話をしている。

「この間ね、野添《のぞえ》が例の人造肥料会社を起すので……」と頭の禿《は》げた鼻の低い金歯を入れた男が云う。

「うん。ありゃ当ったね。旨くやったよ」と真四角な色の黒い、烟草入の金具の様な顔が云う。

「君も賛成者のうちに名が見えたじゃないか」と胡麻塩頭の最前中野君を中途で強奪したおやじが云う。

「それさ」と今度は禿げの番である。「野添が、どうです少し持ってくれませんかと云うから、左様《さよう》さ、わたしは今回はまあよしましょうと断わったのさ。ところが、まあ、そう云わずと、責《せ》めて五百株でも、実はもう貴所《あなた》の名前にしてあるんだからと云うのさ、面倒だからいい加減に挨拶をして置いたら先生すぐ九州へ立って行った。それから二週間程して社へ出ると書記が野添さんの株が大変上りました。五十円株が六十五円になりました。合計三万二千五百円になりましたと云うのさ」

「そりゃ豪勢だ、実は僕も少し持とうと思ってたんだが」と四角が云うと

「ありゃ実際意外だった。あんなに、とんとん拍子にあがろうとは思わなかった」と胡麻塩がしきりに胡麻塩頭を搔《か》く。

「もう少し踏み込んで沢山僕の名にして置けばよかった」と禿は三万二千五百円以

外に残念がっている。

高柳君は恐る恐る三人の傍を通り抜けた。若夫婦に逢って挨拶して早く帰りたいと思って、見廻わすと一番奥の方に二人は黒いフロックと五色の袖に取り巻かれて、中々《なかなか》寄りつけそうもない。食卓は漸《ようや》く人数が減った。しかし残っている食品は殆《ほと》んどない。

「近頃は出掛けるかね」と云う声がする。仙台平《せんだいひら》(12)をずるずる地びたへ引きずって白足袋に鼠緒《ねずお》の雪駄《せった》をかすかに出した三十恰好《がっこう》の男だ。

「昨日須崎《すさき》(13)の種田《たねだ》家の別荘へ招待されて鴨猟をやった」と五分刈の浅黒いのが答えた。

「鴨にはまだ早いだろう」

「もういいね。十羽ばかり取ったがね。僕が十羽、大谷《おおたに》が七羽、加瀬《かせ》と山内《やまのうち》が八羽ずつ」

「じゃ君が一番か」

「いいや、斉藤《さいとう》は十五羽だ」

「へえ」と仙台平は感心している。

同期の卒業生は多いなかに、たった五、六人しか見えん。しかもあまり親しくないものばかりである。高柳君は挨拶だけして別段話もしなかったが、今となって見ると何だか恋しい心持ちがする。どこぞにおりはせぬかと見廻したが影も見えぬ。ことによると帰ったかも知れぬ。自分も帰ろう。

主客《しゅかく》は一《いつ》である。(14)主を離れて客なく、客を離れて主はない。吾々が主客の別を立てて物我《ぶつが》の境を判然と分劃《ぶんかく》するのは生存上の便宜である。形を離れて色なく、色を離れて形なきを強いて個別するの便宜、着想を離れて技巧なく技巧を離れて着想なきを暫《しば》らく両体となすの便宜と同様である。一たびこの差別を立《りっ》したる時吾人《ごじん》は一の迷路に入る。ただ生存は人生の目的なるが故に、生存に便宜なるこの迷路は入る事愈《いよいよ》深くして出ずる事愈難きを感ず。独り生存の欲を一刻たりとも擺脱《はいだつ》(15)したるときにこの迷は破る事が出来る。高柳君はこの欲を刹那《せつな》も除去し得ざる男である。従って主客を方寸に一致せしむる事の出来がたき男である。主は主、客は客としてどこまでも膠着《こうちゃく》するが故に、一たび優勢なる客に逢うとき、八方より無形の太刀を揮《ふる》って、打ちのめさるるが如き心地がする。高柳君はこの園遊会に於《おい》て孤軍重囲のうちに陥ったのである。

蹌踉としてアーチを潜った高柳君はまた蹌踉としてアーチを出ざるを得ぬ。遠くから振り返って見ると青い杉の環の奥の方に天幕《テント》が小さく映って、幕のなかから、奇麗《きれい》な着物がかたまってあらわれて来た。あのなかに若い夫婦も交ってるのであろう。

夫婦の方では高柳をさがしている。

「時に高柳はどうしたろう。御前あれから逢ったかい」

「いいえ。あなたは」

「おれは逢わない」

「もう御帰りになったんでしょうか」

「そうさ、――しかし帰るなら、ちっとは帰る前に傍へ来て話でもしそうなものだ」

「なぜ皆さんのいらっしゃる所へ出て入《い》らっしゃらないのでしょう」

「損だね、ああ云う人は。あれで一人じゃやっぱり不愉快なんだ。不愉快なら出てくればいいのに猶々《なおなお》引き込んでしまう。気の毒な男だ」

「折角《せっかく》愉快にしてあげようと思って、御招きするのにね」

「今日は格別色がわるかったようだ」

「きっと御病気ですよ」

「やっぱり一人坊っちだから、色が悪いのだよ」

高柳君は往来をあるきながら、ぞっと悪寒《おかん》を催した。

く。

十

道也《どうや》先生長い顔を長くして煤竹《すすだけ》で囲った丸火桶《まるひおけ》を擁している。外を木枯が吹いて行く。

「あなた」と次の間から妻君《さいくん》が出てくる。紬《つむぎ》の羽織の襟《えり》が折れていない。

「何だ」とこっちを向く。机の前におりながら、終日木枯に吹《ふ》き曝《さら》されたかの如《ごと》くに見える。

「本は売れたのですか」

「まだ売れないよ」

「もう一ヶ月も立てば百や弐百の金は這入《はい》る都合だと仰《おっ》しゃったじゃありませんか」

「うん言った。言ったには相違ないが、売れない」

「困るじゃ御座《ござ》んせんか」

「困るよ。御前よりおれの方が困る。困るから今考えてるんだ」

「だって、あんなに骨を折って、三百枚も出来てるものを――」

「三百枚どころか四百三十五頁ある」

「それで、どうして売れないんでしょう」

「やっぱり不景気なんだろうよ」

「だろうよじゃ困りますわ。どうか出来ないでしょうか」

「南溟堂《なんめいどう》へ持って行った時には、有名な人の御序文があればと云うから、それから足立《あだち》なら大学教授だからよかろうと思って、足立にたのんだのさ。本も借金と同じ事で保証人がないと駄目だぜ」

「借金は借りるんだから保証人も入《い》るでしょうが――」と妻君頭のなかへ人指ゆびを入れてぐいぐい搔《か》く。束髪《そくはつ》が揺れる。道也はその頭を見ている。

「近頃の本は借金同様だ。信用のないものは連帯責任でないと出版が出来ない」

「本当につまらないわね。あんなに夜遅くまでかかって」

「そんな事は本屋の知らん事だ」

「本屋は知らないでしょうさ。しかしあなたは御存じでしょう」

「ハハハハ当人は知ってるよ。御前も知ってるだろう」

「知ってるから云うのでさあね」

「言ってくれても信用がないんだから仕方がない」

「それでどうなさるの」

「だから足立の所へ持って行ったんだよ」

「足立さんが書いてやると仰《おっしゃ》って」

「うん、書く様《よう》な事を云うから置いて来たら、またあとから書けないって断わって来た」

「何故でしょう」

「なぜだか知らない。厭《いや》なのだろう」

「それであなたはそのままにして御置きになるんですか」

「うん、書かんものを無理に頼む必要はないさ」

「でもそれじゃ、うちの方が困りますわ。この間御兄《おあに》いさんに判を押して借りて頂いた御金ももう期限が切れるんですから」

「おれもその方を埋めるつもりでいたんだが――売れないから仕方がない」

「馬鹿馬鹿しいのね。何の為《た》めに骨を折ったんだか、分りゃしない」

道也先生は火桶のなかの炭団《たどん》を火箸《ひばし》の先で突付きながら「御前から見れば馬鹿馬鹿しいのさ」と云った。妻君はだまってしまう。ひゅうひゅうと木枯が吹く。玄関の障子の破れが紙鳶《たこ》のうなりの様に鳴る。

「あなた、何時《いつ》までこうして入《い》らっしゃるの」と細君《さいくん》は術《じゅつ》なげに聞いた。

「何時までとも考《かんがえ》はない。食えれば何時までこうしていたっていいじゃないか」

「二言目《ふたことめ》には食えれば食えればと仰《おっ》しゃるが、今こそ、どうにかこうにかして行きますけれども、この分で押して行けば今に食べられなくなりますよ」

「そんなに心配するのかい」

細君はむっとした様子である。

「だって、あなたも、あんまり無考《むかんがえ》じゃ御座んせんか。楽に暮せる教師の口はみんな断って御しまいなすって、そうして何でも筆で食《く》うと頑固を御張りになるんですもの」

「その通りだよ。筆で食うつもりなんだよ。御前もそのつもりにするがいい」

「食べるものが食べられれば私だってそのつもりになりますわ。私も女房ですもの、あなたの御好きで御遣りになる事をとやかく云う様な差し出口はききぁしません」

「それじゃ、それでいいじゃないか」

「だって食べられないんですもの」

「たべられるよ」

「随分ね、あなたも。現に教師をしていた方が楽で、今の方が余《よ》っ程《ぽど》苦しいじゃありませんか。あなたはやっぱり教師の方が御上手なんですよ。書く方は性《しょう》に合わないんですよ」

「よくそんな事がわかるな」

細君は俯向《うつむ》いて、袂《たもと》から鼻紙を出してちいんと鼻をかんだ。

「私ばかりじゃ、ありませんわ。御兄さんだって、そう御仰《おっ》しゃるじゃありませんか」

「御前は兄の云う事をそう信用しているのか」

「信用したっていいじゃありませんか、御兄さんですもの、そうして、あんなに立派にして入《い》らっしゃるんですもの」

「そうか」と云ったなり道也先生は火鉢の灰を丁寧に掻きならす。中から二《に》寸釘《すんくぎ》が灰だらけになって出る。道也先生は、曲った真鍮《しんちゅう》の火箸で二寸釘をつまみながら、片手に障子をあけて、ほいと庭先へ抛《ほう》り出《だ》した。

庭には何にもない。芭蕉《ばしょう》がずたずたに切れて、茶色ながら立往生をしている。地面は皮が剝《む》けて、蓆《むしろ》を捲《ま》きかけた様に反《そ》っくり返《かえ》っている。道也先生は庭の面《おもて》を眺めながら

「存分吹いてるな」と独語《ひとりごと》の様に云った。

「もう一遍足立さんに願って御覧になったら、どうでしょう」

「厭なものに頼んだって仕方がないさ」

「あなたは、それだから困るのね。どうせ、あんな、豪《えら》い方になれば、すぐ、おいそれと書いて下さる事はないでしょうから……」

「あんな豪い方って――足立がかい」

「そりゃ、あなたも豪いでしょうさ――しかし向《むこう》はともかくも大学校の先生ですから頭を下げたって損はないでしょう」

「そうか、それじゃ仰《おおせ》に従って、もう一返頼んで見ようよ。――時に何時かな。や、大変だ、ちょっと社まで行って、校正をしてこなければならない。袴《はかま》を出してくれ」

道也先生は例の如く茶の千筋《せんすじ》の加平地《かへいじ》を木枯にぺらつかすべく一着して飄然《ひょうぜん》と出て行った。居間の柱時計がぼんぼんと二時を打つ。

思ふ事積んでは崩す炭火かな(1)と云う句があるが、細君は恐らく知るまい。細君は道也先生の丸火桶の前へ来て、火桶の中を、丸《ま》るく掻きならしている。丸い火桶だから丸く掻きならす。角な火桶なら角に掻きならすだろう。女は与えられたものを正しいものと考える。そのなかで差し当りのない様に暮らすのを至善と心得ている。女は六角の火桶を与えられても、八角の火鉢を与えられても、六角にまた八角に灰を掻きならす。それより以上の見識は持たぬ。

立ってもおらぬ、坐ってもおらぬ、細君の腰は宙に浮いて、膝頭《ひざがしら》は火桶の縁《ふち》につき付けられている。坐わるには所を得ない、立っては考えられない。細君の姿勢は中途《ちゅうと》半把《はんぱ》で、細君の心も中途半把である。

考えると嫁に来たのは間違っている。娘のうちの方が、いくら気楽で面白かったか知れぬ。人の女房はこんなものと、誰か教えてくれたら、来ぬ前によすはずであった。親でさえ、あれ程に親切を尽してくれたのだから、二世《にせ》の契《ちぎ》りと掟《おきて》にさえ出ている夫は、二重にも三重にも可愛《かわい》がってくれるだろう、また可愛がって下さるよと受合われて、住み馴れた家を今日限りと出た。今日限りと出た家へ二度とは帰られない。帰ろうと思ってもおとっさんもお母さんも亡《つか》くなってしまった。可愛がられる目的《あて》ははずれて、可愛がってくれる人はもうこの世にいない。

細君は赤い炭団の、灰の皮を剝いて、火箸の先で突つき始めた。炭火なら崩しても積む事が出来る。突付いた炭団は壊れたぎり、丸い元の姿には帰らぬ。細君はこの理を心得ているだろうか。しきりに突付いている。

今から考えて見ると嫁に来た時の覚悟が間違っている。自分が嫁に来たのは自分の為めに来たのである。夫の為めと云う考はすこしも持たなかった。吾が身が幸福になりたいばかりに祝言《しゅうげん》の盃《さかずき》もした。父、母もそのつもりで高砂《たかさご》を聴いていたに違ない。思う事はみんなはずれた。この頃の模様を父、母に話したら定めし道也はけしからぬと怒《おこ》るであろう。自分も腹の中では怒っている。

道也は夫の世話をするのが女房の役だと済ましているらしい。それはこっちで云いたい事である。女は弱いもの、年の足らぬもの、従って夫の世話を受くべきものである。夫を世話する以上に、夫から世話されるべきものである。だから夫に自分の云う通りになれと云う。夫は決して聞き入れた事がない。家庭の生涯はむしろ女房の生涯である。道也は夫の生涯と心得ているらしい。それだから治まらない。世間の夫は皆道也の様なものかしらん。みんな道也の様だとすれば、この先結婚をする女は段々減るだろう。減らない所で見るとほかの旦那様は旦那様らしくしているに違ない。広い世界に自分一人がこんな思《おもい》をしているかと気がつくと生涯の不幸である。どうせ嫁に来たからには出る訳には行かぬ。しかし連れ添う夫がこんなでは、臨終まで本当の妻と云う心持ちが起らぬ。これはどうかせねばならぬ。どうにかして夫を自分の考え通りの夫にしなくては生きている甲斐《かい》がない。——細君はこう思案しながら、火鉢をいじくっている。風が枯芭蕉を吹き倒す程鳴る。

表に案内がある。寒そうな顔を玄関の障子から出すと、道也の兄が立っている。細君は「おや」と云った。

道也の兄は会社の役員である。その会社の社長は中野《なかの》君のおやじである。長い二重廻し(2)を玄関へ脱いで座敷へ這入ってくる。

「大分吹きますね」と薄い更紗《サラサ》の上へ坐って抜け上がった額を逆《さか》に撫《な》でる。

「御寒いのによく」

「ええ、今日は社の方が早く引けたものだから……」

「今御帰り掛けですか」

「いえ、一旦うちへ帰ってね。それから出直して来ました。どうも洋服だと坐ってるのが窮屈で……」

兄は糸織《いとおり》の小袖に鉄御納戸《てつおなんど》(3)の博多《はかた》の羽織を着ている。

「今日は――留守ですか」

「はあ、只今《たったいま》しがた出ました。おっつけ帰りましょう。どうぞ御緩《ごゆっ》くり」と例の火鉢を出す。

「もう御構《おかまい》なさるな。――どうも中々《なかなか》寒い」と手を翳《かざ》す。

「段々押し詰りましてさぞ御忙がしゅう、入《い》らっしゃいましょう」

「へ、難有《ありがと》う。毎年暮になると大頭痛、ハハハハ」と笑った。世の中の人は可笑《おか》しい時ばかり笑うものではない。

「でも御忙がしいのは結構で……」

「え、まあ、どうか、こうか遣ってるんです。——時に道也はやはり不相変《あいかわらず》ですか」

「難有う。この方はただ忙がしいばかりで……」

「結構でないかね。ハハハハ。どうも困った男ですねえ、御政《おまさ》さん。あれ程訳がわからないとまでは思わなかったが」

「どうも御心配ばかり懸けまして。私も色々申しますが、女の云う事だと思って些《ちっ》とも取り上げませんので、まことに困り切ります」

「そうでしょう、私の云う事だって聞かないんだから。——わたしも傍《そば》にいるとつい気になるから、ついとやかく云いたくなってね」

「御尤《ごもっとも》で御座いますとも。みんな当人の為めに仰《おっ》しゃって下さる事ですから……」

「田舎にいりゃ、それまでですが、こっちにこうしていると、当人の気に入っても、入らなくっても、やっぱり兄の義務でね。つい云いたくなるんです。——すると些とも寄りつかない。全く変人だね。大人しくして教師をしていりゃそれまでの事を、どこへ行っても衝突して……」

「あれが全く心配で、私もあの為めには、どんなに苦労したか分りません」

「そうでしょうとも。わたしも、そりゃよく御察し申しているんです」

「難有う御座います。色々御厄介《ごやっかい》にばかりなりまして」

「東京へ来てからでも、こんな苦《く》だらん事をしないでも、どうにでも成るんでさあ。それを折角《せっかく》云ってやると、まるで取り合わない。取り合わないでもいいから、自分だけ立派に遣って行けばいい」

「それを私も申すので御座んすけれども」

「いざとなると、やっぱりどうかしてくれと云うんでしょう」

「まことに御気の毒さまで……」

「いえ、あなたに何も云うつもりはない。当人がさ。まるで無鉄砲ですからね。大学を卒業して七、八年にもなって、筆耕《ひっこう》の真似《まね》をしているものが、どこの国にいるものですか。あれの友達の足立なんて人は大学の先生になって立派にしているじゃありませんか」

「自分だけはあれで中々えらいつもりでおりますから」

「ハハハハえらいつもりだって。いくら一人でえらがったって、人が相手にしなくっちゃ仕様がない」

「近頃は少しどうかしているんじゃないかと思います」

「何とも云えませんね。――何でもしきりに金持やなにかを攻撃するそうじゃありませんか。馬鹿ですねえ。そんな事をしたって、どこが面白い。一文にゃならず、人

から は擯斥《ひんせき》される。つまり自分の錆《さび》になるばかりでさあ」

「少しは人の云う事でも聞いてくれるといいんですけれども」

「仕舞《しまい》にゃ人にまで迷惑をかける。――実はね、きょう社でもって赤面しちまったんですがね。課長が私を呼んで聞けば君の弟だそうだが、あの白井《しらい》道也とか云う男はむやみに不穏な言論をして富豪などを攻撃する。よくない事だ。ちっと君から注意したらよかろうって、散々《さんざん》叱られたんです」

「まあどうも。どうしてそんな事が知れましたんでしょう」

「そりゃ、会社なんてものは、それぞれ探偵が届きますからね」

「へえ」

「なに道也なんぞが、何をかいたって、あんな地位のないものに世間が取り合う気遣はないが、課長からそう云われて見ると、放って置けませんからね」

「御尤で」

「それで実は今日は相談に来たんですがね」

「生憎《あいにく》出まして」

「なに当人はいない方が反《かえ》っていい。あなたと相談さえすればいい。――で、わたしも今途中で段々考えて来たんだが、どうしたものでしょう」

「あなたから、篤《とく》と異見でもして頂いて、また教師にでも奉職したら、どんなもので御座いましょう」

「そうなればいいですとも。あなたも仕合せだし、わたしも安心だ。――しかし異見でおいそれと、云う通りになる男じゃありませんよ」

「そうで御座んすね。あの様子じゃ、とても駄目で御座いましょうか」

「わたしの鑑定じゃ、到底駄目だ。――それでここに一つの策があるんだが、どうでしょう当人の方から雑誌や新聞をやめて、教師になりたいと云う気を起させる様にするのは」

「そうなれば私は実に難有《ありがた》いのですが、どうしたら、そう旨《うま》い具合に参りましょう」

「あのこの間中《あいだじゅう》当人がしきりに書いていた本はどうなりました」

「まだそのままになっております」

「まだ売れないですか」

「売れる所《どころ》じゃ御座いません。どの本屋もみんな断わりますそうで」

「そう。それが売れなけりゃ反《かえ》って結構だ」

「え？」

「売れない方がいいんですよ。――で、先達《せんだっ》てわたしが周旋した百円の期限はもうじきでしょう」

「慥《たし》かこの月の十五日だと思います」

「今日が十一日だから。十二、十三、十四、十五ともう四日ですね」

「ええ」

「あの方を手厳しく催促させるのです。——実はあなただから、今打ち明けて御話しするが、あれは、わたしが印を押しておる体にはなっているが本当はわたしが融通したのです。——そうしないと当人が安心していけないから。——それであの方を今云う通り責める——何かほかに工面の出来る所がありますか」

「いいえ、些とも御座いません」

「じゃ大丈夫、その方で段々責めて行く。——いえ、わたしは黙って見ている。証文の上の貸手が催促に来るのです。あなたも済していなくっちゃいけません。——何を云っても冷淡に済ましていなくっちゃいけません。決してこちらから、一言も云わないのです。——それで当人いくら頑固だって苦しいから、また、わたしの方へ頭を下げて来る。いえ来なけりゃならないです。その、頭を下げて来た時に、取って抑えるのです。いいですか。そうたよって来るなら、おれの言う事を聞くがいい。聞かなければおれは構わん。と云いやあ、向でも否《いや》とは云われんです。そこでわたしが、御政さんだって、あんなに苦労してやつれている、雑誌なんかで法螺《ほら》ばかり吹き立てていたって始まらない、これから性根《しょうね》を入《い》れ易《か》えて、もっと着実な世間に害のない様な職業をやれ、教師になる気なら心当りを奔走してやろう、と持ち懸けるのですね。――そうすればきっと我々の思わく通りになると思うが、どうでしょう」

「そうなれば私はどんなに安心が出来るか知れません」

「やって見ましょうか」

「何分宜《よろ》しく願います」

「じゃ、それは極《きま》ったと。そこでもう一つあるんですがね。今日社の帰りがけに、神田を通ったら清輝館《せいきかん》(4)の前に、大きな広告があって、わたしは吃驚《びっくり》させられましたよ」

「何の広告で御座んす」

「演説の広告なんです。――演説の広告はいいが道也が演説をやるんですぜ」

「へえ、些とも存じませんでした」

「それで題が大きいから面白い。現代の青年に告ぐ(5)と云うんです。まあ何の事やら、あんなものの云う事を聞きにくる青年もなさそうじゃありませんか。しかし剣呑《けんのん》ですよ。やけになって何を云うか分らないから。わたしも課長から忠告された矢先だから、すぐ社へ電話をかけて置いたから、まあ好《い》いですが、何なら、やらせたくないものですね」

「何の演説をやるつもりで御座んしょう。そんな事をやるとまた人様に御迷惑がかかりましょうね」

「どうせまた過激な事でも云うのですよ。無事に済めばいいが、つまらない事を云おうものなら、取って返しがつかないからね。――どうしても已《や》めさせなくっちゃ、いけないね」

「どうしたら已めるで御座んしょう」

「これもよせったって、頑固だから、よす気遣《きづかい》はない。やっぱり欺《だま》すより仕方がないでしょう」

「どうして欺したらいいでしょう」

「そうさ。あした時刻にわたしが急用で逢いたいからって使をよこして見ましょうか」

「そうで御座んすね。それで、あなたの方へ参る様だと宜しゅう御座いますが……」

「聞かないかも知れませんね。聞かなければそれまでさ」

初冬の日はもう暗くなりかけた。道也先生は風のなかを帰ってくる。

十一

今日もまた風が吹く。汁気のあるものを悉《ことごと》く乾鮭《からさけ》にするつもりで吹く。

「御兄《おあにい》さんの所から御使です」と細君が封書を出す。道也《どうや》は坐ったまま、体をそらして受け取った。

「待ってるかい」

「ええ」

道也は封を切って手紙を読み下す。やがて、終りから巻き返して、再び状袋のなかへ収めた。何にも云わない。

「何か急用ででも御座《ござ》んすか」

道也は「うん」と云いながら、墨を磨《す》って、何かさらさらと返事を認《したた》めている。

「何の御用ですか」

「ええ？　ちょっと待った。書いてしまうから」

返事は僅《わず》か五、六行である。宛名をかいて、「これを」と出す。細君は下女を呼んで渡してやる。自分は動かない。

「何の御用なんですか」

「何の用かわからない。ただ、用があるから、すぐ来てくれとかいてある」

「入《い》らっしゃるでしょう」

「おれは行かれない。なんなら御前行って見てくれ」

「私が？　私は駄目ですわ」

「なぜ」

「だって女ですもの」

「女でも行かないよりいいだろう」

「だって。あなたに来いと書いてあるんでしょう」

「おれは行かれないもの」

「どうして？」

「これから出掛けなくっちゃならん」

「雑誌の方なら、一日位御休みになってもいいでしょう」

「編輯《へんしゅう》ならいいが、今日は演説をやらなくっちゃならん」

「演説を？　あなたがですか？」

「そうよ、おれがやるのさ。そんなに驚ろく事はなかろう」

「こんなに風が吹くのに、よしになさればいいのに」

「ハハハハ風が吹いて已《や》める様《よう》な演説なら始めから遣りゃしない」

「ですけれども滅多な事はなさらない方がよござんすよ」

「滅多な事とは。何がさ」

「いいえね。あんまり演説なんかなさらない方が、あなたの得だと云うんです」

「なに得な事があるものか」

「あとが困るかも知れないと申すのです」

「妙な事を云うね御前は。――演説をしちゃいけないと誰か云ったのかね」

「誰がそんな事を云うものですか。――云いやしませんが、御兄さんからこうやって、急用だって、御使が来ているんですから行って上げなくっては義理がわるいじゃありませんか」

「それじゃ演説を已めなくっちゃならない」

「急に差支《さしつかえ》が出来たって断わったらいいでしょう」

「今更そんな不義理が出来るものか」

「では御兄さんの方へは不義理をなすっても、いいと仰《おっし》ゃるんですか」

「いいとは云わない。しかし演説会の方は前からの約束で――それに今日の演説はただの演説ではない。人を救うための演説だよ」

「人を救うって、誰を救うのです」

「社のもので、この間の電車事件(1)を煽動したと云う嫌疑で引っ張られたものがある。――ところがその家族が非常な惨状に陥って見るに忍びないから、演説会をしてその収入をそちらへ廻してやる計画なんだよ」

「そんな人の家族を救うのは結構な事に相違ないでしょうが、社会主義だなんて間違えられると、あとが困りますから……」

「間違えたって構わないさ。国家主義も社会主義もあるものか、ただ正しい道がいいのさ」

「だって、もしあなたが、その人の様になったとして御覧なさい。私はやっぱり、その人の奥さん同様な、ひどい目に逢わなけりゃならないでしょう。人を御救いなさるのも結構ですが、些《ちっ》とは私の事も考えて、やって下さらなくっちゃ、あんまりですわ」

道也先生はしばらく沈吟《ちんぎん》していたが、やがて、机の前を立ちながら「そんな事はないよ。そんな馬鹿な事はないいよ。徳川政府の時代じゃあるまいし」と云った。

例の袴《はかま》を突っかけると支度は一分たたぬうちに出来上った。玄関へ出る。外は未《いま》だに強く吹いている。道也先生の姿は風の中に消えた。

清輝館《せいきかん》の演説会はこの風の中に開かれる。

講演者は四名、聴衆は三百名足らずである。書生が多い。その中に文学士高柳周作《たかやなぎしゅうさく》がいる。彼はこの風の中を襟巻《えりまき》に顔を包んで咳《せき》をしながらやって来た。十銭の入場料を払って、二階に上った時は、広い会場はまばらに席をあましてむしろ寂寞《せきばく》の感があった。彼は南側のなるべく暖かそうな所に席をとった。演説は既に始まっている。

「……文士保護は独立しがたき文士の言う事である。(2)保護とは貴族的時代に云うべき言葉で、個人平等の世にこれを云々するのは恥辱の極《きわみ》である。退いて保護を受くるより進んで自己に適当なる租税を天下から払わしむべきである」と云ったと思ったら、引き込んだ。聴衆は喝采する。隣りに薩摩絣《さつまがすり》の羽織を着た書生がいて話している。

「今のが、黒田東陽《くろだとうよう》か」

「うん」

「妙な顔だな。もっと話せる顔かと思った」

「保護を受けたら、もう少し顔らしくなるだろう」

高柳君は二人を見た。二人も高柳君を見た。

「おい」

「何だ」

「いやに睨《にら》めるじゃねえか」

「おっかねえ」

「こんだ誰の番だ。――見ろ見ろ出て来た」

「いやに、ひょろ長いな。この風にどうして出て来たろう」

ひょろながい道也先生は綿服《めんぷく》のまま壇上にあらわれた。かれはこの風の中を金釘《かなくぎ》の如《ごと》く直立して来たのである。から風に吹《ふ》き曝《さら》されたる彼は、からからの古瓢箪《ふるびょうたん》の如くに見える。聴衆は一度に手をたたく。手をたたくのは必ずしも喝采の意と解すべからざる場合がある。独り高柳君のみは粛然として襟を正した。

「自己は過去と未来の連鎖である(3)」

道也先生の冒頭は突如として来た。聴衆はちょっと不意撃《ふいうち》を食った。こんな演説の始め方はない。

「過去を未来に送り込むものを旧派と云い、未来を過去より救うものを新派と云うのであります」

聴衆は愈《いよいよ》惑った。三百の聴衆のうちには、道也先生をひやかす目的を以《もっ》て入場しているものがある。彼等に一寸《いっすん》の隙《すき》でも与えれば道也先生は壇上に嘲殺《ちょうさつ》されねばならぬ。角力《すもう》は呼吸である。呼吸を計らんでひやかせば反《かえ》って自分が放り出されるばかりである。彼等は蛇の如く鎌首《かまくび》を持ち上げて待構えている。道也先生の眼中には道の一字がある。

「自己のうちに過去なしと云うものは、われに子を生む能力なしというと一般である。わが立脚地はここに於《おい》て明瞭である。われは父母の為《た》めに存在するか、われは子の為めに存在するか、或《あるい》はわれその物を樹立せんが為めに存在するか、吾人《ごじん》生存の意義はこの三者の一を離るる事が出来んのである」

聴衆は依然として、だまっている。或は烟《けむ》に捲《ま》かれたのかも知れない。高柳君は成《なる》程《ほど》と聴いている。

「文芸復興(4)は大なる意味に於て父母の為めに存在したる大時期である。十八世紀末のゴシック復活(5)もまた大なる意味に於て父母の為めに存在したる小時期である。同時にスコット(6)一派の浪漫派《ろうまんは》を生まんが為めに存在した時期である。即ち子孫の為めに存在したる時期である。自己を樹立せんが為めに存在したる時期の好例はエリザベス朝の文学である。個人に就《つい》て云えばイブセン(7)である。メレジス(8)である。ニイチェ(9)である。ブラウニング(10)である。耶蘇《ヤソ》教徒は基督《キリスト》の為めに存在している。基督は古《いにし》えの人である。だから耶蘇教徒は父の為めに存在している。儒者は孔子《こうし》の為めに生きている。孔子も昔《いにし》えの人である。だから儒者は父の為めに生きている。……」

「もうわかった」と叫ぶものがある。

「中々《なかなか》わかりません」と道也先生が云う。聴衆はどっと笑った。

「袷《あわせ》は単衣《ひとえ》の為めに存在するですか、綿入の為めに存在するですか。または袷自身の為めに存在するですか」と云って、一応聴衆を見廻した。笑うにはあまり、奇警《きけい》である。慎しむにはあまり飄《ひょう》きんである。聴衆は迷うた。

「むずかしい問題じゃ、わたしにもわからん」と済ました顔で云ってしまう。聴衆はまた笑った。

「それはわからんでも差支《さしつかえ》ない。しかし吾々は何の為めに存在しているか？　これは知らなくてはならん。明治は四十年立った。四十年は短かくはない。明治の事業はこれで一段落を告げた……」

「ノー、ノー」と云うものがある。

「どこかでノー、ノーと云う声がする。わたしはその人に賛成である。そう云う人があるだろうと思うて待っていたのである」

聴衆はまた笑った。

「いや本当に待っていたのである」

聴衆は三たび鬨《とき》を揚げた。

「私は四十年の歳月を短かくはないと申した。成程住んで見れば長い。しかし明治以外の人から見たらやはり長いだろうか。望遠鏡の眼鏡は一寸《いっすん》の直径である。しかし愛宕山《あたごやま》から見ると品川の沖がこの一寸のなかに這入《はい》ってしまう。明治の四十年を長いと云うものは明治のなかに齷齪《あくそく》しているものの云う事である。後世から見ればずっと縮まってしまう。ずっと遠くから見ると一弾指《いちだんし》の間《かん》(11)に過ぎん。――一弾指の間に何が出来る」と道也はテーブルの上をとんと敲《たた》いた。聴衆はちょっと驚ろいた。

「政治家は一大事業をしたつもりでいる。学者も一大事業をしたつもりでいる。実業家も軍人もみんな一大事業をしたつもりでいる。したつもりでいるがそれは自分のつもりである。明治四十年の天地に首を突き込んでいるから、したつもりになるのである。――一弾指の間に何が出来る」

今度は誰も笑わなかった。

「世の中の人は云うている。明治も四十年になる、まだ沙翁《さおう》が出ない、まだゲーテが出ない。四十年を長いと思えばこそ、そんな愚痴が出る。一弾指の間に何が出る」

「もうでるぞ」と叫んだものがある。

「もうでるかも知れん。しかし今までに出ておらん事は確かである。――一言にして云えば」と句を切った。満場はしんとしている。

「明治四十年の日月は、明治開化の初期である。更に語を換えてこれを説明すれば今日の吾人は過去を有《も》たぬ開化のうちに生息している。従って吾人は過去を伝うべき為めに生れたのではない。――時は昼夜を舎《す》てず流れる。(12)過去のない時代はない。諸君誤解してはなりません。吾人は無論過去を有している。しかしその過去は老耄《ろうもう》した過去か、幼稚な過去である。則《のっ》とるに足るべき過去は何にもない。明治の四十年は先例のない四十年である(13)」

聴衆のうちにそうかなあと云う顔をしている者がある。

「先例のない社会に生れたもの程自由なものはない。余は諸君がこの先例のない社会に生れたのを深く賀するものである」

「ひや、ひや(14)」と云う声が所々に起る。

「そう早合点に賛成されては困る。先例のない社会に生れたものは、自《みず》から先例を作らねばならぬ。束縛のない自由を享《う》けるものは、既に自由の為めに束縛されている。この自由を如何《いか》に使いこなすかは諸君の権利であると同時に大なる責任である。諸君。偉大なる理想を有せざる人の自由は堕落であります」

言い切った道也先生は、両手を机の上に置いて満場を見廻した。雷が落ちた様な気《き》合《あい》である。

「個人に就て論じてもわかる。過去を顧みる人は半白《はんぱく》の老人である。少壮の人に顧みるべき過去はないはずである。前途に大なる希望を抱くものは過去を顧みて恋々《れんれん》たる必要がないのである。――吾人が今日生きている時代は少壮の時代である。過去を顧みる程に老い込んだ時代ではない。政治に伊藤《いとう》侯や山県《やまがた》侯を顧みる時代ではない。実業に渋沢《しぶさわ》男《だん》や岩崎《いわさき》男を顧みる時代ではない。……」

「大気焔《だいきえん》」と評したのは高柳君の隣りにいた薩摩絣である。高柳君はむっとした。

「文学に紅葉《こうよう》氏一葉《いちよう》氏を顧みる時代ではない。これ等の人々は諸君の先例になるが為めに生きたのではない。諸君を生む為めに生きたのである。最前の言葉を用いればこれ等の人々は未来の為めに生きたのである。子の為めに存在したのである。しかして諸君は自己の為めに存在するのである。――凡《およ》そ一時代にあって初期の人は子の為めに生きる覚悟をせねばならぬ。中期の人は自己の為めに生きる決心が出来ねばならぬ。後期の人は父の為めに生きるあきらめをつけなければならぬ。明治は四十年立った。まず初期と見て差支《さしつかえ》なかろう。すると現代の青年たる諸君は大に自己を発展して中期をかたちづくらねばならぬ。後を顧みる必要なく、前を気遣う必要もなく、ただ自我を思《おもい》のままに発展し得る地位に立つ諸君は、人生の最大愉快を極むるものである」

満場は何となくどよめき渡った。

「なぜ初期のものが先例にならん？　初期は尤《もっと》も不秩序の時代である。偶然の跋扈《ばっこ》する時代である。僥倖《ぎょうこう》の勢を得る時代である。初期の時代に於て名を揚げたるもの、家を起したるもの、財を積みたるもの、事業をなしたるものは必ずしも自己の力量に由《よ》って成功したとは云われぬ。自己の力量によらずして成功するは士の尤も恥辱とする所である。中期のものはこの点に於て遥かに初期の人々よりも幸福である。事を成すのが困難であるから幸福である。困難にもかかわらず僥倖が少ないから幸福である。困難にもかかわらず力量次第で思う所へ行ける程の余裕があり、発展の道があるから幸福である。後期に至るとかたまってしまう。ただ前代を祖述するより外《ほか》に身動きがとれぬ。身動きがとれなくなって、人間が腐った時、また波瀾《はらん》が起る。起らねば化石するより外に仕様がない。化石するのがいやだから、自から波瀾を起すのである。これを革命と云うのである。

「以上は明治の天下にあって諸君の地位を説明したのである。かかる愉快な地位に立つ諸君はこの愉快に相当する理想を養わねばならん」

道也先生はこれに於て一転語《いってんご》(15)を下した。聴衆は別にひやかす気もなくなったと見える。黙っている。

「理想は魂である。魂は形がないからわからない。ただ人の魂の、行為に発現する所を見て髣髴《ほうふつ》するに過ぎん。惜しいかな現代の青年はこれを髣髴する事が出来ん。これを過去に求めてもない、これを現代に求めては猶更《なおさら》ない。諸君は家庭に在《あ》って父母を理想とする事が出来ますか」

あるものは不平な顔をした。しかしだまっている。

「学校に在って教師を理想とする事が出来ますか」

「ノー、ノー」

「社会に在って紳士を理想とする事が出来ますか」

「ノー、ノー」

「事実上諸君は理想を以《もっ》ておらん。(16)家に在っては父母を軽蔑し、学校に在っては教師を軽蔑し、社会に出でては紳士を軽蔑している。これ等を軽蔑し得るのは見識である。しかしこれ等を軽蔑し得る為めには自己により大なる理想がなくてはならん。自己に何等の理想なくして他を軽蔑するのは堕落である。現代の青年は滔々《とうとう》として日に堕落しつつある」

聴衆は少しく色めいた。「失敬な」とつぶやくものがある。道也先生は昂然《こうぜん》として壇下を睥睨《へいげい》している。

「英国風を鼓吹《こすい》して憚《はば》からぬものがある。気の毒な事である。己《おの》れに理想のないのを明かに暴露している。日本の青年は滔々として堕落するにもかかわらず、未だ此所《ここ》までは堕落せんと思う。凡《すべ》ての理想は自己の魂である。うちより出《いで》ねばならぬ。奴隷の頭脳に雄大な理想の宿りようがない。西洋の理想に圧倒せられて眼がくらむ日本人はある程度に於て皆奴隷である。奴隷を以て甘んずるのみならず、争って奴隷たらんとするものに何等の理想が脳裏に醱酵《はっこう》し得る道理があろう。

「諸君。理想は諸君の内部から湧き出なければならぬ。諸君の学問見識が諸君の血となり肉となり遂に諸君の魂となった時に諸君の理想は出来上るのである。付焼刃《つけやきば》は何にもならない」

道也先生はひやかされるなら、ひやかして見ろと云わぬばかりに片手の拳骨をテーブルの上に乗せて、立っている。汚ない黒木棉《くろもめん》の羽織に、(17)べんべらの袴は最前程に目立たぬ。風の音がごうと鳴る。

「理想のあるものは歩くべき道を知っている。大なる理想のあるものは大なる道をあるく。迷子とは違う。どうあってもこの道をあるかねば已《や》まぬ。迷いたくても迷えんのである。魂がこちらこちらと教えるからである。

「諸君のうちには、どこまで歩くつもりだと聞くものがあるかも知れぬ。知れた事である。行ける所まで行くのが人生である。誰しも自分の寿命を知ってるものはない。自分に知れない寿命は他人には猶更わからない。医者を家業にする専門家でも人間の寿命を勘定する訳には行かぬ。自分が何歳まで生きるかは、生きたあとで始めて言うべき事である。八十歳まで生きたと云う事は八十歳まで生きた事実が証拠立ててくれねばならん。仮定《たとい》八十歳まで生きる自信があって、その自信通りになる事が明瞭であるにしても、現に生きたと云う事実がない以上は誰も信ずるものはない。従って言うべきものでない。理想の黙示を受けて行くべき道を行くのもその通りである。自己がどれ程に自己の理想を現実にし得るかは自己自身にさえ計られん。過去がこうであるから、未来もこうであろうぞと臆測するのは、今まで生きていたから、これからも生きるだろうと速断する様なものである。一種の山である。成功を目的にして人生の街頭に立つものは凡て山師である」

高柳君の隣りにいた薩摩絣は妙な顔をした。

「社会は修羅場《しゅらじょう》である。文明の社会は血を見ぬ修羅場である。四十年前の志士は生死の間《かん》に出入して維新の大業を成就した。諸君の冒《おか》すべき危険は彼等の危険より恐ろしいかも知れぬ。血を見ぬ修羅場は砲声剣光の修羅場よりも、より深刻に、より悲惨である。諸君は覚悟をせねばならぬ。勤王の志士以上の覚悟(18)をせねばならぬ。斃《たお》るる覚悟をせねばならぬ。太平の天地だと安心して、拱手《きょうしゅ》して成功を冀《こいねが》う輩は、行くべき道に躓《つまず》いて非業に死したる失敗の児《じ》よりも、人間の価値は遥かに乏しいのである。

「諸君は道を行かんが為めに、道を遮ぎるものを追わねばならん。彼等と戦うときに始めて、わが生涯の内生命《ないせいめい》に、(19)勤王の諸士が敢てしたる以上の煩悶《はんもん》と辛惨とを見出し得るのである。――今日は風が吹く。昨日も風が吹いた。この頃の天候は不穏である。しかし胸裏の不穏はこんなものではない」

道也先生は、がたつく硝子窓《ガラスまど》を通して、往来の方を見た。折から一陣の風が、会釈なく往来の砂を捲き上げて、屋の棟に突き当って、虚空を高く逃れて行った。

「諸君。諸君のどれ程に剛健なるかは、わたしには分らん。諸君自身にも知れぬ。ただ天下後世が証拠だてるのみである。理想の大道を行き尽して、途上に斃るる刹那《せつな》に、わが過去を一瞥《いちべつ》のうちに縮め得て始めて合点が行くのである。諸君は諸君の事業そのものに由って伝えられねばならぬ。単に諸君の名に由って伝えられんとするは軽薄である」

高柳君は何となく極《きま》りがわるかった。道也の輝やく眼が自分の方に注いでいる様に思《おも》われる。

「理想は人によって違う。吾々は学問をする。学問をするものの理想は何であろう」

聴衆は黙然として応ずるものがない。

「学問をするものの理想は何であろうとも――金でない事だけは慥《たし》かである」

五、六ヶ所に笑声が起る。道也先生の祐福《ゆうふく》ならぬ事はその服装を見たものの心から取《と》り除《の》けられぬ事実である。道也先生は羽織のゆきを左右の手に引っ張りながら、先ず徐《おもむ》ろにわが右の袖を見た。次に眼を転じてまた徐ろにわが左の袖を見た。黒木綿の織目のなかに砂が一杯たまっている。

「随分きたない」と落ち付き払って云った。

笑声が満場に起る。これはひやかしの笑声ではない。道也先生はひやかしの笑声を好意の笑声で揉《も》み潰《つぶ》したのである。

「先達《せんだっ》て学問を専門にする人が来て、私も妻《さい》をもろうて子が出来た。これから金を溜めねばならぬ。是非《ぜひ》共《とも》子供に立派な教育をさせるだけは今のうちに貯蓄して置かねばならん。しかしどうしたら貯蓄が出来るでしょうかと聞いた。

「どうしたら学問で金がとれるだろうと云う質問程馬鹿気た事はない。学問は学者になるものである。金になるものではない。学問をして金をとる工夫を考えるのは北極へ行って虎狩をする様なものである」

満場はまたちょっとどよめいた。

「一般の世人は労力と金の関係に就て大なる誤謬《ごびゅう》を有している。彼等は相応の学問をすれば相応の金がとれる見込のあるものだと思う。そんな条理は成立する訳がない。学問は金に遠ざかる器械である。金がほしければ金を目的にする実業家とか商買人になるがいい。学者と町人とはまるで別途の人間であって、学者が金を予期して学問をするのは、町人が学問を目的にして丁稚《でっち》に住み込む様なものである」

「そうかなあ」と突飛《とっぴ》な声を出す奴がいる。聴衆はどっと笑った。道也先生は平然として笑のしずまるのを待っている。

「だから学問のことは学者に聞かなければならん。金が欲しければ町人の所へ持って行くより外に致し方はない」

「金が欲しい」とまぜ返えす奴が出る。誰だかわからない。道也先生は「欲しいでしょう」と云ったぎり進行する。

「学問即ち物の理がわかると云う事と生活の自由即ち金があると云う事は独立して関係のないのみならず、反《かえ》って反対のものである。学者であればこそ金がないのである。金を取るから学者にはなれないのである。学者は金がない代りに物の理がわかるので、町人は理窟《りくつ》がわからないから、その代りに金を儲《もう》ける」

何か云うだろうと思って道也先生は二十秒程絶句して待っている。誰も何も云わない。

「それを心得んで金のある所には理窟もあると考えているのは愚の極《きわみ》である。しかも世間一般はそう誤認している。あの人は金持ちで世間が尊敬しているからして理窟もわかっているに違ない、カルチュアーもあるに極っていると――こう考える。ところがその実はカルチュアーを受ける暇がなければこそ金をもうける時間が出来たのである。自然は公平なもので一人の男に金ももうけさせる、同時にカルチュアーも授けると云う程贔負《ひいき》にはせんのである。この見やすき道理も弁ぜずして、かの金持ち共は己惚《うぬぼ》れて……」

「ひや、ひや」「焼くな」「しっ、しっ」大分賑《にぎ》やかになる。

「自分達は社会の上流に位して一般から尊敬されているからして、世の中に自分程理窟に通じたものはない。学者だろうが、何だろうが己《おれ》に頭をさげねばならんと思うのは憫然《びんぜん》の次第で、彼等がこんな考を起す事自身がカルチュアーのないと云う事実を証明している」

高柳君の眼は輝やいた。血が双頰《そうきょう》に上ってくる。

「訳のわからぬ彼等が己惚は到底済度《さいど》すべからざる事とするも、天下社会から、彼等の己惚を尤もだと是認するに至っては愛想の尽きた不見識と云わねばならぬ。よく云う事だが、あの男もあの位な社会上の地位にあって相応の財産も所有しておる事だから万更《まんざら》そんな訳のわからない事もなかろう。豈計《あにはか》らんやある場合には、そんな社会上の地位を得て相当の財産を有しておればこそ訳がわからないのである」

高柳君は胸の苦しみを忘れて、ひやひやと手を打った。隣の薩摩絣はえへんと嘲弄《ちょうろう》的《てき》な咳払《せきばらい》をする。

「社会上の地位は何できまると云えば――色々ある。第一カルチュアーで極る場合もある。第二門閥で極《き》まる場合もある。第三には芸能で極る場合もある。最後に金できまる場合もある。しかしてこれは尤も多い。かように色々の標準があるのを混同して、金で相場がきまった男を学問で相場がきまった男と相互に通用し得る様に考えている。ほとんど盲目《めくら》同然である」

エヘン、エヘンと云う声が散らばって五、六ヶ所に起る。高柳君は口を結んで、鼻から呼吸をはずませている。

「金で相場の極《き》まった男は金以外に融通は利《き》かぬはずである。金はある意味に於て貴重かも知れぬ。彼等はこの貴重なものを擁しているから世の尊敬を受ける。よろしい。そこまでは誰も異存はない。しかし金以外の領分に於て彼等は幅を利かし得る人間ではない、金以外の標準を以て社会上の地位を得る人の仲間入は出来ない。もしそれが出来ると云えば学者も金持ちの領分へ乗り込んで金銭本位の区域内で威張っても好《い》い訳になる。彼等はそうはさせぬ。しかし自分だけは自分の領分内に大人しくしている事を忘れて他の領分までのさばり出様《でよう》とする。それが物のわからない、好い証拠である」

　高柳君は腰を半分浮かして拍手をした。人間は真似《まね》が好《すき》である。高柳君に誘い出されて、ぱちぱちの声が四方に起る。冷笑党は勢の不可《ふか》なるを知って黙した。

「金は労力の報酬である。だから労力を余計にすれば金が余計にとれる。ここまでは世間も公平である。(否これすらも不公平な事がある。相場師などは労力なしに金を攫《つか》んでいる) しかし一歩進めて考えて見るが好い。高等な労力に高等な報酬が伴うであろうか――諸君どう思います――返事がなければ説明しなければならん。報酬なるものは眼前の利害に尤も影響の多い事情だけで極められるのである。だから今の世でも教師の報酬は小商人《こあきんど》の報酬よりも少ない(20)のである。眼前以上の遠い所高い所に労力を費やすものは、いかに将来の為めになろうとも、国家の為めになろうとも、人類の為めになろうとも報酬は愈《いよいよ》減ずるのである。だによって労力の高下では報酬の多《た》寡《か》はきまらない。金銭の分配は支配されておらん。従って金のあるものが高尚な労力をしたとは限らない。換言すれば金があるから人間が高尚だとは云えない。金を目安にして人物の価値をきめる訳には行かない」

滔々として述べて来た道也はちょっとここで切って、満場の形勢を観望した。活版に押した演説は生命がない。道也は相手次第で、どうとも変わるつもりである。満場は思ったより静かである。

「それを金があるからと云うてむやみにえらがるのは間違っている。学者と喧嘩する資格があると思ってるのも間違っている。気品のある人々に頭を下げさせるつもりでいるのも間違っている。――少しは考えても見るがいい。いくら金があっても病気の時は医者に降参しなければなるまい。金貨を煎じて飲む訳には行かない……」

あまり熱心な滑稽なので、思わず噴き出したものが三、四人ある。道也先生は気がついた。

「そうでしょう――金貨を煎じてたって下痢はとまらないでしょう。――だから御医者に頭を下げる。その代り御医者は――金に頭を下げる」

道也先生はにやにやと笑った。聴衆も大人しく笑う。

「それで好いのです。金に頭を下げて結構です――しかし金持はいけない。医者に頭を下げる事を知ってながら、趣味とか、嗜好《しこう》とか、気品とか人品とか云う事に関して、学問のある、高尚な理窟のわかった人に頭を下げることを知らん。のみならず却《かえ》って金の力で、それ等の頭をさげさせ様とする。——盲目《めくら》蛇に怖《お》じずとはよく云ったものですねえ」

と急に会話調になったのは曲折があった。

「学問のある人、訳のわかった人は金持が金の力で世間に利益を与うると同様の意味に於て、学問を以て、わけの分った所を以て社会に幸福を与えるのである。だからして立場こそ違え、彼等は到底冒《おか》し得《う》べからざる地位に確たる尻を据えているのである。

「学者がもし金銭問題にかかれば、自己の本領を棄てて他の縄張内に這入るのだから、金持ちに頭を下げるが順当であろう。同時に金以上の趣味とか文学とか人生とか社会とか云う問題に関しては金持ちの方が学者に恐れ入って来なければならん。今、学者と金持の間に葛藤が起るとする。単に金銭問題ならば学者は初手《しょて》から無能力である。しかしそれが人生問題であり、道徳問題であり、社会問題である以上は彼等金持は最初から口を開く権能のないものと覚悟をして絶対的に学者の前に服従しなければならん。岩崎は別荘を立て連らねる事に於て天下の学者を圧倒しているかも知れんが、社会、人生の問題に関しては小児と一般である。十万坪の別荘を市の東西南北に建てたから天下の学者を凹《へこ》ましたと思うのは凌雲閣《りょううんかく》(21)を作ったから仙人が恐れ入ったろうと考える様なものだ……」

聴衆は道也の勢と最後の一句の奇警なのに気を奪われて黙っている。独り高柳君がたまらなかったと見えて大きな声を出して喝采した。

「商人が金を儲ける為めに金を使うのは専門上の事で誰も容喙《ようかい》が出来ぬ。しかし商買上に使わないで人事上にその力を利用するときは、訳のわかった人に聞かねばならぬ。そうしなければ社会の悪を自ら醸造して平気でいる事がある。今の金持の金のある一部分は常にこの目的に向って使用されている。それと云うのも彼等自身が金の主であるだけで、他の徳、芸の主でないからである。学者を尊敬する事を知らんからである。いくら教えても人の云う事が理解出来んからである。災は必ず己れに帰る。彼等は是非《ぜひ》共《とも》学者文学者の云う事に耳を傾けねばならぬ時期がくる。耳を傾けねば社会上の地位が保てぬ時期がくる」

聴衆は一度にどっと鬨《とき》を揚げた。高柳君は肺病にもかかわらず尤も大なる鬨を揚げた。生れてから始めてこんな痛快な感じを得た。襟巻に半分顔を包んでから風のなかをここまで来た甲斐《かい》はあると思う。

道也先生は予言者の如く凜《りん》として壇上に立っている。吹きまくる木枯は屋《おく》を撼《うご》かして去る。

十二

「ちっとは、好《い》い方かねえ」と枕元へ坐る。

六畳の座敷は、畳がほけて、とんと打ったら夜でも埃《ほこ》りが見えそうだ。宮島産《みやじまさん》の丸盆(1)に薬瓶《くすりびん》と験温器が一所に乗っている。高柳《たかやなぎ》君は演説を聞いて帰ってから、とうとう喀血《かっけつ》してしまった。

「今日は大分いい」と床の上に起き返って後《うしろ》から掻巻《かいまき》を脊《せ》の半分までかけている。

中野《なかの》君は大島紬《おおしまつむぎ》の袂《たもと》から魯西亜皮《ロシアがわ》の巻莨入《まきたばこいれ》を出しかけたが、

「うん、烟草《たばこ》を飲んじゃ、わるかったね」とまた袂のなかへ落す。

「なに構わない。どうせ烟草位で癒《なお》りゃしないんだから」と憮然《ぶぜん》としている。

「そうでないよ。初《はじめ》が肝心だ。今のうち養生しないといけない。昨日医者へ行って聞いて見たが、なに心配する程の事もない。来たかい医者は」

「今朝《けさ》来た。暖《あった》かにしていろと云った」

「うん。暖かにしているがいい。この室《へや》は少し寒いねえ」と中野君は侘《わび》し気《げ》に四方《あたり》を見廻した。

「あの障子なんか、宿の下女にでも張らしたらよかろう。風が這入《はい》って寒いだろう」

「障子だけ張ったって……」

「転地でもしたらどうだい」

「医者もそう云うんだが」

「それじゃ、行くがいい。今朝そう云ったのかね」

「うん」

「それから君は何と答えた」

「何と答えるったって、別に答え様《よう》もないから……」

「行けばいいじゃないか」

「行けばいいだろうが、ただはいかれない」

高柳君は元気のない顔をして、自分の膝頭《ひざがしら》へ眼を落した。瓦斯双子《ガスふたこ》(2)の端から鼠色のフラネルが二寸ばかり食み出《はだ》している。寸法も取らず別々に仕立てたものだろう。

「それは心配する事はない。僕がどうかする」

高柳君は潤《うるおい》のない眼を膝から移して、中野君の幸福な顔を見た。この顔次第で返答はきまる。

「僕がどうかするよ。何だって、そんな眼をして見るんだ」

高柳君は自分の心が自分の両眼から、外を覗《のぞ》いていたのだなと急に気が付いた。

「君に金を借りるのか」

「借りないでもいいさ……」

「貰うのか」

「どうでもいいさ。そんな事を気に掛ける必要はない」

「借りるのはいやだ」

「じゃ借りなくってもいいさ」

「しかし貰う訳には行かない」

「むずかしい男だね。何だってそんなに八ヶ釜《やかま》しくいうのだい。学校にいる時分は、よく君の方から金を借せ《か》の、西洋料理を奢《おご》れのとせびったじゃないか」

「学校にいた時分は病気なんぞありゃしなかったよ」

「平生《ふだん》ですら、そうなら病気の時は猶更《なおさら》だ。病気の時に友達が世話をするのは、誰から云ったって可笑《おか》しくはないはずだ」

「そりゃ世話をする方から云えばそうだろう」

「じゃ君は何か僕に対して不平な事でもあるのかい」

「不平はないさ難有《ありがた》いと思ってる位だ」

「それじゃ心快《こころよ》く僕の云う事を聞いてくれてもよかろう。自分で不愉快の眼鏡を掛けて世の中を見て、見られる僕等までを不愉快にする必要はないじゃないか」

高柳君はしばらく返事をしない。成程《なるほど》自分は世の中を不愉快にする為《た》めに生きてるのかも知れない。どこへ出ても好かれた事がない。どうせ死ぬのだから、なまじい人の情を恩に着るのは反《かえ》って心苦しい。世の中を不愉快にする位な人間ならば、中野一人を愉快にしてやったって五十歩百歩だ。世の中を不愉快にする位な人間なら、また一日も早く死ぬ方がましである。

「君の親切を無にしては気の毒だが僕は転地なんか、したくないんだから勘弁してくれ」

「またそんなわからずやを云う。こう云う病気は初期が大切だよ。時期を失すると取り返しが付かないぜ」

「もう、とうに取り返しが付かないんだ」と山の上から飛び下りた様な事を云う。

「それが病気だよ。病気の所為《せい》でそう悲観するんだ」

「悲観するって希望のないものは悲観するのは当り前だ。君は必要がないから悲観しないのだ」

「困った男だなあ」としばらく匙《さじ》を投げて、すいと起《た》って障子をあける。例の梧桐《ごとう》が坊主の枝を真直《まっすぐ》に空に向って曝《さら》している。

「淋しい庭だなあ。桐が裸で立っている」

「この間まで葉が着いてたんだが、早いものだ。裸の桐に月がさすのを見た事があるかい。凄い景色だ」

「そうだろう。——しかし寒いのに夜《よ》る起きるのはよくないぜ。僕は冬の月は嫌《きらい》だ。月は夏がいい。夏のいい月夜に屋根舟に乗って、隅田川から綾瀬《あやせ》(3)の方へ漕がして行って銀扇《ぎんせん》(4)を水に流して遊んだら面白いだろう」

「気楽云ってらあ。銀扇を流すたどうするんだい」

「銀泥《ぎんでい》を置いた扇を何本も舟へ乗せて、月に向って投げるのさ。きらきらして奇麗《きれい》だろう」

「君の発明かい」

「昔しの通人はそんな風流をして遊んだそうだ」

「贅沢な奴等だ」

「君の机の上に原稿があるね。やっぱり地理学教授法か」

「地理学教授法はやめたさ。病気になって、あんな詰《つま》らんものがやれるものか」

「じゃ何だい」

「久しく書きかけて、それなりにして置いたものだ」

「あの小説か。君の一代の傑作か。愈《いよいよ》完成するつもりなのかい」

「病気になると、猶《なお》遣りたくなる。今まではひまになったらと思ってたが、もうそれまで待っちゃいられない。死ぬ前に是非《ぜひ》書き上げないと気が済まない」

「死ぬ前は過激な言葉だ。書くのは賛成だが、あまり凝《こ》ると却《かえ》って身体《からだ》がわるくなる」

「わるくなっても書けりゃいいが、書けないから残念でたまらない。昨夜《ゆうべ》は続きを三十枚かいた夢を見た」

「余《よ》っ程《ぽど》書きたいのだと見えるね」

「書きたいさ。これでも書かなくっちゃ何の為めに生れて来たのかわからない。それが書けないと極《きま》った以上は穀潰《ごくつぶ》し同然ださ。だから君の厄介にまでなって、転地するがものはないんだ」

「それで転地するのがいやなのか」

「まあ、そうさ」

「そうか、それじゃ分った。うん、そう云うつもりなのか」と中野君はしばらく考えていたが、やがて

「それじゃ、君は無意味に人の世話になるのが厭《いや》なんだろうから、そこの所を有意味にしようじゃないか」と云う。

「どうするんだ」

「君の目下の目的は、かねて腹案のある述作を完成しようと云うのだろう。だからそれを条件にして僕が転地の費用を担任しようじゃないか。逗子《ずし》でも鎌倉《かまくら》でも、熱海《あたみ》でも(5)君の好《すき》な所へ往《い》って、呑気《のんき》に養生する。ただ人の金を使って呑気に養生するだけでは心が済まない。だから療養かたがた気が向いた時に続きをかくさ。そうして身体がよくなって、作が出来上ったら帰ってくる。僕は費用を担任した代りに君に一大傑作を世間へ出して貰う。どうだい。それなら僕の主意も立ち、君の望も叶う。一挙両得じゃないか」

高柳君は膝頭を見詰めて考えていた。

「僕が君の所へ、僕の作を持って行けば、僕の君に対する責任は済む訳なんだね」

「そうさ。同時に君が天下に対する責任の一分が済む様になるのさ」

「じゃ、金を貰おう。貰いっ放しに死んでしまうかも知れないが——いいや、まあ、死ぬまで書いて見様《みよう》——死ぬまで書いたら書けない事もなかろう」

「死ぬまでかいちゃ大変だ。暖かい相州《そうしゅう》辺へ行って気を楽にして、時々一頁二頁ずつ書く――僕の条件に期限はないんだぜ、君」

「うん、よしきっと書いて持って行く。君の金を使って茫然《ぼうぜん》としていちゃ済まない」

「そんな済むの済まないのと考えてちゃいけない」

「うん、よし分った。ともかくも転地しよう。明日から行こう」

「大分早いな。早い方がいいだろう。いくら早くっても構わない。用意はちゃんと出来てるんだから」と懐中から七子《ななこ》(6)の三折《みつお》れの紙入を出して、中から一束の紙幣をつかみ出す。

「ここに百円ある。あとはまた送る。これだけあったら当分はいいだろう」

「そんなに入《い》るものか」

「なにこれだけ持って行くがいい。実はこれは妻《さい》の発議だよ。妻の好意だと思って持って行ってくれ玉え」

「それじゃ、百円だけ持って行くか」

「持って行くがいいとも。折角《せっかく》包んで来たんだから」

「じゃ、置いて行ってくれ玉え」

「そこでと。じゃ明日立つね。場所か？　場所はどこでもいいさ。君の気の向いた所がよかろう。向《むこう》へ着いてからちょっと手紙を出してくれればいいよ。――護送する程の大病人でもないから僕は停車場《ステーション》へも行かないよ。――外《ほか》に用はなかったかな。――なに少し急ぐんだ。実は今日は妻を連れて親類へ行く約束があるんで、待ってるから、僕は失敬しなくっちゃならない」

「そうか、もう帰るか。それじゃ奥さんによろしく」

中野君は欣然《きんぜん》として帰って行く。高柳君は立って、着物を着換えた。

百円の金は聞いた事がある。見たのはこれが始めてである。使うのは勿論《もちろん》の事始めてである。かねてから自分を代表する程の作物《さくぶつ》を何か書いて見たいと思うていた。生活難の合間合間に一頁二頁と筆を執った事はあるが、興が催すと、すぐ已《や》めねばならぬ程、饑《うえ》は寒《さむさ》は容赦なくわれを追うてくる。この容子《ようす》では当分仕事らしい仕事は出来そうもない。ただ地理学教授法を訳して露命を繋いでいる様では馬車馬が秣《まぐさ》を食って終日馳《か》けあるくと変りはなさそうだ。おれにはおれがある。このおれを出さないでぶらぶらと死んでしまうのは勿体《もったい》ない。のみならず親の手前世間の手前面目ない。人から土偶《でく》の様にうとまれるのも、このおれを出す機会がなくて、鈍根《どんこん》にさえ立派に出来る翻訳の下働きなどで日を暮らしているからである。どうしても無念だ。石に噛《か》み付いてもと思う矢先に道也《どうや》の演説を聞いて床に就いた。医者は大胆にも結核の初期だと云う。愈結核なら、とても助からない。命のあるうちにとまた旧稿に向って見たが、絢《よ》る縄は遅く、逃げる泥棒は早い。何一つ見やげ(7)も置かないで、消えて行くかと思うと、熱さえ余計に出る。これ一つ纏《まと》めれば死んでも言訳は立つ。立つ言訳を作るには手当もしなければならん。今の百円は他日の万金よりも貴い。

　百円を懐《ふところ》にして室のなかを二度三度廻る。気分も爽《さわや》かに胸も涼しい。忽《たちま》ち思い切った様に帽を取って師走の市に飛び出した。黄昏《たそがれ》の神楽坂《かぐらざか》を上ると、もう五時に近い。気の早い店では、はや瓦斯《ガス》を点じている。

　毘沙門《びしゃもん》(8)の提灯《ちょうちん》は年内に張《は》り易《か》えぬつもりか、色が褪《さ》めて暗いなかで揺れている。門前の屋台で職人が手拭を半襷《はんだすき》にとって、しきりに寿司を握っている。露店の三馬《さんま》は光る程に色が寒い。黒足袋を往来へ並べて、頬被《ほおかぶ》りに懐手《ふところで》をしたのがある。あれでも足袋は売れるかしらん。今川焼は一銭に三つで婆さんの自製にかかる。六銭五厘の万年《まんねん》筆《ふで》は安過ぎる(9)と思う。

　世は様々だ、今ここを通っているおれは、翌《あす》の朝になると、もう五、六十里先へ飛んで行く。とは寿司屋の職人も今川焼の婆さんも夢にも知るまい。それから、この百円を使い切ると金の代りに金より貴いあるものを懐にしてまた東京へ帰って来る。とも誰も思うものはあるまい。世は様々である。

　道也先生に逢って、実はこれこれだと云ったら先生はそうかと微笑するだろう。あす立ちますと云ったら或《あるい》は驚ろくだろう。一世一代の作を仕上げてかえるつもりだと云ったらさぞ喜ぶであろう。――空想は空想の子である。尤《もっと》も繁殖力に富むものを脳裏に植え付けた高柳君は、病の身にある事を忘れて、いつの間にか先生の門口に立った。誰か来客の様であるが、折角来たものをとわざと遠慮を抜いて「頼む」と声をかけて見た。「どなた」と奥から云うのは先生自身である。

「私です。高柳……」

「はあ、御這入り」と云ったなり、出てくる景色もない。

高柳君は玄関から客間へ通る。推察の通り先客がいた。市楽《いちらく》(10)の羽織に、くすんだ縞ものを着て、帯の紋博多《もんはかた》(11)だけがいちじるしく眼立つ。額の狭い頬骨の高い、鈍栗眼《どんぐりまなこ》である。高柳君は先生に挨拶を済ました、あとで鈍栗に黙礼をした。

「どうしました。大分遅く来ましたね。何か用でも……」

「いいえ、ちょっと――実は御暇乞《おいとまごい》に上がりました」

「御暇乞? 田舎の中学へでも赴任するんですか」

間《あい》の襖《ふすま》をあけて、細君が茶を持って出る。高柳君と御辞儀の交換をして居間へ退く。

「いいえ、少し転地しようかと思いまして」

「それじゃ身体《からだ》でも悪いんですね」

「大した事もなかろうと思いますが、段々勧める人もありますから」

「うん。わるけりゃ、行くがいいですとも。何時《いつ》？　あした？　そうですか。それじゃまあ緩《ゆっ》くり話し給え。――今ちょっと用談を済ましてしまうから」と道也先生はまた鈍栗の方へ向いた。

「それで、どうも御気の毒だが――今申す通りの事情だから、少し待ってくれませんか」

「それは待って上げたいのです。しかし私の方の都合もありまして」

「だから利子を上げればいいでしょう。利子だけ取って元金は春まで猶予《ゆうよ》してくれませんか」

「利子は今までで滞りなく頂戴しておりますから、利子さえ取れれば好い金なら、いつまででも御用立てて置きたいのですが……」

「そうは行かんでしょうか」

「折角の御頼《おたのみ》だから、出来れば、そうしたいのですが……」

「行けませんか」

「どうも洵《まこと》に御気の毒で……」

「どうしても、行かんですか」

「どうあっても百円だけ拵《こしら》えて頂かなくっちゃならんので」

「今夜中にですか」

「ええ、まあ、そうですな。昨日が期限でしたね」

「期限の切れたのは知ってるです。それを忘れる様な僕じゃない。だから色々奔走して見たんだが、どうも出来ないから、わざわざ君の所へ使をあげたのです」

「ええ、御手紙は慥《たし》かに拝見しました。何か御著述があるそうで、それを本屋の方へ御売渡しになるまで延期の御申込でした」

「左様《さよう》」

「ところがですて、この金の性質がですて――ただ利子を生ませる目的でないものですから――実は年末には是非入用だがと念を押して御兄《おあに》いさんに伺った位なのです。ところが御兄さんが、いやそりゃ大丈夫、ほかのものなら知らないが、弟に限って決して、そんな不都合はない。受合う。と仰《おっ》しゃるものですから、それで私も安心して御用立て申したので――今になって御違約では甚《はなは》だ迷惑します」

道也先生は黙然としている。鈍栗は烟草をすぱすぱ呑む。

「先生」と高柳君が突然横合から口を出した。

「ええ」と道也先生は、こっちを向く。別段赤面した様子も見えない。赤面する位なら用談中と云って面会を謝絶するはずである。

「御話し中甚だ失礼ですが。ちょっと伺っても、よう御座《ござ》いましょうか」

「ええいいです。何ですか」

「先生は今御著作をなさったと承わりましたが、失礼ですが、その原稿を見せて頂く訳には行きますまいか」

「見るなら御覧、待ってるうち、読むのですか」

高柳君は黙っている。道也先生は立って、床の間に積みかさねた書籍の間から、厚さ三寸程の原稿を取り出して、青年に渡しながら

「見て御覧」と渡す。表紙には人格論と楷書《かいしょ》でかいてある。

「難有《ありがと》う」と両手に受けた青年は、しばしこの人格論の三字をしけしげと眺めていたが、やがて眼を挙げて鈍栗の方を見た。

「君、この原稿を百円に買って上げませんか」

「エヘヘヘへ。私は本屋じゃありません」

「じゃ買わないですね」

「エヘヘヘ御冗談を」

「先生」

「何ですか」

「この原稿を百円で私に譲って下さい」

「その原稿？……」

「安過ぎるでしょう。何万円だって安過ぎるのは知っています。しかし私は先生の弟子だから百円に負けて譲って下さい」

道也先生は茫然として青年の顔を見守っている。

「是非譲って下さい。――金はあるんです。――ちゃんとここに持っています。――百円ちゃんとあります」

高柳君は懐から受取ったままの金包を取り出して、二人の間に置いた。

「君、そんな金を僕が君から……」と道也先生は押し返そうとする。

「いいえ、いいんです。好《い》いから取って下さい。――いや間違ったんです。是非この原稿を譲って下さい。――先生私はあなたの、弟子です。――越後《えちご》の高岡(12)で先生をいじめて追い出した弟子の一人です。――だから譲って下さい」

愕然《がくぜん》たる道也先生を残して、高柳君は暗き夜の中に紛れ去った。彼は自己を代表すべき作物を転地先よりもたらし帰る代りに、より偉大なる人格論を懐にして、これをわが友中野君に致し、中野君とその細君の好意に酬《むく》いんとするのである。

注

二百十日

〈一〉

（1）**圭さん**　明治三十九（一九〇六）年十月九日付高浜虚子宛書簡（『漱石全集』第二十二巻）で、『二百十日』の登場人物について、「圭さんは呑気にして頑固なるもの。碌さんは陽気にして、どうでも構わないもの。面倒になると降参して仕舞うので、其《その》降参に愛嬌があるのです。圭さんは鷹揚でしかも堅くとって自説を変じない所が面白い余裕のある逼《せま》らない慷慨家です。あんな人間をかくともっと逼った窮窟なものが出来る。又碌さんの様なものをかく〔と〕もっと軽薄な才子が出来る。所が二百十日のはわざと其弊を脱してしかも活動する人間の様に出来てるから愉快なのである。（中略）僕思うに圭さんは現代に必要な人間である。今の青年は皆圭さんを見習うがよろしい。然《しか》らずんば碌さん程悟るがよろしい」と述べている。

（2）**町**　漱石は明治三十二年九月の初め、山川信次郎と阿蘇山に登った。その経験がこの作品の素材となっている。明治三十二年九月五日付で漱石が正岡子規に送った俳句（『漱石全集』第十七巻）の中に、戸下《とした》と内牧《うちのまき》の両温泉をはじめ、阿蘇を詠んだ句が多数記されている。

(3)**碌さん**　注一(1)参照。

(4)**単衣の襟をかき合せて**　戸下温泉での句に「重ぬべき単衣も持たず肌寒し」がある。注一(2)参照。

(5)**豆腐屋**　漱石が実家(現、東京都新宿区喜久井町)を回想した文章として『硝子戸の中』(大正四(一九一五)年)十九に「どんな田舎へ行ってもありがちな豆腐屋は無論あった。その豆腐屋には油の臭《におい》の染み込んだ縄暖簾《なわのれん》がかかっていて門口を流れる下水の水が京都へでも行ったように綺麗だった」とある。

(6)**寒磬寺**　『硝子戸の中』の前掲文(前注)に続いて「その豆腐屋について曲ると半町ほど先に西閑寺《せいかんじ》という寺の門が小高く見えた」とある。西閑寺は正しくは誓閑寺。浄土宗の寺。

(7)**かんかんと**　『硝子戸の中』の前掲文(前注)の後に、「ことに霧の多い秋から木枯の吹く冬へ掛けて、カンカンと鳴る西閑寺の鉦の音は、何時《いつ》でも私の心に悲しくて冷たい或物を叩き込むように小さい私の気分を寒くした」とある。

(8)**海老の様になる**　七六頁に「海老の様に腰を曲げて」ともある。『門』(明治四十三年)一には「夫はどういう了見か両膝を曲げて海老のように窮屈になっている」とある。『坑夫』(明治四十一年)七十三にも同様の例がある。

(9)**腰障子**　障子の下のほうが板張りや襖になっているもの。

(10)**吉原揚**　豆腐の水気を切り、小麦粉をまぶして植物油で揚げたもの。吉原では、丸型に抜いたものを遊客の朝食に供したという。

(11)**かあんかあんと澄み切った空の底に響き渡る**　明治四十三年作の俳句(『漱石全集』第十七巻)に「秋の江に打ち込む杭の響かな」「秋の空浅黄に澄めり杉に斧」がある。

(12)**華族とか**　明治二年に、公卿と諸侯とを統一して華族と称することが決定された。十七年の華族令で「公・侯・伯・子・男」の序列がきまった。華族制度の設定時から、「無為徒食」という批判があり、また、日露戦争中には「旧華族の安逸を憤る」という見出しの新聞記事もある。

(13)**慷慨**　社会の不義や不正を憤って嘆くこと。時代の転回期であるこの時期に多用された言葉。

(14)**粗忽で人の足を蹈んだら…**　明治三十八、九年頃の「断片三三」(『漱石全集』第十九巻)に、「昔ハ誤ッテ人ノ足ヲ踏ンダト云ッテ謝罪シタ世ナリ。／今ハ故意ニ人ノ頭ヲ打ッテ其上恐レ入ラセル世ナリ」とある。

〈二〉

(1)**飛び込んじゃ困るぜ**　『東京朝日新聞』明治三十九年六月二十九日付に「●又々阿蘇山噴火坑投身?」という記事があった。浅間山の噴火口に飛び込み自殺をした者があることもよく知られていた。

(2)**阿蘇神社**　熊本県阿蘇市一の宮町宮地にある。十二柱の神を祭るので十二明神という。

(3)**草双紙**　江戸で出版された、絵を中心とした仮名書きの本。毎丁必ず大きく絵を入れてあり、その余白に小さい字で地の文や会話が書き込まれている。

(4)**海賊の張本毛剃九右衛門**　毛剃九右衛門は近松門左衛門の浄瑠璃『博多小女郎波枕《はかたこじょろうなみまくら》』(享保三(一七一八)年)に出てくる人物で、長崎生れの海賊。初めは貿易商人だと称していた。

(5)伊賀の水月　次注荒木又右衛門の伊賀越の仇討を扱った実録または講談の題名。
(6)荒木又右衛門　慶長四(一五九九)―寛永十五(一六三八)年。江戸初期の柳生流の剣客。大和郡山藩の剣術師範を務めたが、寛永十一年妻の弟渡辺数馬を助けて仇河合又五郎を討った。伊賀越の仇討として広く知られる。
(7)落ち行く先きは九州相良　伊賀越の仇討を扱った浄瑠璃『伊賀越道中双六《いがごえどうちゅうすごろく》』(天明三(一七八三)年、近松半二・近松加作共作)の第六「沼津の段」に「股五郎が落ち付く先は九州相良」とある。歌舞伎では「落ち行く」という。
(8)意志が薄弱　明治三十六年五月、華厳の滝に飛び込んで自殺した藤村操が残した「煩悶」という言葉について、空想に耽ることや意志の薄弱が原因とする議論が雑誌などで見られた。

〈三〉

(1)恵比寿　日本麦酒醸造会社(明治二十年創立)で醸造されたビールの商品名。明治二十三年三月に発売。発売元は恵比寿ビール商会。商標に恵比寿のマークがつかわれた。
(2)ちょっきり結び　チョコンと無雑作に結んだ帯(『明治東京風俗語事典』昭和三十二(一九五七)年)。ここではその結び方。
(3)単純でいい女だ　『彼岸過迄』(明治四十五年)「須永の話」二十六・二十九では、主人公須永は「簡略に出来上っているとしか僕には受取れな」いという、お手伝いの作に心の「安慰を得」る。
(4)尤も崇高なる天地間の活力現象　阿蘇の噴火の光景について国木田独歩『忘れえぬ人々』(明

治三十一年)にも同様の記述がある。

(5)**火の柱**　『夢十夜』(明治四十一年)「第五夜」に「馬はこの明るいものを目懸《めがけ》て闇の中を飛んで来る。鼻から火の柱のような息を二本出して飛んで来る」とある。

〈四〉

(1)**天誅組**　文久二(一八六二)年、土佐の若い庄屋吉村寅太郎らが脱藩、翌年八月中山忠光を奉じて天誅組を組織、大和五条の代官所を襲って倒幕運動の先駆となった。以後、天誅(天にかわって誅罰すること)という言葉は流行語となり、『坊っちゃん』(明治三十九年)十一にもある。

(2)**筑波山へ立て籠る**　筑波山に籠ったのは元治元(一八六四)年の武田耕雲斎らの天狗党の乱。天誅組が籠ったのは大和十津川郷。

(3)**桀紂**　中国の夏の桀王《けつおう》と殷《いん》の紂王《ちゅうおう》のこと。ともに暴君で知られる。

(4)**ももんがあ**　むささびに似た獣。尾の生えているものや毛深いものを嫌っていう語。

(5)**繻子**　絹織物の一種で表面に縦か横の糸を浮かせたもの。滑らかである。

(6)**蠕動**　体をくねらせる動き。

(7)**ジッキンス**　ディケンズ Dickens, Charles(一八一二—七〇年)。十九世紀イギリスを代表する小説家。下層社会を描くことが多く、性格描写に優れる。『デイヴィッド・コッパフィールド』(一八四九—五〇年)『オリヴァー・トゥイスト』(一八三七—三九年)などの小説がある。漱石の初期の小説などとのかかわりが指摘されている。明治三十九年頃までに十作品ほど訳されているが、次注の『二都物語』は当時まだ訳されていなかったようである。

(8)**両都物語り**　『二都物語』*A Tale of Two Cities*(一八五九年)。フランス革命を舞台とした小説。民衆の権力者や富裕な者への苛酷なまでの復讐心と、人妻への愛に殉じる男の物語を描いている。東北大学・漱石文庫の漱石蔵書本には少なからざる書込みがみられる。

(9)**貧民に同情が薄い**　『明暗』(大正五年)三十五に「小林の語気は、貧民の弁護というよりもむしろ自家《じか》の弁護らしく聞こえた」とある。

(10)**御医者さんの獄中でかいた日記**　注四(8)『二都物語』第三巻十章、アレクサンドル・マネットが革命前にバスティーユの独房に捕らえられていたときに認めた手記。

(11)**煢々として**　孤独な様子。『春秋左氏伝』哀公十六年に「煢煢として余疚《やまい》に在り」とある。

(12)**新しい噴火口**　『東京朝日新聞』明治三十九年六月十七日の記事に「去《さる》七日午後阿蘇山大《おおい》に鳴動し旧噴火口を距《さ》る三町の地に径九尺の新噴火口を現出し(中略)」とある。

(13)**卍に吹きすさむ**　芥川龍之介の『地獄変』(大正七年)に「一面の紅蓮大紅蓮《ぐれんだいぐれん》の猛火」が「渦を巻」き、「まるで卍《まんじ》のように、墨を飛ばした黒煙と金粉を煽《あお》った火の粉とが、舞い狂っている」とあり、泉鏡花の『縷紅新草』(昭和十四年)には、「数限りもない赤蜻蛉《あかとんぼ》」が「行違《ゆきち》がったり、卍《まんじ》に舞乱れたりするんじゃあない、(中略)おなじ方向を真北へさして」飛ぶとある。激しい嵐が方向を定めずに吹き乱れる様子を表現している。

(14)**兵児帯**　男性のしごき帯。薩摩の兵児(青年の男子)が使っていたことからくる名。書生が愛用したが、幅広い階層に使われた。『吾輩は猫である』(明治三十八―三十九年)の主人も「縮緬《ちりめん》の兵古帯」を用いている。

(15)**長いのが天竺から**　『諺語《げんご》大辞典』(明治四十三年)に「天竺カラ褌」は「長きことの喩。天カラ褌ともいう」とある。

(16)**毛繻子張り八間の蝙蝠**　繻子を張った八本の骨の傘。繻子は注四(5)参照。

(17)**鳴海絞り**　有松絞り。木綿の絞り染めで、浴衣、手ぬぐい、兵児帯などの生地に用いられた。

〈五〉

(1)**馬車宿**　明治三十二年の俳句(『漱石全集』第十七巻)に、「立野《たての》といふ所にて馬車宿に泊る」と前書きして、「語り出す祭文は何宵の秋」とある。

(2)**主義に済まない**　社会主義、個人主義、自然主義など主義という言葉が盛んに使われ、それに対して熱心、冷淡、反発といった反応が小栗風葉『青春』(明治三十八—三十九年)などの小説にも見られる。

野分

〈一〉

(1)**飄然と**　ぶらりとして。『吾輩は猫である』(明治三十八(一九〇五)—三十九年)四には「迷亭先生例の如く勝手口から飄然と春風に乗じて舞い込んで来る」とある。

(2)**流すとは門附に用いる言葉**　門附は人家の門口に立って音曲などを奏すること、またその人。

(3)**徂徠**　行ったり来たりすること。

(4)**作者といえども**　漱石の主要な作品で、作品中に「作者」が登場するものに『薤露行《かいろこう》』(明治三十八年)や『虞美人草』(明治四十年)がある。
(5)**鴻雁の北に去り乙鳥の南に来る**　春に雁が北へかえって夏になると燕が南からくる。
(6)**越後は石油の名所**　新潟県は明治二十年代から大正期にかけて三油田が開発され、生産額全国一を誇っていた。日本石油と宝田石油が覇を競っていた。
(7)**金力と品性**　『吾輩は猫である』以来、金満家への批判は強い(出原隆俊解説参照)。明治三十四年の「断片八」(『漱石全集』第十九巻)に「其《その》金あるものの多数は無学無智野鄙なる事」とある。
(8)**黄白**　黄金と白銀。金銭のことを指す。
(9)**白銅**　白銅貨幣の略。ニッケルと銅の合金で鋳造したもので、明治二十一年に補助貨幣の五銭ができ、後に十銭も造られた。
(10)**存在の権利**　『それから』(明治四十二年)十に、「相互が疑い合うときの苦しみを解脱するために、神は始めて存在の権利を有するものと解釈していた」とある。
(11)**タルド**　Tarde, Jean Gabriel(一八四三―一九〇四年). フランスの社会学者。『模倣の法則』(一八九〇年)などがある。その「社会は模倣なり」の言葉は、ある学者の言として『文学論』(『漱石全集』第十四巻)や談話「滑稽文学」(『漱石全集』第二十五巻)でも紹介されている。
(12)**大学教授に転任しても**　『吾輩は猫である』三に「元来ここの主人は博士とか大学教授とかいうと非常に恐縮する男であるが」と猫がからかう言葉がある。

(13)**人格の修養**　「人格」は personality の訳語。井上哲次郎の造語であるという(広田栄太郎『近代訳語考』昭和四十四(一九六九)年)。明治三十九年以降、人格論関係の図書が続々と発表され、『野分』発表前の『実業之日本』臨時増刊号(明治三十九年十月)には「人格の修養」という特集があった(日比嘉高氏による)。また、「人格」の陶冶は中学校教育で重視された(十川信介氏による)。

(14)**芸を售って口を糊する**　芸を売って業とする意。樋口一葉『よもぎうにっ記』(明治二十五年)にそれを恥じる記述がある。

(15)**夏の日の南軒に…**　明るいところでどんなに詳しく調べても。「南軒」は南向きの軒。

(16)**製艦費を献納**　このことが話題になったのは、明治二十六年二月十日、海軍拡張のため、文武官の俸給十分の一を献納すべしとの詔勅が発布された時のこと。

(17)**正しき人は神の造れる凡てのうちにて…**　イギリスの詩人ポープ Pope, Alexander(一六八八―一七四四年)の *Essay on Man* 中の、'An honest man's the noblest work of God' が該当する。『文学論』(『漱石全集』第十四巻)第二編第三章にこの原文が引用されている。

(18)**去るを**　それなのに。この表記を漱石は『自転車日記』(明治三十六年)でも使っているが、通例「さるを」で「去」などの漢字をあてる例は見当たらない。「されば」「されども」に漢字をあてる場合は、「然」を使うのが一般的。

(19)**教師ももうやらぬと…**　『それから』八には、「教師は厭《いや》だから文学を職業とするといい出して(中略)窮々《きゅうきゅう》いって原稿生活を持続している」男が登場する。

(20)**苧殻**　麻の皮を剥いだ茎。盂蘭盆《うらぼん》のかざりに用い、迎え火、送り火などに焚く。あさがら。

(21)**折れべき**　通常「折れるべき」とあるところだが、このような「べし」の接続の形は中世・近世に見られ、明治の東京語にも残っていたと思われる。北村透谷「熱意」(明治二十六年)、永井荷風『腕くらべ』(大正五―六年)にも同様の例がある。岡島昭浩氏の御教示。『こころ』(大正三(一九一四)年)中「両親と私」十六にも「並の状袋に入れられべき分量」とあり、『行人』(大正元―二年)にも例がある。

(22)**芝琴平町**　現在の東京都港区虎ノ門一丁目にあたる。

(23)**もう田舎へは行かない**　『坊っちゃん』(明治三十九年)十一に「おれも余り嬉しかったから、もう田舎へは行かない、東京で清とうちを持つんだといった」とある。

〈二〉

(1)**ロハ台**　公園などのベンチを指す。漢字の「只」を分解すると、「ロハ」となり、無料ということ。

(2)**日比谷**　日比谷公園。明治三十六年六月一日に麹町区(現、東京都千代田区)日比谷に開園した初の洋風大公園。

(3)**公園の真中の西洋料理屋**　明治三十六年創業の松本楼のことであろう。現在も日比谷公園内にある。

(4)**敷島**　煙草専売局から明治三十七年に発売された紙巻き煙草。「敷島」八銭、「大和」七銭、「朝日」六銭、「山桜」五銭の値段であった。

(5)**樽麦酒**　『模範英和辞典』(明治四十四年)に、「Draft-beer」の訳として「樽びーる、生《き》びーる」とある。
(6)**札幌麦酒**　北海道開拓使の官営事業として興された札幌麦酒醸造場を引継いだ札幌麦酒株式会社を指す。
(7)**奔命に疲れちゃ**　主君の命により奔走すること。転じて、忙しく立ち回ること。
(8)**ビステキ**　beefsteak の音訳。ビフテキ。一二二頁では「ビステッキ」。ぜいたくな食べ物であることを示す例として国木田独歩『牛肉と馬鈴薯』(明治三十四年)がある。
(9)**厭世家**　北村透谷の「厭世詩家と女性」(明治二十五年)があるように、明治二十五年頃、青年をめぐって「厭世」が話題になった。小栗風葉『青春』(明治三十八―三十九年)では、自意識しかないとする青年が「煩悶の極が失望！　厭世！」と言う。
(10)**卒然と交を訂して**　急に交際をするようになって。
(11)**大島の表と秩父の裏**　鹿児島県の奄美大島特産の大島紬と、埼玉県の秩父地方特産の秩父絹とが表地と裏地として近く接している様子をいう。一一一頁に「鹿児島県と崎玉県」と受けられている。
(12)**暗い所に淋しく住んでいる人間である**　『虞美人草』四に「小野さんは暗い所に生れた」とある。
(13)**崎玉**　埼玉。古くは「さきたま」と呼ばれ「前玉」「埼玉」などと表記された。『易林本節用集』(慶長二(一五九七)年)には「崎玉《サイダマ》」と表記されている。

(14)**高い山から谷底を見下ろした様に云う**　「高い山から谷底見れば瓜や茄子の花盛り」という俗謡(「高い山から」)を踏まえた表現。

(15)**くさくさする**　鬱屈した気持ちになる。くしゃくしゃする。二〇八頁では「草々する」と表記されている。

(16)**まるで版行におした様な事**　版行は文字や絵を版木に彫って刷り、発行すること。安月給の勤めに疲れてしまった男が「遅刻届は活版摺にしてお置きなすったら、奈何《いかが》です」と言われる例(島崎藤村『並木』明治四十年)がある。

(17)**競進会**　共進会。小規模ながら農畜産物、絵画工芸品など限定された物品を陳列する催し。出品物に対する審査、評価が重要であった。品評会。ここでは、同類のものの集まりの比喩。

(18)**筆耕**　一般に文筆で生計を立てることだが、ここでは、文学による自己の表現ではなく、写字や清書に類している、ということ。

(19)**六十円ばかり取れる口**　『三四郎』(明治四十一年)三には「聞く所によると、あれだけの学者で、月にたった五十五円しか、大学から貰っていないそうだ。だからやむをえず私立学校へ教えに行くのだろう」とある。

(20)**中学の教師の口**　『こころ』上「先生と私」三十三に「私の友達には卒業しない前から、中学教師の口を探している人があった」とある。

(21)**道也た妙な名だね。釜の銘に…**　幸田露伴『辻浄瑠璃』(明治二十四年)に「有名《なうて》の釜師が家で揚し男あり。(中略)通称は弥《や》三《そう》右《え》衛門《もん》法体《ほったい》しては道也と号」とある。なお、明治二十八年の漱石の俳句(『漱石全集』第十七巻)に「炉開きに道也の釜を贈りけり」とある。

(22)**妙花園**　妙華園。『東京近郊名所図会』(明治四十四年)には、「地積五千余坪を有し、四棟の温室と二棟の陳列室等を設け、百花嫣然として四時春の如し」とある。

(23)**ホルマン、ハント**　William Holman Hunt(一八二七—一九一〇年). イギリスの画家。初めアカデミー派に加わり、ついでロセッティ、ミレーらとともにラファエル前派を結成。芸術は自然の実際の観察にもとづくべきと主張した。「贖罪の山羊」など宗教画の作が多い。

〈三〉

(1)**象牙の臍**　呼鈴の押しボタンのこと。

(2)**三条の小鍛冶**　京都の刀工、三条小鍛冶宗近。謡曲『小鍛冶』で宗近が稲荷明神の化身を相手に剣を打っている場面に、「教への鎚《つち》をはつたと打てば、ちやうど打つ。ちやう、ちやうど、打ち重ねたる鎚《つち》の響天地に聞こえて、おびたたしや」とある。

(3)**応接間は西洋式**　『三四郎』の美禰子の家の応接間も西洋間で、『それから』の代助の実家の客間も西洋間でピアノが置かれている。富豪宅には和洋の応接間があることもあった。

(4)**ヌーボー**　アール・ヌーヴォー art nouveau。新しい芸術、の意。伝統的様式を否定し、流動的な曲線を重視した装飾を多用した。藤島武二の『明星』の表紙絵や『みだれ髪』(与謝野晶子、明治三十四年)の装丁が、日本では先駆的。

(5)**加平治平**　藤本嘉平次が創案した銘仙織の袴地。二四三頁では「加平地」と記される。「仙台平も嘉平治位に下落して、照り降り厭わず毎日の通勤」と「粋詩集」(『都の花』五十三号、明治二十三年)にもあるように、安価。

(6)**御羽**　「尾羽」とあるべきところ。原稿の表記による。

(7)**江湖雑誌**　田岡嶺雲などが執筆した『江湖文学』(江湖文学社、明治二十九年十一月―三十年六月)があった。漱石は明治三十年三月に評論「『トリストラム、シャンデー』」(『漱石全集』第十三巻)を同誌に発表している。『江湖新聞』などもあった。なお「江湖」は世間の意。

(8)**現代青年の煩悶**　明治三十六年五月二十二日、第一高等学校生徒藤村操が日光華厳滝に投身自殺。その遺書の一節に「曰く「不可解」。我この恨を懐いて煩悶終に死を決するに至る」とあり、「煩悶」は以降、流行語となった。

(9)**浄罪界**　「浄罪界」は煉獄のこと。カトリック教の信仰において、罪が浄められる場所。天国と地獄の間。

(10)**五色の雲**　雲の太陽に近い縁の部分が回折現象で数色に輝く。西方浄土に往生する瑞相とされる五種の色の雲。吉兆である。ここでは女性の着物の色あざやかな様子のこと。

(11)**草の穂で作った梟**　現在の東京都豊島区雑司が谷にある鬼子母神(法明寺が擁する)の境内で売る梟の玩具。薄の穂を丸めて作った。

(12)**雑子ヶ谷**　現在は「雑司が谷」が正しい。ここでは鬼子母神を指していっている。前注参照。

(13)**薬王寺前**　牛込区市谷薬王寺前町(現、東京都新宿区市谷薬王寺町)。薬王寺は明治維新の際に廃寺となった。

(14)**三十三所**　薬王寺は江戸霊場三十三所の一。

(15)柳町　ここでは牛込区柳町(現、東京都新宿区市谷柳町)。『新撰東京名所図会』(明治二十九―四十二年)に「何れへ行くも利便の地なるを以て。昔時よりも繁栄を加え」とある。
(16)晏如として　安らかで落ち着いて。
(17)筆硯を呵する　筆や硯に息を吹きかけて温める。転じて、文筆の仕事に取り組む。
(18)てっか味噌　なめ味噌の一種。ゴボウ、いり豆などを混ぜ、トウガラシなどで調味した味噌。
(19)専念寺　現在、東京都新宿区原町二丁目(当時、牛込区原町二丁目)に、同じ名の浄土宗一心山専念寺がある。新宿区新宿の浄土宗仏願山専念寺とは別。
(20)糸織　絹のより糸を縦横に用いて織った織物。「紡績織」(『門』(明治四十三年)の宗助が着用)より上等である。二四六頁で道也の兄が「糸織の小袖」を着用している。
(21)文筆の力で自分から卒先して世間を…　「若し夫れ呑牛生の「明治の天下」に至ては乃ち警世小説の陳呉たらんと欲するものなからんや」(「明治二十八年文学界の推移」『国民新聞』明治二十九年一月三日)などの主張があった。
(22)紳商　明治時代の新語で、「紳士風の商人」(『日本大辞典』明治二十九年)とされるが、「「俄《にわか》大尽《だいじん》、出来星《できほし》紳商山木剛造殿の御宅は此方《こなた》で御座いサ」「何だ失敬な、社会の富を盗んで一人の腹を肥やすのだ(中略)」」(木下尚江『火の柱』明治三十七年)というように批判的に使われることが多い。
(23)空然　何も考えずにぼんやりしているさま。うつろなさま。
(24)赫気　火の気。

(25)**兀々と**　一心不乱に。

(26)**吾筆は道を載す**　自分は道理を貫く文章を書く、ということ。

(27)**毛穎**　毛の先、の意で、筆の異名。「穎」は稲の穂さき。韓愈の『毛穎伝』から出た語。

〈四〉

(1)**動物園**　東京都台東区上野公園にある上野動物園のこと。明治十五年、開園。日本最古の動物園。

(2)**真珠の留針**　留針は本来、仮りに止めておく針のことで、例えば明治三十年の俳句(『漱石全集』第十七巻)、「留針や故郷の蝶余所の蝶」の留針は虫ピンを指している。しかし、ここはブローチのこと。

(3)**図書館**　上野にあった帝国図書館。現在は、国立国会図書館国際子ども図書館として存続している。樋口一葉もしばしば利用した。

(4)**慈善音楽会**　上流階級が頻繁に開いていたことは、樋口一葉『蓬生日記』一の明治二十四年十一月七日の項にも見られる。

(5)**ランドー**　landau. 幌つき四輪馬車の一種。

(6)**絹帽**　シルクハット。男性の礼装用の帽子。山の高い円筒形で少し縁が反る。全体が黒の光沢の絹で覆われている。二三〇頁には「しるくはっと」とある。

(7)**楽堂**　当時の東京音楽学校(現、東京芸術大学音楽学部)の奏楽堂が上野公園内にあり、昭和六十三年、重要文化財指定を受けた。また日比谷公園の音楽堂が明治三十八年に開堂している。

ここでは前者。

(8) **異人**　『道草』(大正四年)三十九には、「まだ西洋人を異人という昔の時代だったので」とある。

(9) **包囲攻撃**　戦争用語の比喩的表現として使われている。

(10) **スリップ**　slip. フロックやモーニングのチョッキの襟もとにつける細い布。現在では、女性用下着をいう。

(11) **小倉**　北九州小倉地方特産の木綿の布地。書生の袴などに用いられた。

(12) **五指を弾いて**　『淮南子《えなんじ》』の兵略訓に、五本のばらばらの指で一本一本弾く力は握り拳の一撃に及ばないように、個々に分かれて事にあたる力は一致団結の力に及ばない、とある。

(13) **パァージャル**　ペルゲル、リヒアルト・フォン Perger, Richard von(一八五四―一九一一年)。オーストリアの作曲家・指揮者。

(14) **闥を排して**　門扉を開けて。ここではドアをあけて。物々しい印象を与える表現。

(15) **何だか広い原にただ一人立って**　この場合、人目を気にせずにいられる状態をいう。『彼岸過迄』(明治四十五年)「松本の話」六の「世の中にたった一人立っているような気がします」の記述は孤独感を表わす。

(16) **太陽が、のっと上ってくる心持ち**　二二四頁には「ぬっと出る旭日」とある。思わず大きく暖かなものに接して、心の和らぎが得られたような気分をいう。芭蕉に「むめがゝにのつと日の出る山路かな」の句がある。

(17)**豊国**　歌川豊国(天明六(一七八六)—元治元(一八六四)年)。江戸後期の浮世絵師。初代から三代まであり、ここは初代の弟子で三代目をついだ初名国貞。清新な役者絵や美人画を大量に描いた。当時の浮世絵師の大御所的存在。泉鏡花に『国貞えがく』(明治四十三年)がある。

(18)**田舎源氏**　柳亭種彦作の『修紫《にせむらさき》田舎源氏《いなかげんじ》』の略称。文政十二(一八二九)年から天保十三(一八四二)年にかけて書かれた合巻。『源氏物語』を室町時代に移し替えて作った小説。国貞の挿画でも知られる。

(19)**芳年**　月岡芳年(天保十(一八三九)—明治二十五(一八九二)年)。歌川国芳門下の浮世絵師。印刷文化の興隆に伴い挿絵画家に転身。洋画の手法を採り入れた。

(20)**和煦の作用ではない粛殺の運行である**　「和煦」は春の日の晴れて暖かいこと。「粛殺」はきびしい秋気が草木をそこなうこと。

(21)**観世より**　紙を細長く切って縒《よ》ったもの。こより。

(22)**四葉の苜蓿花**　ファーザードミュック作曲。『音楽新報』明治三九年十二月号に「明治音楽会」の記事に記載(瀧井敬子『夏目漱石とクラシック音楽』)。

(23)**タンホイゼル**　「タンホイザー Tannhäuser」。ドイツの作曲家ワグナーが作曲並びに作詞した三幕の浪漫的歌劇。一八四五年ドレスデンで初演。

(24)**絡繹**　連なり続く様。

(25)**大仏**　『新撰東京名所図会』には「万治年間僧浄雲再建す、此の銅像即ち是れなり」と記されている。現在は顔だけが安置され「上野大仏」として親しまれている。

(26)**西洋軒**　明治五年に築地の外国人居留地の近くに西洋料理店が創業、翌年「精養軒」と改称。九年に上野山中に精養軒の支店ができた。『新撰東京名所図会』には、「都下西洋料理を以て名あるもの多しと雖も、必ず此楼を以て指を第一に屈す」とある。

(27)**花瓦斯**　ガス灯は、東京では明治七年十二月銀座表通りに設置された。ネオンサインの先がけとなる装飾兼用の広告灯が「花瓦斯」の名で出現した。

〈五〉

(1)**ミルクホール**　牛乳を飲ませ、パンなども売る簡易な飲食店。明治初年からあったが、「ミルクホール」と呼ばれるようになるのは同三十年代半ばから。新聞・雑誌等を閲覧に供する所もあり、四十年頃には学生街の本郷、神田、牛込、芝などへと広まった。

(2)**団子坂の菊人形**　菊細工で明治期に有名になった団子坂(東京都文京区千駄木)周辺では、その時々の歌舞伎狂言に取材した菊人形が飾られ、その様子は二葉亭四迷『浮雲』(明治二十―二十二年)、漱石『三四郎』、森鷗外『青年』(明治四十三―四十四年)などにも描かれている。

(3)**文芸倶楽部の芸者の写真**　『文芸倶楽部』は明治二十八年に博文館より創刊。初期には樋口一葉、泉鏡花、小杉天外、田山花袋などが執筆。後に通俗化する。その口絵には芸者の写真などを掲載し批判もあった。

(4)**六号活字**　活字の大きさの一。約三ミリメートル角の活字。新聞雑誌の雑報、後記欄に使われた。初号から、一号、二号、三号と小さくなる。

(5)**身体の局部がどこぞ悪いと…**　明治三十九年の「断片三五Ｅ」(『漱石全集』第十九巻)に、ほぼ同文の記述がある。

(6)**大久保彦左衛門は盥で登城した事がある**　大久保彦左衛門(永禄三(一五六〇)―寛永十六(一六三九)年)は、家康以下三代の将軍につかえた旗本。逸話については真偽が定かでないものが多いとされる。

(7)**拖泥帯水**　泥を引き水を帯びること、の意。仏語。見苦しい様子。ムダなことをすることに対し批判的に使う。

(8)**鬼窟裏に堕在して**　「鬼窟」は鬼の住む穴。「堕在」は落ちぶれて存在すること。迷妄の状況で、の意。

(9)**方便門**　正法に到達するための巧みな方法・教えをいう仏語。便宜の手段に従って実体に近づく方法。

(10)**正鵠にあたれる趣味**　「正鵠」は物事の核心、の意。ここで用いられている趣味という言葉については、森田草平は、漱石にとって「趣味とは(中略)人格其者《そのもの》の向上を計ることに外《ほか》ならない」と解釈している(『文章道と漱石先生』大正八年)。

(11)**故紙堆裏**　「故紙」は古い書物、の意。「堆裏」はうずたかく積もったものの中、の意。書斎の中という意味。

(12)**自家証得底**　仏語。自ら真理を会得した、の意。

(13)**見解**　考えや見識をいう禅語。『碧巌録《へきがんろく》』(注八(18)参照)第四則本則に「野狐精《やこぜい》の見解《けんげ》」とある。

(14)**着する**　執着する意味を表わす禅語。

(15)**趣味は人間に大切なものである**　明治三十九年の「断片三五E」(『漱石全集』第十九巻)に、趣味の論がある。

(16)**能力は権利ではない**　『吾輩は猫である』四には「強勢は権利なり」とあり、『坊っちゃん』四には「山嵐は might is right という英語を引いて説諭を加えたが」とある。

(17)**小女郎**　年若い娘。こめろ。「こじょろう」と読む場合は、遊女を指すことが多い。

(18)**四丁目**　大学近くの話であり、当時の本郷区本郷四丁目(現、東京都文京区本郷四丁目)を指すのであろう。

(19)**尚志会**　たかい志を持つ者の集まりの意として、旧制高等学校関係の同窓会などによくこの名が用いられた。

(20)**屏息**　息をこらして静かにしていること。

〈六〉

(1)**頓首**　昔の中国の礼の仕方。頭を地面につける。

(2)**凜然**　いさましいさま。りりしいさま。

(3)**窮愁**　苦しみ悩むこと。

(4)**喬木にうつる**　高い木に移る。逆境から順境にかわる。『こころ』下「先生と遺書」二十三に「幽谷から喬木に移った趣」とある。

(5)**点明水**　当時「点眼水」「光明水」「一点水」などの目薬があった。

(6)**大きな風船**　広告用の軽気球。アドバルーン。

(7)**鳴子**　作物を荒らす鳥などを追い払う道具。板に木片などをつけたものを連ね、遠くからひいて鳴らす。

(8)**蛸寺**　成就院《じょうじゅいん》(現、東京都目黒区下目黒)は蛸寺として知られ、蛸を切って願うと御利益があると伝えられるが、地理的に合わない。

〈七〉

(1)**新体詩**　明治十五年の『新体詩抄』から近代詩の創作が始まり、三十年代から様々な成果が生み出された。

(2)**こぼれ梅**　咲き乱れた梅の花の模様。

(3)**的皪**　鮮やかに白く光り輝く様子。

(4)**交趾の鉢**　交趾焼の鉢。明・清代の中国南部で作られ、交趾・安南方面(ベトナム)から日本に渡来した。緑・黄・紫色の釉《うわぐすり》を施したものが多い。豪華さを示す。

(5)**メロスの愛神**　ミロのヴィーナス Venus of Melos。古代ギリシアのヴィーナス像(大理石)。紀元前二世紀後半の作という。

(6)**フィジアス式**　フェイディアス Pheidias は前五世紀のギリシアの有名な彫刻家。フェイディアス式とは、その作風に見られる厳めしい様式のこと。

(7)**天賞堂**　明治十二年創業、京橋区尾張町(現、東京都中央区銀座六丁目)にあった、時計・宝石類・貴金属・美術品を扱う店。新聞や雑誌に絵入りの広告を盛んに出した。戦後、現在の中央区銀座四丁目に移転。

(8)**池上に競馬があった**　荏原郡池上村(現、東京都大田区池上)に明治三十九年に競馬場ができた。

(9)**沙翁は指輪を種に幾多の波瀾を描いた**　シェイクスピアの『ヴェニスの商人』(一五九六年頃)では、人肉裁判、筐選びと並んで、この作品を構成する三要素の一つとして、指輪の挿話がある。また『十二夜』(一六〇一年初演)にも指輪が使われている。

(10)**橄欖**　オリーブのこと。

(11)**メリメの本**　メリメ Mérimée, Prosper(一八〇三—七〇年)はフランスの小説家。漱石の蔵書に *Little French Masterpieces*(英訳、全六巻)があり、そのメリメの巻に収める *'The Venus of Ille'* のこと。

(12)**水底の藻**　明治三十七年二月八日付寺田寅彦宛書簡(『漱石全集』第二十二巻)に「水底の感」と題する新体詩があって、そこには「藻屑もつれて、ゆるく漾《ただよ》ふ」とある。ここには暗いイメージはないが、『虞美人草』四には「水底の藻は、暗い所に漂うて、白帆行く岸辺に日のあたる事を知らぬ」とあり、小野さんという登場人物の出自の暗さを示している。

〈八〉

(1)**一大事因縁**　仏が人々に実相(まことの世)を知らせ救済するという大目的。『大慧《だいえ》普《ふ》覚禅師《かくぜんじ》書《しょ》』に「この一段の大事因縁を究めんと欲す」とある。『草枕』(明治三十九年)十一にも類する表現が見られる。

(2)**下宿の菜の憐れにして芋ばかり**　『坊っちゃん』七には「昨日も芋、一昨日《おととい》も芋で今夜も芋だ」とある。

(3)**庭前の梧桐**　梧桐は青桐《あおぎり》。明治三十九年の「断片三六」(『漱石全集』第十九巻)に「△桐の葉ヲ見る。風が吹いて落ちんとする。中々落ちぬ。落ちる迄の事」とある。

(4)**一葉落ちてと云う句**　唐庚《とうこう》『文録』に「一葉落ちて天下の秋を知る」とあるが、わずかな現象から全体の動きを察知すること。

(5)**婆娑**　衰えくずれるさま。しおれて垂れさがるさま。

(6)**瓦斯糸の蚊絣**　「瓦斯糸」は綿系統の糸をガスの炎の中に急速に通して表面につやを与えたもので、「蚊絣」は丁字あるいは十字が等間隔に並び、蚊が群がっているような柄の絣。

(7)**さかに**　逆に。さかさまに。手で握る部分の方から。

(8)**古梅園**　古梅園製の墨の略。古梅園は奈良の筆墨の老舗(天正五(一五七七)年創業)。日本橋に支店があった。明治三十二年二月に正岡子規に送った俳句(『漱石全集』第十七巻)に「墨の香や奈良の都の古梅園」がある。

(9)**塩物屋**　塩づけの魚や漬物を多く売っていた店(『明治東京風俗語事典』昭和三十二年)。

(10)**綱曳**　人力車で急ぎのときに、梶棒に綱をつけてもう一人が先引きすること。

(11)**青銅の鳥居**　湯島天神の鳥居であろう。『東京案内』(明治四十年)に「正面に銅製の華表《とりい》」があると紹介されている。

(12)**唐人髷に結った半玉**　「唐人髷」は江戸末期から流行した十四、五歳くらいの娘の髪の結い方。桃割れと銀杏返しを一緒にしたような形。「半玉」は一人前でなく玉代が半分の芸妓。雛妓《すうぎ》。おしゃく。

(13)**岩崎の塀**　『新撰東京名所図会』に「当町は九分まで富豪家岩崎久弥の邸宅にて。門は東に面して開き。三方総て煉瓦の塗塀にて高く囲めり」とある(ここの「当町」とは本郷区湯島切通町)。現在、都立旧岩崎邸庭園。森鷗外『雁』(明治四十四―大正二年)に、「その頃から無縁坂の南側は岩崎の邸であったが、まだ今のような巍々《ぎぎ》たる土塀で囲ってはなかった」とある。

(14)**渡辺華山**　本来は渡辺崋山。江戸後期の藩士、蘭学者、画家。蛮社の獄で蟄居。晩年の画家としての活動を批判されて自死。

(15)**松平侯御横行**　実際は備前の池田侯。天保九(一八三八)年、渡辺崋山が四十六歳の時に書いた『退役願書之稿』に見られる。

(16)**膀胱**　氷嚢。通常はゴムなどで作られるが、牛や豚の膀胱を使ったことがある。

(17)**からたち寺**　本郷区竜岡町(現、東京都文京区湯島)にある臨済宗妙心寺派の麟祥院《りんしょういん》。

(18)**碧巌録提唱**　『碧巌録』は中国の宋時代宣和七(一一二五)年に成った禅書で、正式には『仏果圜悟禅師碧巌録』。臨済宗で第一級の書とされる。提唱はそれを説法すること。

(19)**女学校**　からたち寺と同じ竜岡町には、日本女学校があった。

(20)**海老茶の色**　華族女学校に始まった、女学生の袴の代表的な色。明治三十年代半ばごろから女学生を海老茶式部と称するようになった。

(21)**警察所**　本郷区本郷本富士町(現、東京都文京区本郷七丁目)にあった本郷警察署を指すであろう。同所には現在も本富士署がある。

(22)**御光**　「後光」が普通の表記。仏・菩薩の体から放射する光。あるいは仏像の背後の金色の輪。

(23)**喪家の犬**　喪中の家に飼われていて、飼主が悲しみのため食べ物を与えるのを忘れた犬の意。痩せ衰えた者をたとえていう。また飼主を失った犬との説もある。

(24)**属官**　官庁の職目の一つ。上官に従い庶務に従事する者。

〈九〉

(1)**鳬雁**　鳬《かも》と雁《がん》。ともに渡り鳥。

(2)**アーチ**　洋風庭園や祝典会場などに設ける緑門。本文七行後には「緑門《アーチ》」とある。

(3)**ヴィーナスは浪のなかから生れた**　このローマの神話は広く知られている。ボッティチェリの「ヴィーナスの誕生」の絵などが有名。

(4)**越後獅子**　子供が獅子頭をかぶり逆立ちしたりして芸をする越後の角兵衛獅子を題材とした音曲。文化八(一八一一)年に初演の長唄の所作事。

(5)**蹌踉**　よろめく様子。

(6)**窮陰**　陰気がきわまるとき、の意。冬の末期。陰暦十二月。

(7)**塩瀬**　羽二重風の厚地のしなやかな織物。横に畝がある。

(8)**護謨びき**　防水のために布などにゴムを塗ること。

(9)**燕尾服が園遊会に適しない**　『明治事物起原』(明治四十一年)に、「西洋にては、夜分の礼服としては、無論この服に限れども、昼間は、ホテルの食堂ボーイの外は、絶対に之を着る者無く、若し、日中之を着て市上を通行すれば、ボーイと間違わるること無論なりという」とある。

(10)**朝妻船**　長唄の所作事「浪枕月浅妻」のこと。

(11)**エジプシアン**　Egyptian Cigarette の略。エジプト製の巻煙草。

(12)**仙台平**　仙台地方で産する精巧な絹織物。それで作った袴。仙台平の袴と金時計を取り合わせて描く小説もあり、高級品である。安価な織物の例としては、注三(5)参照。

(13)**須崎**　本所区向島須崎町(現、東京都墨田区向島四、五丁目あたり)。別荘などが古くから多かった。「今の伯爵のお祖父様なのだ。向島須崎村にお邸があった」(森鷗外「私が十四五歳の時」明治四十二年)。

(14)**主客は一である**　明治三十九年の「断片三六」(『漱石全集』第十九巻)に「主客論」として同じ内容のことが記されている。

(15)**擺脱**　抜け出ること。

〈十〉

(1)**思ふ事積んでは崩す炭火かな**　竹内玄玄一『俳家奇人談』(文化十三(一八一六)年)下「遊女談」に、「潮来の遊女何がし、ある時の吟、」と前書のある句。色々と迷っている様子。

(2)**二重廻し**　外套の一種。「外套は明治初年に行われし「トンビ」廃れて、風車《かざぐるま》起り、既にして二重廻あり」(『東京風俗志』明治三十二—三十五年)とある。

(3)**鉄御納戸**　鉄色がかった御納戸色、すなわち暗い灰青色。

(4)**清輝館**　神田錦町(現、東京都千代田区神田錦町)にあった貸席の錦輝館を指すと思われる。『時事新報』明治三十九年九月十二日に「第二回市民大会」と題して「既記のごとく十一日午後一時より錦輝館に於て第二回(市電運賃値上げ反対)市民大会を開きたり」とある。

(5)**現代の青年に告ぐ**　明治三十九年十月十六日付高浜虚子宛書簡(『漱石全集』第二十二巻)に、「近々「現代の青年に告ぐ」と云ふ文章をかくか又は其主意を小説にしたいと思います」とある。やや後のことになるが、井上哲次郎は明治四十三年十月十五日の『文章世界』第五巻第十三号に「現代青年に与うべき主義もしくば主張」という談話を寄せている。

〈十一〉

(1)**電車事件**　明治三十九年夏、東京市の三電車会社(東京市街鉄道・東京電車鉄道・東京電気鉄道)が合併と同時に、三銭から四銭へ乗車賃値上げを図った。それに対し、市民の間に反対運動が起こった。明治三十九年九月十一日の『時事新報』に「「電車襲撃彙報」五日、日比谷公園に於て開催したる市民大会の主唱者松本道別《ちーわき》及び山本天喜《あまき》の両氏は兇徒聚衆の罪名の下に十日午前二時頃出先きに於て警視庁の手に引致されたり」とある。

(2)**文士保護は独立しがたき文士…**　明治三十九年の「断片三五D」(『漱石全集』第十九巻)に、「文士保護ヲ説ク。文士保護ハ独立シ難キ文士ノ云ウ言ナリ。独立スルノ法ハ自己ノ作者〔物〕ヲヨク売レル様ニスルコトナリ。世間ノ趣味ヲ開拓スルニアリ。保護ハ旧幕時代、貴族的時代ニ云ウベキコトナリ。個人平等ノ世ニ保護ヲ口ニスルハ恥辱ノ極ナリ」とある。

(3)**自己は過去と未来の連鎖である**　明治三十九年の「断片三五D」(『漱石全集』第十九巻)に「自己ハ過去ト未来ノ一連鎖ナリ」とあり、以下の本文と同じ内容の記載がある。

(4)**文芸復興**　ルネッサンス。十四―十六世紀にかけてイタリアを中心に起こった文化運動。キリスト教の束縛からの解放、ギリシア・ローマ古典文化の復興、人間性の解放が唱えられた。

（5）**ゴシック復活**　ゴシック Gothic（十二―十五世紀にヨーロッパで栄えた美術様式）が、十八世紀後半から十九世紀にかけて復活したもの。ここは、その反映ともいえる文芸思潮。ロマン主義が興隆したのに呼応した。漱石は『文学論』（『漱石全集』第十四巻）第五編の第五、七章において、文芸思潮の隆替という観点からこの問題を論評している。

（6）**スコット一派**　十九世紀のイギリスのロマン派の一つ。スコット Sir Walter Scott（一七七一―一八三二年）はイギリスの詩人、小説家。漱石は「創作家の態度」（『漱石全集』第十六巻）のなかで、「此人の作が一時期を画する様な新現象である為めに世人は之をロマンチシズムの代表者と見做《みな》しました」と述べている。

（7）**イブセン**　イプセン Ibsen, Henrik（一八二八―一九〇六年）。漱石は談話「近作小説二三に就て」（『漱石全集』第二十五巻）の中で「イブセンは一種の哲学者である」と述べている。また『三四郎』六には「イブセンの女のような」とある。明治三十年代後半から、個人主義や自然主義との関連で注目を浴びるようになった。

（8）**メレジス**　メレディス Meredith, George（一八二八―一九〇九年）。イギリスの小説家、詩人。名家の若い当主の、女性との係わりでのうぬぼれと虚栄を滑稽に描いた『エゴイスト』（一八七九年）などがある。漱石は談話「メレディスの訃」（『漱石全集』第二十五巻）で「メレディスの小説はユニークなものである」と述べているほか、多くの小説や書簡、『文学論』（『漱石全集』第十四巻）などで言及している。作品への影響も指摘されている。

（9）**ニイチエ**　ニーチェ Nietzsche, Friedrich Wilhelm（一八四四―一九〇〇年）。ドイツの哲学者・詩人。明治三十八、九年の「断片三一B」(『漱石全集』第十九巻)に、ニーチェは「自己即チ神ナリ」の立場に多少「類似」しているとの指摘がなされている。明治三十年代半ば、高山樗牛などによる本能中心の個人主義主張の依拠するところとなった。

(10)**ブラウニング** Browning, Robert(一八一二―八九年). ヴィクトリア朝時代のイギリスの代表的な詩人。談話「テニソンに就て」(『漱石全集』第二十五巻)の中で漱石はブラウニングの作品について、「人間の腹がよく出ているとか、人間がよく現われているとかいう点は旨いと思う」と批評している。

(11)**一弾指の間** 指を一度はじく間の短い時間を表わす仏語。『大慧普覚禅師書』に「百歳の光陰も一弾指の頃に便ち過ぐ」とある。

(12)**昼夜を舎てず流れる** 日夜ずっと絶えることなく継続する。『論語』「子《し》罕《かん》篇」に「逝くものはかくの如きか、昼夜を舎《や》めず」とあるのによる。

(13)**明治の四十年は先例のない四十年である** 明治三十九年の「断片三五B」(『漱石全集』第十九巻)に、「過去ヲ顧ミルハ㈠前途ニ望ナキ故ナリ㈡下リ坂ナルガ故ナリ㈢過去ニ理想アルガ故ナリ㈣エライ先例ガアル故ナリ/明治ノ三十九年ニハ過去ナシ。単ニ過去ナキノミナラズ又現在ナシ、只未来アルノミ。青年ハ之ヲ知ラザル可カラズ/子規。樗牛。伊藤博文。井上哲二〔次〕郎。三井。岩崎」とある。『三四郎』二に「明治の思想は西洋の歴史にあらわれた三百年の活動を四十年で繰返している」とある。

(14)**ひや、ひや** 演説会などで話者の発言内容に対して賛意を表す際に聴衆が発声する。Hear,

hear.

(15)**一転語**　禅語で、状況の局面を転換させたり、心機一転させたりする一語。

(16)**諸君は理想を以ておらん**　明治三十九年の「断片三五Ｂ」（『漱石全集』第十九巻）の「現代ノ青年ニ理想ナシ」以下、「断片三五Ｄ」（『漱石全集』第十九巻）の「既ニ理想ノ凝ッテ華ヲ結ブ者ナクンバ芸術ハ死屍ナリ」まで参照。登張竹風の『自然主義者』（明治四十一年）は理想主義に欺かれたという青年を登場させている。

(17)**べんべらの**　「べんべら」はぺらぺらした安物の絹物。「べんべらもの」という表現が流通している。

(18)**勤王の志士以上の覚悟**　明治三十九年十月二十六日付鈴木三重吉宛書簡（『漱石全集』第二十二巻）にも、生きるか死ぬか命のやりとりをするような「維新の志士」の如き覚悟を説いた一文がある。

(19)**内生命**　北村透谷が「内部生命論」（『文学界』明治二十六年五月）で「内部の生命」という用語を使用したあと、上田敏など『文学界』同人を中心として広く使われ始めた。

(20)**教師の報酬は小商人の報酬よりも少ない**　石川三四郎の「小学教師に告ぐ」（『平民新聞』明治三十七年十一月六日）には、薄給の教師に対する同情が示される。また、中学校教師である『坊っちゃん』の主人公は四十円の月給であった。

(21)**凌雲閣**　通称「十二階」と呼ばれ、浅草のエッフェル大塔ともいわれた旧浅草公園内の建物。明治二十三年十一月に開業。わが国初の乗用エレベーターが設置された。美人写真展などでも話題を呼んだ。大正十二年の関東大震災で倒壊した。

〈十二〉

(1)**宮島産の丸盆**　日本三景の一つである安芸の宮島(厳島)は、宮島細工と呼ばれる木工品や木彫を造り出すことで知られる。

(2)**瓦斯双子**　瓦斯糸(注八(6)参照)で織った双子織。双子織は、二筋をより合わせて一本にした双子糸で織った綿織物。

(3)**綾瀬**　綾瀬川。

(4)**銀扇を水に流して**　以下で述べられる遊びは、京都、大井川(桂川)で行われたことが『雍州府志』(貞享三(一六八六)年に刊行)巻九に見える。また、隅田川でも行われたことが『甲子夜話』巻二に記されている。

(5)**逗子でも鎌倉でも、熱海でも**　逗子は徳冨蘆花『不如帰』(明治三十一―三二年)のヒロイン浪子の療養地で知られるが、これらの海岸地はそうした場所として小説に採り入れられることが多い。

(6)**七子**　七子織の略。経緯《たてよこ》二本以上の糸を用い、織り目が魚卵のように粒立って見えるため魚《なな》子《こ》と呼ばれる。

(7)**見やげ**　「見やげ」の用例は漱石以外には見当たらない。『坊っちゃん』でも用いている。

(8)**毘沙門**　毘沙門天。ここでは牛込区(現、東京都新宿区神楽坂)の善国寺にあるものを指す。

(9)**六銭五厘の万年筆は安過ぎる**　『明治事物起原』は、内田魯庵の記録を紹介している。「予の始めてウォーターマン氏万年筆を購得せしは、明治三十九年八月の十三日、その価の五円四十銭(中略)」。

(10)**市楽**　一楽。経糸《たていと》、緯糸《よこいと》とも先練り先染めの絹糸を用いた絹織物。しなやかで、着尺地として明治年間に広く用いられた。日清戦争以後に美服を着て湯屋へゆく人の多くなった例として一楽織の着物や羽織を着込んだ人がいたことが記されている(岡本綺堂「明治時代の湯屋」昭和十三年)。

(11)**紋博多**　博多織は細い経糸《たていと》と、太い緯糸《よこいと》で、主に経糸を浮かせて柄を織り出す絹織物。帯などに使われる。伝統的で高級な献上博多に対して厚手で紋様が出るのが特徴。

(12)**越後の高岡で**　原稿通りの表記である。「高岡」は富山県の市であり、初出の『ホトトギス』(明治四十年)では「越中の高岡で」とされたが、単行本『草合』(明治四十一年)に収録されるときは再び「越後の高岡」に戻された。後に漱石の一通の書簡が発見され、それには、読者の質問に答えて「長岡をわざと高岡と致し候」と述べられている(「長岡」は新潟県の市。読者の質問の内容は不明だが、同書簡から『ホトトギス』を読んで、冒頭の「越後」と、この結末の「越中」とに違和を感じた質問と思われる)。漱石が長岡の地名を忌避したのは、学生時代の友人で長岡中学に奉職していた坂牧善辰に累が及ぶのを避けるためであったとの説がある。

(出原隆俊)

解説

小宮豊隆

『二百十日』は明治三十九年九月六日ごろから九月九日ごろまで、およそ四日の間に書き上げられ、翌十月の『中央公論』で発表された。『野分』は同じ年の十二月九日から十二月二十一日ごろまで、およそ十三日の間に書き上げられ、翌明治四十年一月の『ホトトギス』で発表された。ともに漱石四十の年の作品である。

『二百十日』は『草枕』のすぐあとで書かれた。この事は半以上『二百十日』の様式を決定する。油濃い御馳走《ごちそう》のあとでは、自然茶漬が喰いたくなるように、構成の上でも文体の上でも相当手のかかった『草枕』のあとで、漱石がそういう方面でなるべく手のかからない『二百十日』を書いた事は、心理的にも生理的にも、極めて自然である。のみならず漱石は、この小説に取りかかる間際になって、子供が赤痢《せきり》で入院するという騒ぎにぶつかり、心の集中を妨げられなければならなかった。その方面からも自然漱石は、この小説にあまり手をかけていられなかった。漱石はこの小説の出来栄えに決して満足する事が出来なかったようであるが、しかし「誤って違約をしては大変な御迷惑になる」というので、ともかく期日までに書き上げて、敢《あえ》てこれを編輯者に送る事にした。これは漱石が、倫理的な恥よりも芸術的な恥の方が、遥に忍びやすいと考えていたからである。そうは言ってもこの『二百十日』は、漱石が言うように「まことに杜撰の作にて御恥ずかしきかぎり」と片づけてしまっていい、作品ではなかった。殊にこれは、漱石芸術の発展の歴史から言えば、相当重大な意味を持つ作品である。

『二百十日』では、二百十日の当日阿蘇山《あそさん》に登って道に迷うという事が、事件の眼目になっている。漱石は、五高の教授として熊本に住んでいた時分、明治三十二年の二百十日に阿蘇に登り、「鳥も飛ばず二百十日の鳴子かな」だの、「阿蘇の山中にて道を失ひ終日あらぬ方にさまよふ　灰に濡れて立つや薄《すすき》と萩の中　行けど萩行けど薄の原広し」だのという句を作った。『二百十日』の舞台は、恐《おそ》らくこの時の経験に基づいているに違いない。それだけに『二百十日』の自然描写には、実に溌剌としたものがある。勿論《もちろん》『二百十日』には地の文が極めて少なく、全篇殆《ほと》んど圭《けい》さんと碌《ろく》さんとの会話で貫ぬかれているのではあるが、しかしその極めて少ない地の文の中に出て来る自然描写が、悉《ことごと》く鋭く鮮やかに灸所《きゅうしょ》を衝いていて、ほんの一行二行の簡素さで、周囲の光景を躍如たらしめるのである。殊に第四章で、二人が登山して道に迷い、方方あてどもなく彷徨《ほうこう》するうちに、圭さんが昔ラヴァが流れ出して出来た大きな溝の中に落ち込み、あちらこちらと出口を求めて歩き廻るのを、碌さんが上から心配して、声のする方へ方へとついて廻る所の薄の描写なぞ、自然の旺盛な生活力に圧倒された人間が、意気沮喪《いきそそう》して段段心細くなって来る心理変化の背景として、照応の妙を極めていると言っていいと思う。この時二人のあるき廻っている道は、「行けど萩行けど薄の原広し」というよりも、むしろ一面薄だらけの、しかもその薄は「腰を没する程に延びて、左右から、幅、尺足らずの路を蔽《おお》」い、「身を横にしても、草に触れずに進む訳には行か」ないし、「触れれば雨に濡れた灰」が腰だの裾だのにくっつくというような、侘《わび》しい薄なのである。漱石は、読者にそういう侘しさを眼の前に浮べさせる為に、短い地の文の中のみならず、二人の会話の中ででも、草だの薄だのという言葉を、屢《しばしば》鏤《ちりば》めている。

漱石はそういう背景の前で、頭による革命という事を主張する圭さんを描き、圭さんをして、現代が何故にかかる頭による革命を必要とするかを論ぜしめた。この点で『二百十日』は、それまでの漱石の作品と違って、まともに社会を批評しようとする、漱石の新しい態度を示すものである。勿論『二百十日』は、漱石の社会批評として見ると、あまりに概括的、抽象的でありすぎ、圭さんの言葉は、所謂慷慨家《いわゆるこうがいか》の慷慨に似て、具体的な箇性的《こせいてき》なものを確《しか》と踏まえていない、従って空空しい宣言にしかなっていないような憾《うら》みがあるには違いないが、それでも此所《ここ》で漱石が、そういう新しい態度を示したという事その事が、注目に値いする。漱石が鈴木三重吉《すずきみえきち》に与えて、自分の『草枕』のような俳諧文学もいいが、あれだけではつまらない、自分は俳諧文学にも出入するが、それとともに「死ぬか生きるか、命のやりとりをする様《よう》な維新の志士の如《ごと》き烈しい精神で文学をやって見たい。」と言ったのは、『二百十日』が発表された月の末の事であるが、しかし、出来栄えの如何にかかわらず、少くとも『二百十日』は漱石の志士文学への転移の第一歩と言っていいのである。そうしてその第二歩が、次いで書かれた『野分』であった。

志士文学としての『二百十日』に対する不満は、或は誰よりも先に、まず漱石が感じていたのではないかと思われる。漱石は『二百十日』が発表されて間もないうちに、既に『現代の青年に告ぐ』という論文を書くか、またその主意を小説に書くかするつもりであるという事を、高浜虚子《たかはまきょし》に書き送っている。のみならずその月の末までのうちに、『野分』の骨子《こっし》をなす、白井道也《しらいどうや》の『解脱《げだつ》と拘泥《こうでい》』と題する論文と『現代の青年に告ぐ』という演説とを、殆んどそのままの形で、自分の手帳の中に書き込んでいる。『二百十日』という題名と『野分』という題名との間にも、密接な繋がりがある。内容から言っても、本質的には、重要な点で、双方とも聯絡する。『野分』の白井道也は、『二百十日』の圭さんの継続であり開展であるに外《ほか》ならないのである。

もっとも漱石は当時から、何等かの意味で救い、もしくは慰め、もしくはゆとりを具《そな》えていないものは芸術でないという、一流の芸術観を持っていた。勿論それらの言葉の内容は、年とともにいくらかずつの変化を示しているが、しかし『二百十日』で漱石をして、圭さんを「余裕のある逼《せま》らない慷慨家」に仕立て上げさせたのも、また『野分』で白井道也に、イブセンの戯曲の主人公のような、悲劇的な性格と境遇とを与えさせなかったのも、漱石のこの芸術観から来ているのである。同時にこの芸術観は漱石に、『野分』の中に中野《なかの》春台《しゅんたい》を登場させ、華やかな演奏会や、華やかな恋愛の場面や、華やかな結婚披露の園遊会を点出して、白井道也の世界と高柳周作《たかやなぎしゅうさく》の世界とからだけでは、到底浮き上がって来ようのない、特殊な世界を纏《まと》め上《あ》げさせたのだと、言う事も出来る。漱石は小説の世界が一本調子になる事を嫌うのである。

『二百十日』を書く時分も、『野分』を書く時分も、漱石は片方で教師の職を持っていた。それでも『二百十日』を書く時には、まだ夏休み中だったので、それに費した四日は、まず完全に朝から晩まで使える四日であった。しかるに『野分』の十三日は、毎日授業をしながらの十三日である。のみならずその十三日のうちには、うちの者がみんなインフルエンザにかかったり、家主から転居を希望されたり、おちおちと筆をとっていられないような事件が続出している。その為《た》め漱石は、思うように『野分』に手間をかけている事が出来ず、仕舞には最後の一章を翌日に残して、原稿を渡さなければならないというような、漱石としては空前絶後の窮地に陥らなければならなかった。そのせいもあって、『野分』は頗《すこぶ》る大規模な計画の下に始められたにもかかわらず、出来上がりから言うと、方方に無理があって、多少拵え物の感じを免かれる事の出来ない作品となってしまった。

しかし『野分』の骨子をなすもの、言わば漱石をして『野分』を書こうと思い立たせたもの、即ち白井道也の論文『解脱と拘泥』とその演説『現代の青年に告ぐ』とは、『野分』の小説としての出来栄えの如何にかかわらず、堂堂たる大文字である事は、言うまでもない。また白井道也が高柳周作を相手に、一人ぼっちの崇高を説く所や、白井道也の妻君の、道也に対する態度を、作者が批評する所や、その他それに似た箇所で、漱石の体験の真実が滲《にじ》み出《で》ている所には犇犇《ひしひし》と人の心に迫る、大きな力が動いている事も、否めない。

漱石は『野分』をもって短篇作家としての幕を閉じた。学校の教師をしていながら小説をかいて行くという、漱石の生活もこれで終を告げた。それは言うまでもなく、明治四十年三月、漱石は朝日新聞社の招聘に応じてその社員となり、その新聞だけに、年一回は必ず百回内外の長い小説を書くという事になったからである。勿論契約は、漱石が短篇をかく事を、禁じてはいなかった。また事実漱石は『手紙』というような、短篇を書いてもいる。しかしこれは例外で、漱石はその後いろんな事情から、毎年長篇ばかりを書いた。従って『野分』は、これまでの漱石の生活に区切りをつける作品となった。ただ面白い事は、短篇小説というよりはむしろ長篇小説流の構成を持っている『野分』が、構成の点で次の『虞美人草』に酷似するという事である。単に構成のみではない。文体の上ででも『野分』は『虞美人草』と酷似するものを持っている。『野分』が内容的に『二百十日』の継続であり開展であるというのと同じ意味では、『虞美人草』は『野分』の継続であり開展であるという事の出来ないのは無論であるが、しかし構成と文体と、言わばその生理的方面から言えば、『虞美人草』は正に『野分』の兄弟である。換言すれば漱石は、『野分』で一度瀬踏みをした所を、『虞美人草』で進んで行ったのである。

昭和十六年三月三十日

〈解説〉変奏される『二百十日』、『野分』

出原隆俊

一

『二百十日』、『野分』は、圭さんと碌さん、高柳と中野という、対照的な男性二名の組み合わせが中軸となる。この構図は、文学史では『浮雲』の内海文三と本田昇、『舞姫』の太田豊太郎と相沢謙吉、『友情』の野島と大宮などを想起させるが、漱石作品の場合もこの二作品に止まらない。二人の対照性に強弱があったり、作品の中軸であるかどうかは議論が分かれるものもあるが、『坊っちゃん』のおれと山嵐、『琴のそら音』の余と津田君、『虞美人草』の甲野と宗近、『彼岸過迄』の須永と敬太郎、『それから』の代助と平岡、『門』の宗助と安井、『こころ』の先生とK、『行人』の一郎と二郎、『明暗』の津田と小林、といったものがある。『三四郎』では、三四郎と野々宮か、あるいは与次郎か、どちらとの組み合わせと考えるかは作品の捉え方にもよろう。また、『野分』の場合は高柳のかつての師、白井道也の存在も大きいが、『三四郎』の広田先生に当たるようにも解される。

また、二作品においては、金持ちや華族に対する登場人物たちの反発が色濃く、漱石作品において突出しているようにも見えるが、このことも度合いや趣向に差異はあるものの、ほぼ全作品に何らかの形で通底するものである。『吾輩は猫である』における苦沙弥の金田家に対するあからさまな嫌悪感の露出などはそれに先行するものであり、晩年の『明暗』における小林の上層社会に対する反感もかなり露骨なものとして設定されている。〈非人情〉を唱える画家が登場する『草枕』にも「岩崎や三井を眼中に置かぬものは、いくらでもいる」とある。また、『二百十日』については、注(二(1)、四(12))にも記したように、噴火の様子や噴火口への飛び込みへの言及は、同時期の新聞記事に重なるものであり、華族批判にもその形跡がある。ともに時代背景を色濃く映し出している側面がある。

このことについていえば、漱石が孤例なのではない。

樋口一葉『うもれ木』(明治二十五(一八九二)年)には次のようにある。

今日《こんにち》細民困窮のあり様《さま》、見るに腸《はらわた》たえずやある、知らずや錦衣九重《きんいきゅうちょう》の人、埋火《うずみび》のもとに花を咲かせて、面白しと見る雪の日は、節婦《せっぷ》こごえて涙こおるべく、大厦《たいか》

高楼《こうろう》に岐阜提燈《ぎふぢょうちん》ともしつらねて、風をまつ納涼の夜《よ》は、蚊遣火《かやりび》のもとに孝子泣くめり

華族などに対する批判は、泉鏡花の『貧民倶楽部』(明治二十八年)に著しい。貴婦人の慈善会を貧民たちがかき乱す光景が描かれるが、これについては北村透谷の「慈善事業の進歩を望む」(明治二十二年頃か)に酷似した表現がある。透谷に関連しては『二百十日』の噴火口近辺での強い社会批判は、さながら次の一文を想起させる。

然《しか》れども社界の裡面には常に啾々《しゅうしゅう》の声あり、不遇の不平となり、薄命の嘆声となり、憤懣心の慨辞となりて、噴火口端の地底より異様の響の聞ゆる如くに、吾人の耳朶を襲うを聴く。まことや人間社界ありてより以来、ヂスコンテンションと呼べる黒雲の天の一方にかからぬ時はあらざるなり。(「徳川氏時代の平民的理想」明治二十五年)

さらに、木下尚江の『火の柱』(明治三十七年)はより先鋭的である。

華族だの富豪だのッて愚妄奸悪の輩《はい》が、塀を高くし門を固めて暖き夢に耽って居《お》るのを見ては、暗黒の空を睨《にらん》で皇天の不公平――じゃない其の卑劣を痛罵したくなるンだ

直接的に受け継いでいるとはいえないまでも、漱石作品の富民層批判が突出したものではないのである。

二

一方で、『野分』における知識人の経済的困難と、家計の不如意についての妻の愚痴とそれに対する夫の反応ということでは『吾輩は猫である』や『道草』にも同じような構図が見られる。

「そうか、質屋へでも行ったのかい」

「質に入れる様なものは、もうありゃしませんわ」と細君は恨めしそうに夫の顔を見る。

「二言目《ふたことめ》には食えれば食えればと仰《おっ》しゃるが、今こそ、どうにかこうにかして行きますけれども、この分で押して行けば今に食べられなくなりますよ」

「そんなに心配するのかい」

細君はむっとした様子である。(『野分』)

『吾輩は猫である』では、次のようである。

「今月はちっと足りませんが……」(中略)「(中略)外に買わなけりゃ、ならない物もあります」と妻君は大《おおい》に不平な気色《けしき》を両頬に漲《みなぎ》らす。(中略)さすがの妻君も笑いながら茶の間へ這入《はい》る

夫は妻をはぐらかす。しかし、次のようなことと道也は無縁であろうか。

免職になれば融通の利かぬ主人の事だからきっと路頭に迷うに極ってる。路頭に迷う結果はのたれ死にをしなければならない。(『吾輩は猫である』)

実際はこのような状態に近いと言えるのではないか。

『道草』にも、次のようにある。

「どうかして頂かないと……」

細君は目下の暮し向について詳しい説明を夫にして聞かせた。

「不思議だね。それで能く今日《きょう》まで遣《や》って来られたものだね」

「実は毎月《まいげつ》余らないんです」

このような状態で、『道草』の夫は次のように対応する。

夫が碌な着物一枚さえ拵《こしら》えてやらないのに、細君が自分の宅《うち》から持ってきたものを質に入れて、家計の足《たし》にしなければならないというのは、夫の恥に相違なかった。

健三はもう少し働らこうと決心した。その決心から来る努力が、月々幾枚かの紙幣に変形して、細君の手に渡るようになったのは、それから間もない事であった。

『野分』にはまた、次のようにある。

不平な妻を気の毒と思わぬ程の道也ではない。ただ妻の歓心を得る為めに吾《わ》が行く道を曲げぬだけが普通の夫と違うのである。

これらを考えると、道也がまったく自分のことしか考えていないという訳ではないものの『道草』に比べると現実の生活にきちんと向き合おうとしていないように見えよう。『野分』では、先の引用のように、妻に対する不満などは、道也の内心が吐露されるのではなく、語り手が代行している。そのために道也の身勝手さが表面に出にくいようになっている。語り手の道也の妻に対する批判も視野に入れておくべきであろう。語り手は一貫して妻に批判的で道也に同調しているように見える。「女は装飾を以《もっ》て生れ」と『野分』にあるが、漱石作品で「女」についての言明はほとんどが「女は策略が好きだからいけない」(『道草』)や「女は人を馬鹿にするもんだ」(『虞美人草』)、「畢竟《ひっきょう》女は慰撫《いぶ》しやすいものである」(『明暗』)など登場人物が語る言葉や心中思惟の言葉として用いられる。その点で、『野分』は異質である。『野分』の次の箇所にも注意したい。

博士になり、教授になり、空《むな》しき名を空しく世間に謳《うた》わるるが為め、その反響が妻君の胸に轟《とどろ》いて、急に夫の待遇を変えるならばこの細君は夫の知己《ちき》とは云えぬ。(中略)世界はこの細君らしからぬ細君を以《もっ》て充満している。道也は自分の妻をやはりこの同類と心得ているだろうか。至る所に容れられぬ上に、至る所に起居を共にする細君さえ自分を解してくれないのだと悟ったら、定めて心細いだろう。

このようなことについて、『吾輩は猫である』には、次のようにある。

「どうして、そんな言《こと》をいったって、なかなか聞くものですか、この間などは貴様は学者の妻《さい》にも似合わん、毫《ごう》も書籍の価値を解しておらん、昔し羅馬《ローマ》にこういう話しがある。後学のため聞いて置けというんです」

「何でもいい、飲まんのだから飲まんのだ、女なんかに何がわかるものか、黙っていろ」「どうせ女ですわ」と細君がタカジヤスターゼを主人の前へ突き付けて是非詰腹《つめばら》を切らせようとする。

夫という存在の意義が妻によって相対化されているのである。『野分』には次のような箇所もあり、それは『道草』にしばしばみられる妻の夫批判を彷彿させる。

道也は夫の世話をするのが女房の役だと済ましているらしい。それはこっちで云いたい事である。

夫婦のかかわりについては、〈癇癪〉という言葉も参照される。

「心配もしますわ、何処へ入《い》らしっても折合がわるくっちゃ、御已《おや》めになるんですもの。私が心配性なら、あなたは余《よ》っ程癇癪《ほどかんしゃく》持ちですわ」(『野分』)

またある時は頭ごなしに遣《や》り込めた。すると彼の癇癪が細君の耳に空威張《からいばり》をする人の言葉のように響いた。(『道草』)

〈癇癪〉という言葉は『吾輩は猫である』の苦沙弥にも用いられている。こういう凡人という側面を見せる男たちの、知識人という存在としてはどうか。『道草』には次のようにある。

彼の頭と活字との交渉が複雑になればなるほど、人としての彼は孤独に陥らなければならなかった。彼は朧気《おぼろげ》にその淋《さび》しさを感ずる場合さえあった。けれども一方ではまた心の底に異様の熱塊があるという自信を持っていた。だから索寞《さくばく》たる曠野《あらの》の方角へ向けて生活の路《みち》を歩いて行きながら、それがかえって本来だとばかり心得ていた。温かい人間の血を枯らしに行くのだとは決して思わなかった。

『野分』には次のようにある。

「それが、わからなければ、到底一人坊っちでは生きていられません。——君は人より高い平面にいると自信しながら、人がその平面を認めてくれない為めに一人坊っちなのでしょう。しかし人が認めてくれる様な平面ならば人も上ってくる平面です。芸者や車引に理会《りかい》される様な人格なら低いに極《きま》ってます。(中略)同等でなければこそ、立派な人格を発揮する作物《さくぶつ》も出来る。(中略)」

『道草』の健三と『野分』の道也には知識人の孤独という共通する側面もあるが、語り手は後者を批判的には語らない。『吾輩は猫である』の苦沙弥は、「実業家よりも中学校の先生の方がえらいと信じている」が「教師は無論嫌《きらい》」である。これらを視野に入れれば、経済的な面と同じように、道也による自己存在への反省は見られない。「道を守るものは神よりも貴し」とする道也を揶揄するような記述が『それから』にある。

親爺の頭の上に、誠者天之道也《まことはてんのみちなり》という額が麗々《れいれい》と掛けてある。(中略)代助は(中略)誠は天の道なりの後《あと》へ、人の道にあらずと附け加えたいような心持がする。

また、『野分』の「至る所に起居を共にする細君さえ自分を解してくれないのだと悟ったら、定めて心細いだろう」に『こころ』の「世の中で自分が最も信愛しているたった一人の人間すら、自分を理解していないのかと思うと、悲しかったのです」を対置すれば、語り手が道也をひたすら自分のことしか考えない存在としては捉えていないこともうかがえよう。

三

こうした問題のほかに、同時にささやかなエピソードにも『吾輩は猫である』と『野分』とは重なる箇所もある。

「先達てなどは学校から帰ってすぐわきへ出るのに着物を着換えるのが面倒だものですから、あなた外套《がいとう》も脱がないで、机へ腰を掛けて御飯を食べるのです。(中略)」(『吾輩は猫である』)

「あら、まだ袴を御脱《おぬ》ぎなさらないの、随分ね」と細君は飯を盛った茶碗を出す。

「忙がしいものだから、つい忘れた」

「求めて、忙がしい思をしていらっしゃるのだから、……」と云ったぎり、細君は、湯豆腐の鍋と鉄瓶《てつびん》とを懸け換える。

「そう見えるかい」と道也先生は存外平気である。(『野分』)

両者は共通した振る舞いをするが、読者の受け止めようは作品のトーンの違いを反映するだろう。

また、金銭の融通について、『野分』において、最終部で高柳から白井道也に金が渡ろうとするその金は裕福な中野から高柳に与えられたものである。この構図は、『明暗』における、津田から小林に、そして小林から青年画家に移されるという形に類似している。しかし、どちらも最終的に融通する側の善意があるのだが、『野分』ではひたすら一方的な善意であり、『明暗』には最初に与えた方、受け取った者双方の悪意のようなものが読み取れ、最終的に金を得たものの反応も微妙でより複雑化している。

さらに、高柳の年長者への敬意は、『三四郎』での三四郎の広田先生、『こころ』の「私」の先生に対するものを想起させよう。しかし、三四郎は当初、広田先生を軽んじていた。『こころ』の「私」は、時には先生の言葉に逆らってみようとする。これらと対比すると、高柳はひたすら道也を神格化する存在であるかのように見える。『吾輩は猫である』の次のような観点は見当たらない。

要するに主人も寒月も迷亭も太平の逸民で、彼らは糸瓜《へちま》の如く風に吹かれて超然と澄し切っているようなものの、その実はやはり娑婆《しゃば》気《け》もあり慾《よく》気《け》もある。競争の念、勝とう勝とうの心は彼らが日常の談笑中にもちらちらとほのめいて、一歩進めば彼らが平常罵倒《ばとう》している俗骨どもと一つ穴の動物になるのは猫より見て気の毒の至りである。

このように『野分』は直接的な社会批判が色濃く、その点において登場人物の陰影が薄れている部分があるともいえよう。こうした側面は『二百十日』にも言えることである。注(三(3))に記した「単純でいい女だ」に関しては圭さんの好みに止まっていようが、それを希求する『彼岸過迄』の登場人物ほどの切迫性は見られない。『二百十日』、『野分』に見られる様々なモチーフは、これ以降の作品(『吾輩は猫である』『草枕』はそれ以前だが)に形を変えて繰り返し現れてくるのである。

二〇一六年九月二十日

〔編集付記〕

一、本書の底本には、『漱石全集』第三巻(岩波書店、一九九四年)を用いた。なお、初出と初刊本の掲載は次の通りである。

『二百十日』

初　出　『中央公論』第二十一年第十号(一九〇六年十月一日)

初刊本　『鶉籠』(春陽堂、一九〇七年一月一日)

『野分』

初　出　『ホトトギス』第十巻第四号(一九〇七年一月一日)

初刊本　『草合』(春陽堂、一九〇八年九月十五日)

二、「解説」(小宮豊隆)の底本には、夏目漱石『二百十日・野分』(岩波文庫、一九四一年)を用いた。

三、本文中、今日の人権意識に照らして不適切と思われる記述があるが、作品の歴史性に鑑み、そのままとした。

四、次頁の要領に従って表記がえをおこなった。

岩波文庫(緑帯)の表記について

近代日本文学の鑑賞が若い読者にとって少しでも容易となるよう、旧字・旧仮名で書かれた作品の表記の現代化をはかった。そのさい、原文の趣をできるだけ損なうことがないように配慮しながら、次の方針にのっとって表記がえをおこなった。

(一) 旧仮名づかいを現代仮名づかいに改める。ただし、原文が文語文であるときは旧仮名づかいのままとする。

(二) 「常用漢字表」に掲げられている漢字は新字体に改める。

(三) 漢字語のうち代名詞・副詞・接続詞など、使用頻度の高いものを一定の枠内で平仮名に改める。

(四) 平仮名を漢字に、あるいは漢字を別の漢字に替えることは、原則としておこなわない。

(五) 振り仮名を次のように使用する。

(イ) 読みにくい語、読み誤りやすい語には現代仮名づかいで振り仮名を付す。

(ロ) 送り仮名は原文通りとし、その過不足は振り仮名によって処理する。

例、明に→明《あきらか》に

(岩波文庫編集部)

二百十日《にひゃくとおか》・野分《のわき》

1941 年 5 月 3 日　第 1 刷発行
2016 年 11 月 16 日　改版第 1 刷発行
2022 年 6 月 24 日　第 2 刷発行

作　者　夏目漱石《なつめそうせき》

発行者　坂本政謙

発行所　株式会社 岩波書店
〒101-8002 東京都千代田区一ツ橋 2-5-5

案内 03-5210-4000　営業部 03-5210-4111
文庫編集部 03-5210-4051
https://www.iwanami.co.jp/

印刷・精興社　製本・牧製本

ISBN 978-4-00-360024-5　Printed in Japan

読書子に寄す

──岩波文庫発刊に際して──

岩波茂雄

真理は万人によって求められることを自ら欲し、芸術は万人によって愛されることを自ら望む。かつては民を愚昧ならしめるために学芸が最も狭き堂宇に閉鎖されたことがあった。今や知識と美とを特権階級の独占より奪い返すことはつねに進取的なる民衆の切実なる要求である。岩波文庫はこの要求に応じそれに励まされて生まれた。それは生命ある不朽の書を少数者の書斎と研究室とより解放して街頭にくまなく立たしめ民衆に伍せしめるであろう。近時大量生産予約出版の流行を見る。その広告宣伝の狂態はしばらくおくも、後代にのこすと誇称する全集がその編集に万全の用意をなしたるか。千古の典籍の翻訳企図に敬虔の態度を欠かざりしか。さらに分売を許さず読者を繋縛して数十冊を強うるがごとき、はたしてその揚言する学芸解放のゆえんなりや。吾人は天下の名士の声に和してこれを推挙するに躊躇するものである。このときにあたって、岩波書店は自己の責務のいよいよ重大なるを思い、従来の方針の徹底を期するため、すでに十数年以前より志して来た計画を慎重審議この際断然実行することにした。吾人は範をかのレクラム文庫にとり、古今東西にわたって文芸・哲学・社会科学・自然科学等種類のいかんを問わず、いやしくも万人の必読すべき真に古典的価値ある書をきわめて簡易なる形式において逐次刊行し、あらゆる人間に須要なる生活向上の資料、生活批判の原理を提供せんと欲する。この文庫は予約出版の方法を排したるがゆえに、読者は自己の欲する時に自己の欲する書物を各個に自由に選択することができる。携帯に便にして価格の低きを最主とするがゆえに、外観を顧みざるも内容に至っては厳選最も力を尽くし、従来の岩波出版物の特色をますます発揮せしめようとする。この計画たるや世間の一時の投機的なるものと異なり、永遠の事業として吾人は微力を傾倒し、あらゆる犠牲を忍んで今後永久に継続発展せしめ、もって文庫の使命を遺憾なく果たさしめることを期する。芸術を愛し知識を求むる士の自ら進んでこの挙に参加し、希望と忠言とを寄せられることは吾人の熱望するところである。その性質上経済的には最も困難多きこの事業にあえて当たらんとする吾人の志を諒として、その達成のため世の読書子とのうるわしき共同を期待する。

昭和二年七月